지상에서
천상까지

한 림 지음

목차

머리글

나는 이 글을 쓰면서 엄마의 삶을 첫 머리글로 담고 싶었다.

36세 아들을 낳는 동시에 아버지는 생사의 길에서 이 세상과 이별을 하고 떠나시고 갓 태어난 아들과 위로는 딸들이 6명이나 있었고 엄마의 삶은 넉넉하지 않은 생활에 아들도 온몸이 짓무르고 나 역시 영양실조로 온몸이 짓물러서 앉은뱅이가 되어 걷지도 못하고 오줌을 가릴 수 없는 아들과 딸 때문에 엄마의 옷은 밤새도록 젖어 있고 행여나 내가 죽을까 봐 마음 졸이며 그 세월을 어찌 살아오셨는지 지금 내 나이 50대 중반이 넘어서 정 여사님의 인생사는 내 머릿속에서 떠나지 않았다. 엄마는(작은 거인) 무섭지만 엄마의 말속에는 자상함과 나에게 때로는 교훈처럼 들리는 말들이 있었다.

세상을 살아가면서 잘못이 없으면 그 어떤 벌도 무섭지 않다.

살면서 도둑질하고 남을 해치는 일만 빼고 할 수 있는 것은 다 해야 한다. 그 어린 시절 우리 엄마 정 여사님은 호랑이보다 더 무서운 엄마였지만 밤에는 잠을 이루지 못해서 방마다 시원한 방을 찾아다니면서 4칸의 방을 베개 하나 들고 이 방 저 방 다니던 모습도 나는 어린 나이에도 어둠 속에서 보았다.

지금 생각해 보면 갱년기 열불이 나고 화병도 나고 홀로 많은 자식을 키우느라 시원해서 갔던 방은 불을 때지 않았던 방, 잠이 들려고 하면 엄마는 우리가 자는 안방으로 다시 오시곤 했다.

잠이 오지 않으면 미싱으로 우리들 옷도 만들고 이웃집 사람들 옷도 수선해 주고 지금 내가 50살을 살다 보니 그 어릴 적 엄마의 삶이 얼마나 힘들고 외롭고 고단했을까 생각이 많이 난다. 과연 내가 엄마였어도 살아 냈을까. 나는 자주 나에게 질문을 던져 본다.

어릴 적 내가 어디선가 들었던 노래를 흥얼거리며 놀았는데 종이 인형을 그리면서 열심히 부르던 노래가 있었다(♪ 한 남자가 한 여자를 아이 저걸 어쩌나. 그 남자는 여자한테 반해서 상사병이 났네. 아이 저걸 어쩌나 ♬). 그 노래를 계속 흥얼거리며 반복적으로 부르는데 우리 엄마. "그건 상사병인데." 하시던 말. 그때는 상사병이 뭔지 몰랐고 생소한 말이었다. 지금은 90살을 가까이 살면서 그 험난한 세월을 살면서 철저하게 홀로 살고 계신다. 아버지와 엄마가 일구어 놓은 그 터에서 눈이 어두워서 밤인지 낮인지 모르고 죽는 날을 운운하며 전화를 하면 그 옛날 과거들 이야기들을 하시며 말 상대가 없으니 어쩌다 전화라도 하면 통화가 2시간을 넘길 때도 있다.

젊어서는 자식들 키우느라 악만 남아서 말도 안 되는 억지를 부리고, 회초리 들고 살이 돌아나도록 우리는 맞고 살았고 그렇게 많았던 자식들은 시집을 가고 사회생활로 떠나면서 홀로 남으시고 사람들과 자식으로 상처받은 마음마저도 잊으려고 하신다.

55년을 홀로 0세부터 17살까지 딸린 자식을 키우느라 그 많은 고생을 겪으면서 살아온 이야기는 다른 자식들은 수다로 들었다. 나도 철이 없을 때는 수다와 잔소리로 들었다. 하지만 언제나 묵묵히, "듣기 싫어."라는 한마디 안 하고 다 듣는 것도 아니고 그냥 가만히 있었다. 나 역시 결혼을 하면서 서서히 느꼈다. 수다가 아니라 삶의 애환을 말하고 싶었고, "나 이렇게 힘들게 너희들 안 버리고 살았어.", "나 좀 봐줘라." 하고 홀로 고생스럽게 살아온 억울한 이야기를 들어 줄 자식이 필요했던 것이다. 나는 그래도 글이나 써서 나의 삶을 이야기책으로 담았지만 엄마는 그 많은 세월을 살면서 어릴 적 일제강점기 전쟁을 겪으며 깊은 도계면 산골짜기 하늘에서 폭탄이 떨어져서 터지는 장면도 직접 겪은 세대였다.

외할머니의 재가로 밖에서는 문에 × 표시로 나무로 막아 놓고 엄마와 이모 둘은 부모로부터 떨어져서 온갖 고생을 하며 떠돌던 이야기 또한 얼마나 배고프고 힘들게 살았는지 들어서 알고 있다.

어쩜 내가 살아오면서 견디고 인내하고 오뚝이처럼 쓰러지지 않고 살아온 57년의 인생도 엄마의 지독한 삶을 보고 자라서 이날까지 포기하지 않고 살아왔는지도 모른다.

이 글을 쓰면서 첫 머리글을 어떻게 열어야 하나 고민이 많았다.

그러다 어느 날 엄마가 살아오신 세월이 얼마나 힘들고 고단했을까 생각하니 가슴을 싸늘해졌다. 그래서 우리 정 여사님이 자식을 홀로 잘 키우셨고 감사함을 첫 페이지에 담기로 했다.

정춘자 여사님, 고맙습니다. 오늘날 내가 있기까지 정춘자 여사님의 삶이 있었기에 이렇게 글을 담았습니다. 정말 버리지 않고 홀로 그 많은 자식을 키우시느라 고생이 많으셨습니다.

감사합니다. 고맙습니다.^^ 사랑합니다.^^

5번째 딸 올림.

1. 오순이 성장기

강원도 깊은 산골짜기에서 태어나고 자랐다. 오순이는 몸은 약하고 너무 가난하고 홀어머니 밑에서 7남매 오순이로 태어나서 젖도 못 먹고 옥수수 밥, 미음을 언니들 손으로 겨우 받아먹으며 살았으니 영양실조에다 온몸이 헐어서 진물이 흐르고 아물지 않아서 다리와 배가 살이 붙어서 앉은뱅이가 되어 5살까지 일어나서 걷지를 못했다.

　어릴 적 오순이의 기억이 떠오르는 것부터 시작된다. 이 글은 지금 현재 살아온 삶을 그대로 오순이가 직접 경험한 내용이고 아직도 진행 중인 이 야기이다. 오순이네 고향 집은 앞마당까지 C 모양으로 집을 감싸고 있을 정도로 자두나무가 많았고, 집에서 조금 떨어진 방앗간 옆에 있던 자두가 제일 맛있었다. 비가 많이 오면 돌담 사이로 물이 새어 나올 정도로 아담한 방앗간 집 왼쪽에는 어른 키를 넘는 우물이 밑바닥이 보일 정도로 맑고 비가 많이 오면 그곳에는 개구리도 수영을 하고 다니고 올챙이, 장구벌레도 많고 장마철에는 우물이 넘쳐서 방앗간 쪽으로 흐르는 것도 재미있게 물고랑을 만들어 주기도 했다. 오순이 7살 때 사순이 언니가 빨래를 하고 있어서 옆에서 두레박으로 물을 퍼 주다가 우물에 빠져서 허우적거리던 오순이를 사순이 언니가 건져서 살아남았다. 물에 빠진 것은 기억이 나는데 정신 차려서 깨어 보니 오순이는 반듯이 누워서 물을 토했다. 그때부터 우물 속을 쳐다볼 수도 없고 물 공포증이 생겼다. 저녁때가 되면 방 닦은 걸레를 빨아야 하는데 우물이 무서워서 제일 하기 싫은 것이 우물에 가서 씻거나 빨래를 하는 것이었다.

　여름이면 토종 자두(꼬약)가 익어서 우물 속으로 많이 떨어져서 들어갔다. 집 앞마당에서 걸어 내려가면 바가지로 퍼서 먹는 작은 샘물도 있었다. 땅속에서 물이 나오는데 시원하고 맛있는 식수로 사용을 했다. 도롱뇽 알집도 바가지로 떠서 퍼내기도 했다. 땅속에서 나오는 물맛은 최고였고, 비가 오면 엄청난 물이 흘러서 내려갔다.

10살이 넘어서는 먹는 물을 퍼 담아서 부엌에서 쓸 만큼 많이도 퍼 날랐다. 물동이를 머리에 이고 오다 보면 절반은 쏟아지는 일이 많았다. 겨울이 되면 물길 따라 삽으로 눈을 치우는 일은 방학 때는 일상생활이었다. 눈은 녹지 않고 바람이 불어서 눈길이 없어지면 또 길을 만들고 계속 반복적으로 하다 보면 어느새 눈길은 우리들 키를 웃돌았다.

봄에는 쌓였던 눈이 녹으면 신발은 흙이 떡이 되어 진흙 속에 신발이 들어가면 신을 수도 없고 해서 엄마가 신는 장화를 신고 물을 퍼서 물동이에 머리에 이고 다녔다. 집에서 큰길까지는 'ㄱ' 자 모양으로 엄청나게 긴 길이다. 학교 갈 때는 신발에 흙이 묻을까 봐 길이 아닌 밭으로 다니기도 했다.

여름이면 마루에 누워서 밤하늘의 별과 소쩍새의 소리와 개똥벌레가 불을 밝히며 날아다니는 풍경이 있는 고향이다. 겨울에는 추워지면 부엌 아궁이 속에 들어갔다가 잠이 들 때도 있었다. 저녁때 언니들이 밥하려고 불을 지피려고 하다가 아궁이에서 오순이가 나오는 것을 보고 깜짝 놀라서 불을 지피려고 하면 오순이가 있는지 확인하고 불을 지피기도 했다. 오순이는 5살까지 앉아서 걸었다.

어느 해 여름, 오순이는 낮잠을 자다가 일어났는데 언니들은 엄마를 따라 밭에 갔는지 집에는 아무도 없었다. 방문을 열고 마루에 나갔더니 마당에 잘 익은 자두가 빨간색을 띠며 바닥에 엄청 많이 떨어져 있는 것을 보았다. 마루는 높아서 내려갈 수는 없고 앉은뱅이가 되어 앉아서 걸었으니 마루를 내려가지 못하고 자두는 먹고 싶고 배도 고프고 소리 내어 한참을 우는데 길을 지나던 낯선 할머니 한 분이 집으로 들어오시며 왜 그리 우냐며 묻길래 오순이는 손가락을 가리키며 "저거 먹고 싶어요." 했더니, 할머니는 나를 안고서 자두가 떨어진 마당에 내려 주었다.

그날 자두를 얼마나 많이 주워서 먹었는지 배탈이 나서 오순이는 자리에서 일어나지도 못하고 시름시름 죽음의 위기까지 이르렀다. 오순이는 지금도 기억한다. 엄마가 무엇이 먹고 싶냐고 물었을 때 흰쌀밥이라고 말했더니 옥수수, 감자, 콩, 자두 팔아서 모아 둔 돈으로 다음 날 없는 살림에 흰쌀 한 됫박을 사 와서 "이거 너만 해 줄 테니 많이 먹고 얼른 일어나라." 하던 말이 지금도 귀에 선명하다.

　신기하게도 한 됫박 쌀밥을 먹고 3일 만에 오순이는 죽지는 않고 서서히 붙어 있던 다리가 배에서부터 진물이 없어지면서 상처가 아물며 일어서서 걷게 되었다. 그날의 오순이 엄마의 말을 들어 보면 마지막 길을 보내려고 먹고 싶은 것 먹여서 보내야겠다고 다짐을 하고 다른 자식들한테는 쌀밥을 먹지도 말라며 오로지 오순이한테만 주라고 당부를 했다고 하셨다.

　태어나서도 뼈 위에 살가죽만 붙어 있고 인큐베이터에서 치료를 받아야 될 정도로 미숙아였다. 68년 그 시절에는 병원조차 갈 수 없는 환경이었고 3살이 되고 동생들이 둘이나 태어났으니 오순이는 영양 상태가 좋을 리가 없다.

　아버지가 세상을 떠났으니 엄마는 7남매를 키우느라 얼마나 고생을 하셨을까. 아들을 낳으려고 임신과 출산을 강행하면서 풀죽을 끓여서 드실 때도 있었고 그나마 마지막 자식은 아들을 낳았지만 아들이 태어나는 순간 아버지는 이미 하늘나라로 가시고 엄마는 기쁨보다는 억장이 일순간에 무너졌다고 하셨다.

　금방 태어난 자식부터 큰아이까지…. 일순이가 17살 그나마 사순이까지는 심부름도 하고 집안일도 도울 수 있어서 다행이지만, 그래도 엄마는 앞이 막막했으리라,

　남자가 하는 일, 산에 가서 땔감 주워 오고 지게에 바랭이를 올리고 소똥 치우고 밭에 거름 뿌리고 옥수수 철에는 새벽 3시부터 축축한 이슬을 맞으

며 옥수수를 따서 리어카(손수레)에 5접을 싣고 시내를 누비며 비포장도로를 손수레로 밀고 당겨 다니며 팔았고, 밭에서 나오는 곡식을 팔며 돈을 벌어서 자식들 먹이고 옷 입혀 가며 가장이 되어 호랑이보다 더 무서운 엄마가 되셨다.

새마을 공사에 나가시면 간식으로 받은 칠성사이다, 보름달 빵도 드시지 못하고 하나뿐인 아들한테만 주었다. 오순이는 남동생이 먹으면 옆에서 "맛있어?" 물어보고, 남동생은 아껴 먹느라 조금씩 먹었고 오순이는 옆에서 침만 삼키는 일이 많았다.

오순이는 어릴 적 남자로 착각을 하고 성장했는지도 모른다. 6살 무렵 남동생하고 오줌을 누가 더 멀리 싸는지 마루에 서서 시합을 했다. 당연하게 길게 내려가는 오순이가 이겼다. 지금 생각해 보면 재미난 추억이다. 봄이 와서 밭갈이를 하면 작은아버지께서 소 두 마리를 앞에다 세우고 쟁기를 채워서 일하시는 날에는 언니들이 작은아버지 점심 밥상을 차려 놓고 나갔고 오순이는 고봉으로 담긴 쌀밥을 구멍을 파서 몰래 먹기도 했다. 그때의 밥은 얼마나 맛이 있든지 반찬도 역시나 맛있고 그날을 기억하며 밥을 먹으려고 해도 어릴 적 몰래 먹던 밥맛은 지금까지도 느낄 수가 없다.

가을에는 동네 아저씨들 품을 사서 땔감 나무를 하루 종일 해서 마당 한가득 배어다 놓으면 깨금을 따서 먹고 밤처럼 속은 하얀색이고 엄지손가락만 했다. 나무에서 풍기는 싱그러운 냄새가 좋았다. 그때 먹던 깨금나무를 찾아봐도 지금은 없는 것 같다.

엄마는 야단 칠 일이 생기면 한 번에 모아서 문에 걸어 놓고 매질을 해야 했고, 아버지 없이 자라서 버릇없다는 소리 남기지 말라며 훈육이 대단하셨다. 엄마가 야단치는 날이면 오순이는 이부자리를 밖에다 숨겨 두고 학교에서 돌아오면 저녁밥을 먹고 슬그머니 밖으로 나갔다. 초저녁 하늘을 바라보면 하늘 가득 펼쳐진 별은 왜 그리 반짝반짝 빛이 나는지 바람 소리에 보리밭은 물결처럼 일렁이고 서로 몸을 비벼 가는 소리는 바람 따라 물결치듯 하고, 목장의 풀밭에서 때마다 들리는 곤충들의 소리는 크고 넓은 대지 위에서 풀들이 춤추듯 일렁이고, 목장의 관리지기 총각은 저녁노을이 질 때는 우리 집 근처에서 앉아 있거나 누워서 하모니카를 불었고 그 아름다운 소리를 감상하기도 했다.

오순이의 집에는 온통 딸만 있으니 동네 총각들이 기웃거리거나 놀러 오는 오빠들이 많았다. 생각도 안 나는 아빠를 그리워하며 집 주변에서 들려주는 소쩍새 우는 소리, 겨울이 되면 밤 부엉이 우는 소리, 눈을 밟으면 뽀드득 소리, 귀뚜라미 소리까지 자연에서 들리는 소리는 계절마다 다양하게 나를 감동시켰다. 집중하다 방 안에서 엄마가 야단을 치는 소리가 나면 오순이는 소여물 쌓는 곳에서 숨어서 꼼짝없이 있고, 집 안에서는 동생들이 두들겨 맞아서 우는 소리를 들으며 가랑잎에 더 깊이 몸을 숨기며 잠이 들면 조용해진 방 안으로 까치발 들고 살금살금 들어가서 잠을 자곤 했다.

밤하늘의 달빛은 어린 나이에도 왜 그리 밝은지, 갈 수 있는 곳이 있으면 떠나고 싶었던 집이었다. 방학이 다가오면 농사일과 집 뜰에 자란 풀과 전쟁을 치르고 자두가 익으면 주워서 상처 없는 것을 골라서 집에서 팔기도 했다.

집 울타리는 자두나무 사이에 연결이 되어서 나무에 올라가서 놀기도 하고 잘 익은 자두를 따기 위해 울타리를 밟고서 나무를 타면 호랑나비 유충 벌레가 있었고 자두나무 위로 꿈틀거리며 눈도 선명하고 털 색상도 얼룩덜룩한 송충이도 엄청 많았다. 2023년 자두보다 훨씬 작아도 잘 익은 것은 단맛이 있어서 사람들이 소문을 듣고 오면 좋은 것만 큰 됫박으로 이십 원에 판매를 했었다.

오순이 어린 시절은 몸이 약해서 농번기에는 아무것도 돕지를 못하고 성장했다. 동네 아이들하고 무궁화꽃이 피었습니다, 다방구 놀이, 자치기. 숨바꼭질, 사방치기, 땅따먹기, 만화, 공기, 딱지치기, 키다리 꽃 꺾어서 제기차기 등을 하며 남자아이들과 함께 어울리며 성장했다. 겨울이면 언덕에서 비료 포대로 눈썰매를 타다가 돌부리에 걸려서 엉덩이가 엄청나게 아픈 기억도 난다. 시냇물이 얼면 썰매를 만들어서 얼굴이 빨개지도록 밖에서 놀고, 여름이면 시냇물 따라 집으로 오는 길에 찔레를 꺾어서 먹고 한 움큼 꺾으면 집에 가져와서 고추장 찍어서 먹고 때로는 학교 가기 싫으면 방공호 속에서 숨어 있다가 동네 아이들이 수업을 마치고 오는 모습이 보이면 오순이도 집으로 향했다.

수학 시간이 싫었고 담당 선생님도 너무도 무섭고 손바닥 때릴 때가 제일 아파서 수학만 들어 있는 요일만 계속 빠지다 보니 반에서 수학은 꼴찌를 벗어나기 어려웠다.

✳ 공포 이야기

오순이가 태어난 강원도 그 골짜기에는 무서운 곳이 있다. 상여를 가져다 놓은 곳. 날씨가 흐리거나 비가 오면 사람도 없는데, 사람들이 많이 모여서 이야기하는 소리도 들렸고 어느 날은 국악 같은 타령 소리도 들은 적이 있다. 사람이 죽으면 꽃상여에다 관을 실어서 무덤까지 옮기는 꽃상여이다.

날씨가 흐리거나 비가 오는 날, 그곳을 지날 때면 사람 소리가 많이 들린다. 나한테만 들리는 소리는 아니었다. 우리 형제들도 동네 오빠들, 언니들도 경험을 한 이야기다. 사람도 없는데 웅성거리는 소리, 노랫소리 등 많이 들었다는 이야기를 했었다.

해가 기울면 초저녁에는 더욱 무섭던 길. 밤에 그곳을 지나오는 건 나에게는 너무도 무섭고 소름 끼치는 일이었고, 어쩌다 자동차가 지나면 같이 따라서 뛰기도 했고, 아니면 도시락을 흔들어서 아무 소리를 듣지 않으려고 했다. 도시락 속에는 숟가락과 포크가 있어 다른 소리를 들을 수 없으니 나름 방법이기도 했다.

주 4일은 6교시, 운동회를 연습할 때는 해가 넘어가면 집에 가는 길이 걱정되었다. 15리 길을 걸어가야 집인데 추석이 지나면 해가 서서히 빨리 넘어간다. 동네 꽃상여가 지나가는 날이면 아주 먼 곳에서 숨어서 보곤 했다. 아주 가끔씩 지금도 꿈을 꾼다. 어떻게 집에 가지. 지금은 4차선 도로가 생겨서 그 흔적은 없어졌고 고향을 떠난 지 40년이 되었다.

또 다른 기억이다. 엄마는 시장에 가셨고 오후가 지나 해는 높은 산 넘어 사라지고 땅거미가 내려앉을 무렵 사순이 언니와 둘이서 엄마 마중을 가자며 내려가는 도중, 산 위에서 나무하는 소리가 들려서 언니가 "늦은 저녁인데 할아버지가 나무를 하나 봐." 했는데 앞서가던 우리 집 송아지보다 큰 개가 막 뛰어서 우리를 지나쳐 집 가는 방향으로 사라지고 순간 사순이 언니가 "야, 저기 불 좀 봐." 하더니, 언니 역시 개를 따라서 뛰어서 오던 길로 가는 것이다. "언니, 어디에 있어?" 물어보고 옆에 보니 언니는 혼자 살겠다고 벌써 앞서서 뛰고 있었다. 언니를 따라 오순이도 뛰다가 동네 첫 번째 집 오순이네 친구 집으로 뛰어 들어갔더니 그 집의 작은 발바리 개도 방 안으로 뛰어 들어왔다.

그날 밤, 엄마는 친정집 동생뻘 되는 아재를 만나서 걸어오는데 불빛이 도로를 비추다 어느 곳에서부터인지 안 보이더라 하셨다. 같이 걷던 아재는 아무 말도 못 하고 우리 엄마 팔을 꼭 잡고 왔다며 말했다. 언니와 오순이는 어찌 집에 가야 하나 하고 걱정하는데 도로에서 인기척이 나서 나갔더니 엄마와 아재가 걸어오는 것을 보고 집으로 왔다. 도깨비장난인지, 호랑이인지 아니면 귀신들의 장난인지 아직도 그건 무엇인지 모르겠다. 엄마는 그날 실험을 하더라. 때로는 모래도 날리고 뜨거운 공기도 날리던 때도 있다고 했다. 그날의 증인들이 지금도 4명이 살아 있다.

그 후로도 오순이네 집에는 TV가 없어서 동네에 다니면서 TV 시청을 하고 늦은 밤 집으로 오다가 인불 5개가 빙빙 도는 것도 보았다. 마치 쥐불놀이하듯. 바로 그 자리가 동네 첫 번째 집 친구네 길 건너 밭이다. 어느 날부터인지 모르지만 마을에 큰 정화조 시설이 생기더니 그런 현상이 보였다. 다음 날 오순이는 지난밤 누가 쥐불놀이를 했나 하고 학교에 가면서 흔적을 찾아보아도 아무것도 없었다.

어느 날 밤에 사순이 언니와 소변을 둘이서 보고 자려고 누웠는데 라디오를 올려놓은 곳에서 흰색 50원 동전 크기만 한 동그란 불이 사라지지 않고 그대로 보였다. 다음 날 사순이 언니한테 불을 봤냐고 물었는데 언니도 봤다는 이야기를 했다. 세월이 흘러서 알았지만 죽은 사람의 불(인불)이라고 한다. 어릴 적 공포는 여기서 잠시 접고 이야기는 계속된다.

✳ 성장기, 추억 속으로

우리 집은 언제나 동네 아이들이 많이 모여들었다. 동네 사람들 모두 사돈의 8촌까지 사는 동네라서 외갓집 쪽으로 아저씨도 있고 사촌들끼리만 모여도 5명이 기본이다. 마을의 큰집, 작은집, 오순이네까지 형제들을 합하면 19명이다.

초여름 목장 풀밭에서 사촌 오라비가 "풀이 어떻게 타는지 볼까?" 하더니 성냥불에 불을 그어서 내려놓는 순간 금방 큰 원을 그리며 타는데 햇볕이 강해서 불을 보이지 않고 소나무 가지를 꺾어서 불을 끄는데 얼마나 놀랐는지 사촌 오라비가 하는 말, "와, 큰일 날 뻔했다. 휴." 오순이 역시 놀라서 이리 저리 뛰면서 같이 불을 끄면서도 놀라서 아무 생각이 없었는데 놀던 위치가 바로 오순이네 집 뒤라서 하마터면 집을 태울 수도 있었던 것이다.

오순이네 집은 가난하여 남들이 입던 옷, 가방 등 물건들이 잘 들어왔다. 엄마는 옷이 들어오면 부정이 들어온다며 화장실에 달아 놓았다. 우리에게 옷을 입히거나 엄마 역시 누군가 주는 옷은 손수 재봉틀을 돌려 가며 수선해서 입으셨다.

그 옛날 드레스 미싱. 소가죽으로 재봉틀 머리와 발판이 연결되어 있는 것이 지금도 생각난다. 엄마는 솜씨가 있어서 우리들 치마도 만들어 입혀 주시고 밤에 잠이 안 오면 재봉틀 위에 앉아서 새벽이 되도록 뭔가를 만들었다.

집에서 누군가 아프면 큰엄마가 오시면 해결이 되었다. 접시 위에 쌀을 담아서 숟가락을 세우며 들어온 물건을 말하고, 접시 위에 숟가락이 그대로 서 있으면 엄마는 그 물건을 다시 화장실 또는 마루에다 가져다 놓고 아픈 자녀 머리카락을 칼끝으로 3번 쓸고 밥과 고춧가루, 소금, 물을 이용해서 칼을 들고 마당을 향해 칼끝이 큰길 방향으로 갈 때까지 던지고 밖으로 나가서 부정 물을 버리고 그곳에 부정 물을 담았던 바가지를 엎어 놓고 칼까지 바닥에 꽂고 들어오면, 다음 날이면 신기하게도 아프던 자식들이 멀쩡해지곤 했다. 오순이는 누군가 체하면 손을 따서 물에다 피를 떨구면 무엇을 먹고 체했는지 물그릇 속에서 선명하게 보이는 능력이 있었고 등을 두들겨 주면 체기를 내려 주는 등 신기한 능력이 있었다. 그때는 재미 삼아서 오순이도 큰엄마 따라서 숟가락을 접시 위에 세우면서 부정 탄 물건을 알아맞히고는 했다.

엄마는 한창 무르익은 옥수수를 수확하면 쪄서 한 그릇 담아서 부엌의 조상님께 올리셨다. 감자, 팥죽 등 언제나 먼저 조상께 올리셨다. 오순이 7

살 때 혼자만 아는 비밀이 있다. 동짓날 엄마와 언니들이 부엌에서 가마솥으로 팥죽을 새벽부터 끓이고 있었다.

혼자서 그림을 그리다 소변이 마려워 화장실을 가야 하는데 장닭이 마당에서 암탉들과 먹이를 쪼아 먹으며 주변을 돌아다니고 무섭게 사람을 쫓아대는 닭이라서 방 안에서 망을 보다가 마당을 벗어나는 닭을 피해서 얼른 뛰어서 화장실에서 소변을 보고 나오는데 장닭이 나를 보았는지 날갯짓을 하면서 나를 따라 날아오다시피 따라오고 나는 뛰어서 부지런히 마루에 올라가는 순간, 장닭은 오순이를 공격했다. 방문을 열고 발을 딛는 순간 나갈 때는 없던 팥죽을 담은 큰 대야 속으로 발을 그대로 디뎠다. 뜨겁고 뒤에서는 장닭이 공격하고 문을 닫고 대야 속에서 발을 꺼내는데 그야말로 금방 퍼서 담아다 놓았던 팥죽이라서 발목까지 화상을 입고 걸레로 대충 정리를 하고 발이 빠진 흔적을 지우려고 팥죽을 평평하게 만들어 놓고 그날 저녁 가족들은 팥죽을 먹었다. 발은 화끈거리고 아프다고 말도 못 하고 그때는 어려서 물도 귀하고 잘 씻지도 않았던 때였다. 날씨가 추워서 밤에 엄마 몰래 부엌에 나가서 찬물에 화기를 뺐다. 엄마한테 혼날까 봐 말도 못 하고 지금 생각해도 장닭은 나만 보면 밭에 있다가 날아오면서 공격하며 쫓았다. 닭을 쫓아버리기 위해서 마루에 긴 장대를 준비해 놓고 있었다. 장닭은 작은 사람과 강아지를 따라다니면서 공격을 했고 사람의 눈을 쫓아 공격하니 무섭고 피해 다녔던 기억이 난다.

오순이는 몸이 너무도 약하고 허약해서 학교를 늦게 입학했다. 아랫마을을 지나서 집으로 오는데 문제가 생겼다. 큰 대문 집 사슴 키우는 곳을 지나 바로 좁은 골목길을 지나야 집으로 오는데 어느 날부터 나에게 돌을 던지는 아이들이 있었다. 3~4명 아이들의 얼굴도 모르고 숨어서 "야, 저기 난쟁이 지나간다." 하며 돌멩이가 총알처럼 날아와서 몸에 맞을 때도 있고 때로는 뛰어서 도망을 치기도 했다. 매일 당하다 보니 나도 참을 수가 없어서 학교에서부터 걸어오면서 양쪽 주머니 가득 돌을 주워서 담장 안에 있던 아이들 상대로 맹공격을 했었다. 그다음부터는 골목길 아닌 다른 넓은 길로 다녔다.

초등 1~19반까지 있던 학교가 오후반, 오전반으로 감당이 안 되어서 구역을 나누어 분교를 만들어서 가까운 곳으로 전학 오면서부터 골목길을 지나서 다닐 일이 없었다. 어릴 적 물에 빠져서 죽을 뻔했던 적이 있어서 그런지 산꼭대기에서 마을까지 흘러서 내려오는 물이 넓은 강을 이루는데 여름 장마철에는 물살이 얼마나 센지 다리에 닿을 듯한 흙탕물과 큰 돌들이 같이 굴러서 소리 내어 흐르는 물소리까지도 오순이에게는 엄청 무서웠다. 그 다리를 건너오기가 너무도 싫었다. 물에 대한 트라우마로 작은 개울조차도 볼 수 없고, 건너가는 것조차 두려워했다.

분교가 생기기 전에 그 많은 학생이 우리 동네로 소풍을 줄을 지어서 걸어서 왔다. 오순이네는 소풍이라고 해 봐야 김밥 준비도 없었고 도시락 들고, 소풍을 우리 동네로 왔으니 손수건 돌리기 등 장기 자랑을 하다 보면 주변으로 장사꾼들이 하나둘씩 왔다. 껌, 사탕, 색소를 담은 쭈쭈바, 아이스께끼 등 넉넉하지 않은 우리 집에는 그림의 떡이었다. 소풍이 끝나고 다들 돌아가면 오순이는 소나무 숲속을 다 돌아다니며 주워서 먹을 수 있는 것은 다 주웠다. 재수가 있으면 10원짜리 동전도 3개 정도 주울 수 있었다. 껌도 종이 그대로 쌓여 있는 것도 있고 사탕은 큰 것은 주워 와서 물에 씻어 먹고 오순이에게는 보물 찾는 것처럼 재미있었다. 뽀빠이과자 20원, 강낭콩처럼 생기고 흰색 가루가 묻어 있던 캐러멜처럼 생긴 것이 있었는데, 10원이면 10개를 샀다. 달콤하고 엿도 아닌 것이 금방 입 속에 넣고 몇 번 씹으면 사라지고 없었다. 이 글을 우리 형제와 사촌들이 보면 '아~ 우리가 그렇게 놀았어.' 하며 옛 추억에 잠길 것이다.

어느 여름날 사순이 언니랑 소 풀 먹이라고 엄마가 시켜서 둘이서 소를 데리고 소풍 갔던 산에 소를 풀어놓고 언니와 나는 찔레를 꺾어서 먹고 놀았는데 소가 "음~ 매~" 하고 계속 울기에 소 있는 곳으로 왔더니 소 밧줄이 나무에 감겨 소가 꼼짝을 못 하고 있었다. 감긴 줄을 풀어서 풀을 먹이고 돌아왔는데 소가 눈물을 흘려서 얼굴이 젖어 있었다. 결국 큰 암소는 많이 아파서 죽었는데 배 속에 철사가 들어가서 위가 구멍이 나서 죽었다. 재산 중에 소가 가장 비싸고 암소라서 새끼도 출산을 할 수 있는데 엄마는 속이 엄청 상했으리라는 생각이 든다. 일순이를 시집보낼 때도 송아지를 팔아서 예단을 준비해 주었고 이순이 언니도 3년 후 바로 시집을 갔는데 소가 한몫을 했었다. 이순이 언니는 꽃가마를 타고 연지곤지 얼굴에 찍고 족두리 쓰고 새색시가 되어 마당에서 전통 혼례를 치렀던 것도 기억이 난다. 삼순이는 선을 보고 바로 예식장 잡아서 시집을 가고 그때는 19살, 20살 되면 다들 시집을 갔었다. 삼순이는 춘천 가서 돈을 좀 벌어서 결혼에 보탬을 주고 사순이 언니도 양장 기술을 배워서 혼자 가게도 운영하다가 23살에 결혼을 했다. 육순이는 26세, 오순이보다 결혼을 앞서서 갔다. 사순이까지는 엄마가 이불 예단을 해 주셨다.

오순이는 17살에 고향을 떠나 경북 구미 공단 방직공장에 들어가서 낮에는 일, 밤에는 산업체 중고등 과정을 배우는데 3년을 공부를 포기해야 했다. 키가 작아서 2교대 근무에 투입되어 졸업도 못 하고 기타 학원으로 옮겨서 친구들과 어울려 노는 재미에 빠져서 19살에 처음으로 맥주를 마시는데 얼마나 시원하고 맛이 있든지 회사 담장 뒤에는 포장마차가 있는데 가끔 혼자서 맥주를 마시다 보니 우리 회사 전기 기사 아저씨한테 반해서 오순이 혼자 짝사랑을 했다. 아침에 눈을 뜨면 그 아저씨는 금호강 변을 한 바퀴 뛰며 조깅을 하고 들어오는 것을 보고 오순이도 아침 조깅을 시작했다.

섬유를 짜는 회사라서 3백 명 직원이 있고 단계별로 부서가 많았다. 오순이는 준비1과였다. 실을 연결해 주면 엄청 큰 둥그런 원형에서 감는 역할을 하는 원단을 만들기 전에 큰 통에 실 연결을 하는 작업이다. 큰 원형을 돌리는 사람은 머리카락이 길면 안 되고 만일 머리카락이 끼면 온몸이 말려 들어가는 위험한 일이다. 준비1과 왕언니의 양쪽 볼에 있는 예쁜 보조개가 너무 부러웠다. 지금도 그 언니들 얼굴이 생각난다. 회사에서 단합대회 겸 야유회를 갔는데 준비과에서 1등을 했다. 2조에 투입된 언니는 노래를 부르고 오순이는 각설이 분장을 해서 깡통을 차고 회사 임원들이 앉은 자리에 가서 깡통을 두들기니 천 원짜리 지폐를 임원들이 깡통에 넣어 준 기억이 난다. 그날 오순이는 선풍기를 대상으로 받았다. 그 선풍기를 고향 엄마한테 보내 주었고 여름에도 시원한 강원도 황지인데 얼마나 사용을 했는지 모르지만 사회생활 이후로 그 선풍기를 본 적이 없다.

어느 날 저녁, 학원에 다녀오는 길에 포장마차에 들어갔더니 회사 직원들이 너무 많아서 그대로 들어와서 회사 정원 나무 의자에 멍때리고 있다 보니 내가 짝사랑하는 그 아저씨가 걸어오는 것을 보고 기숙사로 빨리 들어가려던 순간, 그 아저씨는 어느새 오순이 앞에 서서 오순이를 확 당겨서 품속으로 껴안았다. 순간 오순이는 놀라서 "누가 봐요." 하며 밀어 버렸지만, 또다시 그 아저씨는 나를 안았다. 더 세게 밀어 버리고 얼른 그의 품에서 벗어나서 도망치듯 기숙사로 들어와서 씻고 누웠는데 눈물이 나서 얼굴에 수건을 덮고 울다 보니 옆의 친구가 "왜 그래?" 하길래 조금 전에 있었던 일을 사실대로 말했다. 그랬더니 "기뻐해야 하는 것 아냐?" 고향 친구는 나에게 되물었다. 그 아저씨를 좋아하는 여자가 오순이를 포함해서 3명. 사무실 경리, 준비2과 영자 씨까지 아저씨를 짝사랑했다. 결국 회사 사무실 경리하고 결혼을 한다는 소문이 났다.

결혼 날짜를 잡고서 잠깐 힘이 들었던 모양이다. 그곳 회사는 오순이 또래들이 엄청 많았다. 남자 친구 쌍둥이 두 명과 '호문'이란 친구랑 잠깐의 썸 이야기를 적어 본다. 2교대 근무자들의 회의실 공간도 되고 탁구장도 있는 곳. 청춘들은 외출이 없으면 저녁 먹고 그 건물에 가서 커피도 마시고 탁구도 치고 모여서 놀기도 했다.

여느 때처럼 몇 명의 팀들이 탁구를 치다가 가 버리고 호문이와 단둘이 남아서 탁구를 치다가 시간이 밤 8시 30분이 되었고 다른 부서에서 야근 회의 때문에 갑자기 2층 계단에서 사람들 목소리가 들려 호문과 오순이는 회의실에 들어가서 숨었다. 4번 회의실에 둘이 있으면 소문날까 봐 "숨자." 해서 들어갔는데 교대 근무자들은 빨리 나가지 않았다. 둘이서 어두운 공간에서 웃지도 못하고 말없이 마냥 그들이 나가길 1시간 동안 갇혀서 있다가 나와서 탁구대 위에 앉아서 창밖을 한참을 보고 있는데 호문이 하는 말, "나 키스하고 싶은데 해도 돼요?" 크크, 오순이는 전기 기사한테 마음이 있는데 허락할 일이 없다. 남자가 아니라 오순이 눈에는 키만 크고 또래 남자로 보였다. 싫다는 말을 하고 나왔다.

그 후로 나는 호문이를 피해서 다녔고 호문이가 오순이를 혼자서 좋아함을 시선으로 느낄 수 있었다. 2층 회의실에서 창밖을 내려다보면 경비실 담장 안쪽은 큰 나무가 줄지어 서 있고 양어장이 타원 모양으로 두 군데, 물속에는 잉어가 헤엄치며 다니고 나무 벤치 의자 위에는 덩굴나무로 휴식 공간도 있고 바로 앞에는 기숙사 건물로 4층. 지방에서 형편이 어려워 일하며 공부하기 위해 들어온 세대들이 많았다. 언니들도 있었고 남자는 30명 정도. 회사 기숙사에 거주했고 참 좋은 곳이었다. 씻는 곳도 화장실도 부서별로 방 배정도 해 주고 오순이는 방황하며 힘들어하는 사춘기를 그곳에서 보냈다. 맥주는 마셔도 클럽은 나이가 어려서 못 다녔다. 친구들은 언니들 민증을 빌려서 나이트클럽에 다녀온 이야기를 하면 우리들은 모여서 이야기 들으며 재미있게 신나서 들으며 깔깔거리며 웃었다. 그 당시 김범룡 노래 〈겨울비〉가 나이트 블루스 음악으로 잘 나왔었다.

또 다른 하루, 저녁에 외출을 안 하고 회의실 탁구장에서 놀다가 출입구가 전기 누전으로 연기를 뿜어내고 불이 붙었는데, 20명 정도 회사 직원들 있었고 오순이는 그날 문득 '나는 여기서 죽는구나. 나이 20살이 끝이구나.' 하는 생각이 들었다.

창문을 열어 보니 2층이고 출입구는 연기가 나서 난리가 아니고 5분이 지났는데 불이 꺼져서 밖에서 문을 여는데 모두가 "와!" 하는 소리에 오순이도 따라서 소리를 지르며 나갔다. 전기 누전으로 자동으로 차단기 떨어져서 불이 크게 나지 않았다. 그 건물의 벽돌 건물 문은 방화문이다. 오순이는 지금 나이가 56세인데 가끔 구미 공단의 옛 추억을 떠올리며 그곳에 다녀오고 싶다는 생각을 한다.

지금은 구미 공단이 어떤 모습인지, 아직도 대흥방직, 삼성전자 회사가 그 자리에 있을까? 20살 봄에 전기 기사는 사무실 미스 리하고 결혼을 했고 오순이는 산업체 중고등 졸업장도 없이 친구 따라서 서울로 왔다가 3개월 후 회사에 퇴직금을 받으려고 갔는데 전기 기사가 키도 작고 생긴 것도 아니고 내가 좋아했던 사람이었나 싶었다(눈에서 콩깍지가 벗겨졌다).

✳ 서울 생활

서울에 와서는 장위동에서 장갑 공장에 취직을 하고 나니 3개월 견디다가 옷을 만들고 싶어졌다. 광고를 보고 남대문 시장 숙녀복 만드는 곳으로 옮겨 보조 생활로 이어졌고, 미싱사 갑질이 대단해서 오순이도 짬짬이 재봉틀 연습을 했다. 그렇게 하다 보니, 오버로크를 배우고 더 이상 보조 생활을 하기 싫어서 동대문 이화동 잠바 공장으로 들어가서 일하고 사람들을 많이 알다 보니 정보가 많아졌다. 중소기업 직원 30명 되는 곳에 들어가서 라인 작업에 투입되었는데, 너무 재미있게 일했다. 그때는 티셔츠를 동남아로 수출을 많이 하던 때라 야근을 해서 비행기에 물건 실어서 보내려고 밤을 새우면서 일을 하고 친구가 많으니 힘든 것도 모르고 친구들과 어울려 노는 재미에 추억 또한 많은 때라 무서움도 없고 밤거리를 셋이서 겁 없이 다니던 때였다.

강동구 길동, 그곳에서 또래 친구들과 맥주를 마시며 안개 자욱한 새벽길을 셋이서 걷기도 하고 나이트클럽 가서 놀다가 4시에 헤어져 날이 밝으면 다시 일하고 20대 청춘을 재미나게 보냈다.

그때는 자리 이동이 많았다. 월급을 조금 더 준다고 하면 퇴사 처리도 없이 그냥 말없이 도망을 갔었다. 다음 날은 사람이 없으니 회사에 남아 있는 사람들이 고생을 했다. 서울 생활 3년 만에 PAT 회사 하청 공장에 들어갔는데 오순이가 다녔던 회사들과는 차원이 다르다. 월급도 잘 나오고 야근 수당도 받고 너무도 마음에 들어서 3년을 다녔다. 남들과 함께 방을 같이 사용하는 것이 너무 싫었고 조카를 데리고 회사 생활을 하는데 뭔가 편하지 않은 불편함, 신경이 쓰여서 그 좋은 회사를 그만두고 오순이 혼자 자취를 했다. 결벽증이 있어서 남들이 내 물건 만지는 것도 싫고 혼자 있는 것이 마음이 편하기도 했다. 어느 날 사촌 동생이 놀러 왔는데 걸레로 무엇을 닦았는지 흐트러진 모양을 보니 잠이 오지 않았다. 사촌 동생이 잠이 깊이 들자 걸레를 가지고 나가서 빨아서 꼭 짜다가 걸레 그릇에다 담고 잠을 잤다.

취직을 했는데 기숙사 사감으로 들어갔다. 오순이도 이리저리 많이 옮겨 다니기도 했지만 그곳에서는 외출, 외박 상담까지 했다. 저녁이면 직원들 고민 들어 주고 다른 곳으로 가려는 아가씨들을 상대하다 보니 매일 소주 2~3 병은 기본이었다. 아침에 술이 덜 깨서 사무실로 가면 술 냄새 때문에 직원들한테 말을 건네기도 민망했고 이렇게 생활하다 보면 알코올 중독이 되겠다 싶을 정도로 심각했다. 식단표부터 기숙사 청소 점검까지 감투를 쓰는 건 오순이 자신과의 싸움이었다.

2년을 견디다 그만두고 다시 독립문 하청 공장으로 돌아갔다. 조카는 다른 곳으로 옮겨 가고 내가 하던 라인 자리가 비어 있어서 3년을 넘게 있으면서 퇴근하고 사무실 경리와 어느 날은 장안동 경남 호텔 클럽에 갔는데 클럽에서 기타 치는 아저씨한테 반해서 매일 그 아저씨 보려고 한 달 월급을 다 쓸 정도로 다니다가 어느 날 만나서 말이나 해 보자 싶은 생각 끝에 웨이터한테 "끝나면 저분 좀 만나게 해 주세요." 부탁을 하니 웨이터 하는 말, "저쪽을 보세요. 혼자 앉아 있는 여성분들 보이시죠." 4명 정도가 대기를 하고 있었고 다들 키가 크고 이쁘게 생겨서 오순이는 스스로 포기를 했다. 이쁜 여자가 줄 서서 기다리는데 나는 한참 부족하다는 생각으로 마음을 접었다.

24살부터 돈을 모으기 시작했고, LPG 가스값이 8천 원에 생활비 3만 원. 방은 회사에서 얻어 준 거라서 돈 들어가는 일이 없었다. 회사는 걸어서 10분 거리. 밥은 두 끼로 먹고 남자 친구도 있었다. 나보다 한 살 위 친구. 1년 사귀다 헤어지고 또다시 2년 만에 헤어지고 어쩌다 만나서 3년. 서로 한 번씩 차 버린 것이다. 그때는 핸드폰도 없을 때도 없고 삐삐가 유행하던 때라, 오순이는 자취하면서 집 전화를 가지고 있었다. 회사를 옮기지 않으니 잊을 만하면 점심시간에 전화가 와서 받으면 남자 친구였다.

7년을 헤어지고 만나고 하다 보니 인연인가 싶어서 '집에 인사시키자.' 마음을 다잡고 있을 때 고향에서 엄마는 우체국 다니는 남자가 너를 마음에 두고 있으니 한번 고향 땅에 내려오라고 했다. 오순이가 고향에 갈 때마다 얼굴을 본 적은 있었다. 28살, 결혼 생각을 안 하고 살았는데 어느 가을 131번 버스를 타고 청량리에서 돌아오다 저녁노을이 차창으로 들어오는데 '내가 무얼 믿고 결혼을 안 하려 할까.' 머릿속에서 문득 이런 생각이 지나갔다.

남친과 결혼을 생각했는데 웬일. 어느 날 휴일, 오후에 남자 친구가 만나자고 할 말이 있다며 술이 잔뜩 취해서 면목동으로 온 것이다. 남친 직업은 쿵후 사범이고 요꼬 기술을 가지고 있다. 일요일에 갑자기 와서는 나를 사랑해서 헤어지자는 것이다. 마른하늘에 날벼락이지, 결혼까지 생각하고 가을에 부모님께 인사하려고 계획을 잡았는데 이럴 거면 다시 찾아오지 말지. 오순이는 생맥주를 마구 마셨다. 이유를 묻자 "말할 수 없다." "내가 키가 작아서 그래? 아니면 여자 생겨서 그래?" 물어봐도 아니라고 너를 사랑해서 놔준다고 그 말뿐이다. 남자 친구도 취한 중에도 말이 꼬여서 더 이상은 안 되겠다 싶었는지 사실대로 말하는데 방 보증금을 걸고 파친코 도박을 해서 오갈 데가 없어 사촌 집으로 들어간다며 정말 미안하다고 자기보다 더 좋은 사람 만나서 결혼하라며 술을 연속으로 마셨다.

남친이 담배를 피우고 있는데 "나도 줘." 하면서 처음으로 담배를 뺏어서 피웠더니 기침이 나고 술까지 마셨으니 더 취기가 오고 울며 사정도 했다. "내가 돈이 있으니 방 얻고 부모님께 인사드리고 다시 시작하자." 했더니 남친이 "아니야. 김 선생 고생시킬 수 없고 행복하게 해 줄 자신도 없다."라며 마음을 이해해 달라고 하고는 그대로 맥줏집을 빠져나가는 것이다. 뒤따라 나갔는데 술이 너무 취해서 2차선 도로에서 쓰러져서 허우적거리고 자동차들이 빵빵거리고 먼저 나갔던 남자 친구가 나타나서 오순이를 인도로 끌고 나와서 그대로 두고 가 버려서 어쩔 수 없이 집에 겨우 온 것은 기억이 나는데 그다음부터는 기억이 없다. 그날 만취를 했었나 보다.

눈을 뜨니 옷은 흙이 묻은 그대로 입고 누워 있었고 울어서 눈은 붕어처럼 통통하고 속에서 토사물이 올라왔다. 토하고 있는 모습을 보니 꼴이 너무 한

심하고 이 상태로 회사에 갈 수가 없어서 며칠 휴가를 내고 어디론가 떠나고 싶었다. 오후가 되자 속이 편한가 싶어서 부산 여행을 가는 도중에도 토하느라 몇 번을 화장실을 갔는지 정말 힘들게 부산에 도착했다. 여동생 집에 들어가서 쉬고 부산 해운대로 가서 한참을 바다를 바라보는데, 나 자신이 한심하고 다시 나의 인생을 설계해야 했다. 저녁에는 동생네 가족하고 노래방에 가서 노래를 부르다 울음이 터져서 울고 말았다. 제부는 아마도 처형이 놀러 온 것이 아니라 뭔 일이 생겨서 온 것 같다며 걱정을 많이 했다.

극진한 대접을 받고 조카랑 밤에 놀다가 3일 만에 서울로 왔다. 회사에서는 세상에 계시지도 않은 아버지가 돌아가셨다 통보를 했었다. 죽은 사람을 또 죽이고 거짓말을 했으니 5일 놀다가 회사로 복귀해서 일을 하는데 잘 알고 지내던 지인께서 급하게 일본으로 가야해서 나에게 분식집 운영을 한 번 생각해 보라 해서 회사를 그만두고 분식집을 하기 위해 정리를 서서히 하는 중에 맞선이 들어왔다.

✶ 오순이의 미팅남

오순이는 남친이 있을 때도 주변에서 선(소개팅) 자리가 많았다. 같은 회사에 다니는 언니가 이모 쪽 삼촌을 소개시켜 주었다.

냉동 자격증만 5개. 남자로서는 아담한 키에 술도 잘 못하고 서로가 맘에 들어서 경기도 미사리에 가서 드라이브, 면목동 포장마차에서 술도 마시고 5번 데이트를 했는데 어느 날부터는 연락이 없었다. 7일을 기다리다 언니한테 물어보니 5번째 만나던 날 그 집 누나가 오순이를 보기 위해 둘이서 만나는 장소에 몰래 있다가 보고 반대를 했다는 것이다. 키 작아서 안 된다. 참기가 막혀서 오순이도 마음을 접었다.

친구가 소개팅을 해 줘서 만난 남자는 종로에서 성룡이 나오는 〈용형호제〉 영화를 나에게 보여 주는데 극장 안에서 얼마나 재미나게 봤는지 엄청 웃었던 기억이 나고 회사에 과장님 소개로 만난 사람은 덩치는 엄청 크고 둘이서 짜장면을 먹는데 땀을 어찌나 흘리는지 말을 걸면 대답하느라 절절매고 오순이는 숨이 꽉 막혀서 다음 날에 과장님한테 싫다고 했다.

기타 학원 원장님이 소개해 준 사람은 군포에서 목장을 하면서 가구 공단에서 일을 하는 분인데 상봉동 어느 다방에서 만나서 일어서는데 오순이와 키가 비슷했다. 저녁을 사 준다며 "무얼 먹을까요?" 묻길래 "된장찌개요." 했더니 그 남자 오순이한테 반해서 너무 적극적으로 나왔다. 밖에 나와서 오순이가 기침을 하는데 옆에 서 있던 남자 없어져서 신호등을 바라보고 우두거니 서 있는데 뒤에서 "이거 마셔요." 하며 기침약 봉지를 손에 쥐여 주었다.

둘이서 용마산을 걸어가는데 뒤에서 보면 초등학생이 걸어가는 모습이라는 그림이 떠올라서 오순이가 싫었다. 산책을 하고 내려오는데 이 남자 갑자기 공중전화 부스에 들어가더니 여동생한테 전화를 걸면서 "희야, 올케언니 될 사람 만났다."라며 자랑을 했다. 전화 용무가 끝나고 갈 곳이 있다며 오순이를 데리고 주택이 많은 곳으로 가더니 벨을 누르고 들어갔는데 헐, 형님 집이었다. 그런데 형과 형수도 키가 오순이랑 똑같고 4명이 형제처럼, 똑같은데 오순이는 '아~~ 이건 더 아닌데.' 싶었다. 대충 인사만 하고 나와서 내가 왜 마음에 드냐고 물었더니 저녁 메뉴를 된장찌개로 골라서 반했고 말 또한 시원스럽고 마음을 정했다고 한다. 일단은 밤이 늦어서 보내고 다음 날부터가 문제였다.

김포에서 저녁 퇴근 시간에 그 남자는 꽃을 사 들고 상봉동까지 왔다. 잠시 나가서 야근이 있다 하고 들어왔다. 일주일 후 아무 생각 없이 기타 학원에 강습을 받으려고 갔는데 원장님 오순이를 보더니 김포에서 전화가 매일 온단다. 오순 씨 연락을 기다린다고. 아~ 오순이 본인도 작은데 배우자도 작으면 2세는….

생각 끝에 오순이는 엄마 핑계를 대고 사실 집에서 미리 정해 놓은 정혼 자리가 있어서 만남을 가질 수 없다며 거짓으로 전화를 했고 그 남자도 포기를 했는지 그 후로 소식이 들리지 않았다.

또 하나의 미팅. 친구의 소개로 서울 수색동에 사는 남자. 한 살 위인 그 남자도 가구 기술자이고 키는 173. 말이 통한다고 할까.

그다음 날부터 매일 꽃을 사 들고 면목동으로 저녁이면 출근을 하는 것처럼 왔다. 서로 마음이 통하니까. 부모님 허락하에 만남을 제안했더니 내일 당장 오라는 것이다. 고향은 충청도 서울. 수색동 누나네 집에 엄마가 일 때문에 오셨다고 해서 다음 날 저녁 퇴근하고 수색동으로 갔더니 차 한잔 마시고 불편하게 있다가 온 기억이 난다. 집에 도착하자 바로 전화가 왔다. 엄마가 반대를 하신다. 이유는 키가 작다고. 그쪽 엄마도 별로 큰 키는 아니었다. 오순이보다 손가락 한 마디 정도였는데…. 이미 예상은 했던 일이고 그다지 마음에 두고 있지는 않았다.

남친과 헤어지면 중간에 이런저런 사람들에게서 중매가 많이 들어왔다. 생각나는 사람만 적어 보았다. 총 18명을 소개를 받았다. 회사 그만두고 계획을 세우고 있는 중에 저금통을 털어서 50원, 100원을 골라서 지폐로 바꿔야지 싶어 늘 다니던 슈퍼에 갔는데 동네 아줌마들이 4명이 있었다. 대수롭지 않게 지폐를 교환하고 돌아서는데 아줌마들 중 한 사람이 "아가씨세요?" 묻는다.

"그런데요?" 했더니, 선 한번 보라고 한다. 본인 시동생인데 여자 앞에서 말을 못 해서 35살이고 아직 결혼을 못 하고 있다며 엄청 착하다고 말했다. 늘 그랬듯이 시간이나 때우자 하는 마음으로 슈퍼 주인아저씨한테 전화번호를 주고 왔다.

☀ 잘못된 만남

그 후로 10일 후, 슈퍼에 물건을 사려고 갔는데 슈퍼 주인아저씨가 나를 보고 왜 이제 왔냐며 그날 동희 엄마가 전화번호를 잊어버려서 아가씨 오면 꼭 전화번호를 받아 두라고 했다며 연락처를 달라고 했다. 회사도 일주일 후에 그만두고 고향에 가서 좀 쉬다가 인천으로 가려고 계획 중이라서 시간이 많아서 말을 못 한다는 이야기에 재미 삼아 만나 봐야겠다 싶었다. 생각 없이 집 전화번호를 주고 집에 들어오니 밤 9시에 전화가 왔다. 주말에 시간 되면 시골집에 바람 쐬러 놀러 가자고 해서 날짜를 잡았다.

남친과 헤어진 지 한 달이 지났으니 아픔도 없어지기도 했고 오순이는 '시간이나 때우자.' 하며 아무 생각 없이 동희네 가족들을 만나서 따라갔다. 동희는 고등학교 2학년. 나를 보고 "너무 작다." 혼자서 하는 말을 나는 들었다. 처음 가는 길. 하지만 고향에 가려면 기차가 지나가는 곳. 한 시간 정도 큰 도로를 달리다 시골 안쪽으로 한없이 들어가서 8월 여름 녹색으로 덮인 도로가 끝나자 빨간색 기와 벽돌집 하나가 눈에 들어왔다. 누렁이 개 한 마리가 꼭 송아지처럼 순해서 낯선 사람이 들어오니까 다른 곳으로 피해 가고 어릴 적 오순이네도 저런 누렁이가 있었는데, 순간 어릴 적 고향 생각에 잠겨있던 중에 동희 할아버지가 방 안에서 나오셨다. 낯설지 않은 분위기. 인사를 하고 집 안으로 들어갔다. 동희 할아버지 마당으로 나가시더니 밑의 집을 향해 누구를 부른다.

오늘 선보는 노총각 창수가 이웃집 친구한테 있다가 올라왔는데 비쩍 마르고 러닝은 구멍이 송송 나 있고 반바지에 다리는 뼈만 보이고 재미로 시간이 나서 남자들을 많이 봐 왔지만 한 번 다녀온 재혼남 스타일이라는 느낌을 받았다. 오순이는 에~잇 시간 낭비했다 싶었다. 맞선 본 사람 중에 제일 꽝인 남자였다. 말을 얼마나 못 하길래 선보는 여자들이 싫다고 했는지 궁금해서 집 밖 과수원을 걸으며 말을 걸었더니 말을 잘했다. 지금 친구들이 개울가에서 본인을 기다리는데 같이 가자며 제안을 했다. 동희 엄마는 지금 안 가고 저녁에 갈 거니까 따라갔다가 오라고 해서 참 난처했지만 동행을 했다. 남자는 마음에 들지 않고 시골 풍경은 좋고 오순이는 아버지 없이 자라서 그런지 홀로 계신 동희 할아버지가 마음이 짠하게 느껴졌다. 간만에 시골에 와서 그런지 마음도 편하고 내가 살던 시골과 많이 다르지만 나무들도 많고, 공기마저 시원한 느낌이 들어서 좋았다.

동네 개울가에서 친구 두 명이 닭을 삶아서 술을 마시고 있었고 그날 오순이는 그들이 뭔 이야기를 하는지도 모르고 개울에 발을 담그고 그동안 직장 생활을 하면서 시골 풍경을 제대로 느끼지 못해서인지 물이 조금 흐르는 곳에 발을 담그고 마음은 자연으로 빨려 들어가서 아무런 생각 없이 마냥 있었다. 오후가 되자 창수 일행들은 개울에서 벗어나 친구네 집 마당에서 족구를 시작했다. 오순이는 낯선 곳이라 어쩔 수 없이 친구 와이프랑 딱히 할 말도 없고 그냥 TV를 시청하다가 저녁 7시 30분경이 되어서 창수네 집으로 와서 저녁밥까지 먹고 9시에 시골에서 떠나왔다. 창수는 마음에 들지 않았지만 신기하게도 그 집 들어가는 입구랑 집터를 꿈에서 많이 보았다. 낯설지 않은 풍경.

그 후 3일 만에 창수로부터 전화가 왔다. 청량리를 약속 장소로 정하고 휴일에 약속된 곳에서 만나서 고깃집 식당에 들어갔는데 묻지도 않고 쇠고기

주문을 했다. 별로 고기를 좋아하지는 않는 오순이는 고기를 먹는 창수를 어쩌다 쳐다봤는데 쌈을 싸서 먹는 모습을 보니…. 이건 또 뭔 마음이야. 왜 그리 불쌍한지. 얼굴에 살이 없어서 그런가. 다시 택시를 타고 면목동으로 자리를 옮겨서 노래방에 들어가서 노래를 불렀는데 고기 먹으며 마신 술과 노래방에서 마신 술 때문에 취해서 노래가 되지 않았다. 이 남자 술이 얼마나 센 사람인지 실험을 했다가 오순이가 술에 취해서 그만 나가자 제안하고 길에서 택시를 잡아서 보냈더니 이 남자 갑자기 오순이 볼에 뽀뽀를 하고 택시를 타고 간다.

오순이는 그래도 마음이 움직이지 않았다. 오순이는 창수네 전화번호를 받았어도 신경 쓰지도 않았고 엄마 외에는 장거리 전화를 잘 안 하던 번호라 신경도 안 쓰고 있었는데 여름 장마철에 중랑천이 범람할지도 모른다는 비 예보가 있었다. 8월 중순쯤이니까 날씨도 덥고 오순이는 회사 동료들하고 술을 많이 먹어서 회사 직원들과 3차까지 놀고 집으로 걸어가는데 도로가 내 얼굴에 와닿는 것을 느끼도록 술이 오버되어 있었다. 집에 도착해서 방문을 키로 돌려도 안 열리고 대문이 있는 집이라서 오순이는 결국 대문 안쪽에서 앉아 있다가 새벽 3시에 정신을 차리고 집에 들어가서 잠을 자고는 다음날 창수랑 만나기로 했는데 약속을 지킬 수가 없어서 전화번호 적어 놓은 종이를 찾아서 만나지 말자며 전화를 했다. 숙취가 심해서 오지 말라고 말하니 굳이 오겠다고. 숙취가 심해서 머리도 아프고 안 나간다고 했는데도 창수는 근처에서 일도 볼 겸 잠시 얼굴만 보고 가겠다고 한다.

'에라~ 나도 모르겠다~' 싶어서 오든지 말든지 하라며 전화를 끊고는 한숨 자는데 전화벨 소리에 받으니 면목동 근처에 왔다고 했다. 동희네도 면목동에 살았으니 근처를 잘 알고 있었다. 오순이는 숙취로 머리도 아프고 술에 절어서 나갔다가 괜찮으면 집으로 들어오라고 했더니 들어왔다. 아~~ 짜증. 오순이는 머리가 아프니 좀 누워 있겠다고 하고 창수는 갈 생각이 없는지 본인도 한쪽에서 쉬겠다며 눕는다. 오순이는 좀 신경이 쓰이기도 해서 돌아누우며 쉬었으면 가라고 했더니 창수는 걱정이 되어서 왔다고 한다. 밤새 전화도 안 받고 중랑천은 넘는다고 하고 바로 옆에 중랑천이 있어서 걱정이 되어서 왔다며 순식간에 오순이를 끌어안았다. 남녀가 같이 한방에 있으니 넘지 말아야 되는 선을 넘었다.

창수 말이 아버지가 결혼을 하라고 했다며 본인 생각을 말 안 하고 오순이한테 휴가도 친구들하고 같이 가는데 합류하자며 제안했고 물 흐르듯 자연스럽게 데이트가 이루어졌다.

8월 휴가를 양수리 어느 계곡으로 창수 친구 가족들과 함께 갔는데 술 반병밖에 못 마신다고 했던 창수가 술을 엄청 마신다는 사실과 머리카락이 없는 대머리라는 사실을 알게 되었다. 창수는 물속에 들어가서 친구네 아이들과 보트를 밀어 주며 놀아 주었다. 어른 키보다 깊은 물속에 잠겨서 놀다 보면 머리 스타일이 자연스럽지 않았고 오순이는 혼자 이상하다 하고 생각하고 어릴 때 제외하고 사회생활을 하면서 처음 물놀이를 하는 거라 혼자서 깊은 물을 피하고 얕은 물에서 놀다 수건을 쓰려고 텐트에 들어갔더니 창수는 어느새 들어왔는지 술에 취해서 가발이 절반 넘게 벗겨져서 그대로 잠을 자고 있는 것을 보았다. 머릿속이 깜깜해지더니 입에서 절로 "오 마이 갓." 소리가 나왔다.

아~ 라디오에서 나오는 〈여성시대〉 이야기가 생각이 났다. 어찌 나에게 이런 일이~ 일하면서 매일 듣던 라디오에서 나온 사연은 결혼한 부부가 아침에 출근할 때는 젊은 신랑이었다가 늦은 저녁 회식을 하고 돌아오면 아버님 스타일. 그런 사연을 듣고 오순이는 재미있어서 웃기도 했는데 내가 이런 사람을 만날 줄이야. 결혼을 해야 하나 갈등이 생겨서 그 자리에서 벗어나서 한없이 걸었다. 사찰 표시는 있는데 사찰은 보이지 않고 강물 따라 반대로 거슬러 걸으며 생각을 많이 했다. 35살이 되도록 결혼 못 한 이유를 그리고 내가 숙취에 시달리고 있을 때 와서는 했던 행동. 그날도 머리카락이 이상해서 머리카락에 손을 대려고 하니 못 만지게 했던 일들이…. 이것저것 나의 마음은 복잡했고 정리가 필요했다.

고민에 빠진 오순이는 한없이 걷던 걸음을 멈추고 나무 그늘에 앉아서 마음의 결정을 내려야 했다. 17살에 객지 생활을 시작해서 12년 사회생활에 너무 외롭고 더 이상 떠돌지 않고 정착을 하고 싶은 마음과 지겨운 직장 생활과 남친의 배신으로 영원한 안식처를 찾고 싶었던 심리도 있었다.

오순이도 콤플렉스인 작은 키 때문에 맞선을 보고 거절을 많이 당했는데 창수 역시도 콤플렉스가 있었구나. 이것 또한 인연인가. 우리 가족들한테는 뭐라고 말하지. 고민하다가 2시간 정도 흘러서 그냥 나 혼자 알고 말하지 말고 모르는 척하기로 다짐을 했다(본인도 말을 못 하고 있다면 내가 살면서 괜찮다고 말해야지 싶었다).

나 홀로 마음을 다잡고 열심히 살면서 부족한 부분을 채워 주며 살아야겠다고 결정을 하고 다시 그 자리로 왔더니 한바탕 난리가 났다. 없어진 오순이를 찾았고 물에 떠내려간 줄 알았다며 모두들 오순이를 보더니 가면 간다고 말하고 가지 그랬냐며 한마디씩 했다. 오순이는 그냥 산책을 했다고 말하고 하룻밤을 더 머물고 다음 날 아침에 일찍 일어나서 물멍을 때리고 있는데 창수가 잠에서 깨어 오순이를 보고 맞은편에 와서 쪼그려 앉아 있더니 5분도 되지 않았는데 갑자기 얼굴에 손을 가리고 울기 시작했다. 오순이는 당황해서 왜 그러냐는 말조차도 할 수가 없어서 바라보고 있는데, 창수가 하는 말, 5월에 하나뿐인 여동생이 저세상 사람이 되었고 내가 결혼한다면 엄청 좋아했을 것이다. 아~~ 이제야 의문을 풀었다. 첫날 집에 갔을 때 창수 방 장롱 속에 걸려 있던 여자 옷. 묻고 싶었던 말이었는데, 그 옷 때문에 다가오는 창수한테 시원한 대답을 할 수가 없었다. 아침 햇살이 개울을 비추고 울던 창수는 아무 말 없이 일어서서 우두커니 한참을 있더니 진정이 되었는지 일행들이 있는 곳으로 가서 라면을 끓여서 먹고 여름휴가의 마침표를 찍고 각자 자리로 돌아왔다.

오순이는 9월 20일까지 사직서를 제출했고, 짐 정리를 하고 고향에 내려와서 엄마한테 사실대로 결혼 상대가 있다고 했다. 인사를 오라고 해서 창수한테 연락하고 엄마는 좋아했다. 이순이 언니가 창수를 보고 했던 말이 있었다. "너 살아 봐라. 저 사람 눈값 한다." 이순이 언니는 걱정을 했다. 날짜도 잡아서 통보하고 10월 29일 오후 2시 30분. 날짜는 왜 그리 잘 가는지 7일을 남겨 두고 창수가 함을 가지고 친구들 2명이랑 왔다. 다음 날 개인택시를 하는 친구는 오순이 짐을 차에 실었고 그날 오순이는 우물가에서 씻고 있는데 친구가 와서는 "창수야, 짐 다 실었다." 하는 순간 오순이는 고향과의 이별과 모든 순간이 서글퍼서 그랬는지 엉엉 울음 터트리고 울었다. 순간 '이제는 엄마한테서 완전하게 벗어나는구나.' 서운함과 슬픔으로 울었다. 집을 떠나면서 30분을 차 안에서 울었다. 진짜로 그때 그날을 생각하면 그 심정은 이루 말할 수 없는 아쉬움과 헤어짐이었다.

엄마는 너는 시집가지 말고 나랑 살자 했었고, 오순이 또한 시집 안 가고 혼자 살겠다고 했었는데 재미로 선을 보다가 결국에는 결혼을 하게 되었다.

✳ 폭언으로 얼룩진 생활

결혼 준비는 아주 간단하게 예단비로 창수네 형제들한테 각자 한 집에 50만 원, 총 2백만 원을 수표로 주었고 예식장 비용, 드레스, 사진 등 7백, 이래저래 천삼백만 원이 들었다. 살림은 시아버님 모시고 들어가서 살기로 결정이 되어서 돈은 많이 들지 않았고 나머지 장롱, 화장대, 침대 2백만 원에 인켈 오디오 값만 칠십만 원. 그때는 인켈 제품이 최고였다. 내가 직장 생활을 하면서 모은 돈을 결혼 자금으로 지출을 했다. 그리고 나머지 돈으로 사륜구동 스포티지 차를 사서 결혼을 했고 남은 돈 2백은 살면서 시댁 땅을 찾을 때 변호사 비용으로 시아버님께 드렸다. 나도 드레스를 입었다. 결혼을 한다는 것은 오순이에게는 어른으로 거듭나고 동시에 나의 모든 반경은 좁아지고 오직 남편을 위해서 밥하고 산다는 책임감으로 큰 무게감을 느꼈고, 내가 힘들면 내 편이 되어 줄 수 있는 남편이 생겼다는 큰 꿈을 꾸었다. 아버지 없이 살아서 남자는 기둥이 되어야 한다는 생각을 했었다.

서울에서 하룻밤 자고 제주도 신혼여행에서도 술을 아침만 빼고 끼니때마다 마셨다. 왜 그리 술 냄새가 싫은지 오순이는 짜증이 났다. 신혼여행이 오순이한테는 아무런 의미가 없었다. 가이드 안내에 따라 말 타고 그날은 제주도가 왜 그리 추운지 바람이 불고 날씨마저 흐리고 창수에게서 풍기는 술 냄새 때문에 오순이는 예민해졌다. 임신을 해서 더 예민한 것이었다. 시골살이 시작과 동시에 창수는 일 때문에 지방을 많이 다녀서 신혼 생활을 재미있게 보낸 적이 없다. 지방으로 안 가고 가까운 근거리에 일을 다니면 결혼 전에 친구들과 어울리듯 늘 술에 젖어 있었다.

어느 날 오순이는 주말에 지방에서 온 창수랑 자려고 누웠는데 창수한테 TV를 좀 큰 것으로 교체를 하자고 했는데, 창수 느닷없이 욕을 했다. "씨발년이, 누구 지시를 받고 밤에 불 끄고 나를 요리를 하냐."라며, 돌아누워 잠을 자는 것이다. 의외의 반응에 오순이는 말 한마디 못 하고 그대로 지나갔다.

그리고 95년 12월 2일, 오순이 사촌 동생 결혼식이라서 창수랑 부천에 갔더니 사촌 오빠들이 주는 술을 다 받아 마시고 낮부터 술에 취해서 겨우 와서 창수는 동네 친구들 모임 있어서 오순이도 따라갔는데 와~ 술을 엄청나게 마시고 완전 술에 만취해 소변 마렵다고 옆에 사람들이 있는데 바지 허리띠를 풀어서 지퍼를 내리고 하니 친구들이 창수 행동을 막으며 "야, 야!" 지적을 했다. 오순이는 너무 실망스럽고 어이없어서 아무 말 없이 그 자리를 벗어나서 택시 타고 들어와서 시아버지 앞에 가서 말을 했다. "창수 씨, 술 좋아하고 실수도 하던데 저런 사람인지 알았으면 결혼 안 했다. 그리고 오늘 보니 면허증 없이 차를 끌고 다니던데 술이 저리도 만취가 되었는데 차를 운전하면 안 된다." 말하고 안방을 나왔다. 오순이는 '아직은 이방인이고 낯설고 마음의 안정이 되지 않았고 후회하기는 너무 멀리 왔고 그냥 다듬어 가며 살자.' 하는 생각이 들었다. 그 날 창수의 모임이 두 군데가 겹쳐서 마지막 모임은 동네에서 했었는지 시아버지께서는 수소문을 해서 창수를 데리고 올려고 갔었나보다.

　오순이는 창수 방으로 들어와서 결혼을 성급하게 했다는 것을 깨달았다. 창수 동생이 다리 밑에 주차된 차를 집에 가져다 놓았다. 그날은 김장을 하려고 형제들이 모여서 배추를 절여서 놓고 하룻밤 자면서 김칫소를 준비해 놓고 자려고 이부자리 깔고 누워 있을 무렵, 11시 40분경, 창수가 술이 꼭지가 돌아서 마당에 들어서더니 자기 아버지 이름을 부르더니 "개씨발놈, 언제부터 내가 술 먹는데 간섭을 하냐."라며 안방에 들어가서 술주정을 하는데 방 안 벽이 꽝꽝 이리저리 부딪치는 소리, 문을 열면 다시 문 닫히는 소리까지 난리가 아니었다.

　오순이는 임신 중이고 방 안에서 움직이지도 않고 소리만 듣고 있는데 한 시간가량 소란은 계속되었고 물건 깨지는 소리 등…. 그러다 갑자기 방문이 꽝 하더니 문이 열렸고 창수 왈, "오순이, 씨발년 나와." 소리를 지르길래 나왔더니, 마루에 서 있는 창수. 상의 옷은 벗고 가발까지 벗고 "나 대머리니까, 야 이 씨발년아 가라." 하면서 다시 안방으로 들어가더니 물건을 부수려고 하길래 오순이는 따라 들어가서 초인적인 힘을 다해서 창수를 눕히고 제압을 했다. 배 위에 앉아서 오순이는 말했다. 이미 머리 그런 줄 알았고 안갈 거니까 믿으라고 하니, 창수는 "이 년이 지금 이 순간을 벗어나려고 한다."라며 서랍을 열고 칼을 찾아서 죽는다며 몸부림을 치는데 그날 오순이는 태어나서 젖 먹던 힘까지 썼다.

세상에서 제일 나쁜 개자식이었다. 성질머리는 다혈질, 혈액형은 O, 머리카락은 곱슬, 나쁜 건 다 가지고 있었다(본인만 최고고 아래위가 없고 어른을 공경할 줄 모르고 말주변이 없다). 술 주사가 있고 욕 잘하고 상대가 상처를 받든 말든 엄청난 욕을 하고 오순이는 처음 겪어 보는 거였다. 새벽 2시가 되도록 술을 가져와서 잔에 따르며 꼭 똑같이 닮은 형과 주고받고 하며 소주잔을 깨트려서 손에는 피가 흐르고 정말 끝까지 오순이 인내력을 테스트하듯 새벽 2시가 넘도록 지랄을 떨고 주사를 부리는데 갈 수 있는 곳이 있으면 뛰쳐나가고 싶었다. 너무 시골이고 배 속에는 아이가 있고 결혼이란 굴레가 나를 꼼짝 못 하게 했다.

형제들과 몸싸움을 하면서 문을 닫았던 것은 가족들이 가발 머리를 말 안하고 결혼을 시켜서 오순이가 알면 갈까 봐 안방에서 해결을 보려고 하다 보니 몸싸움이 더 많았고 오순이는 힘을 써서 제압하는 과정에서 온 살갗이 부들부들 각자 근육들이 살아서 움직이듯 뛰는 것을 느끼며, '이놈의 인간, 성격 보통이 아니구나.' 하는 생각이 들었다.

오순이는 결혼 두 달 만에 겪는 일이고 결혼식만 안 했어도 날 밝으면 도망이라도 치고 싶었는데 앞날이 태산처럼 살아갈 일이 걱정이었다. 날이 밝으면 친정엄마한테 갈까! 생각은 해 봤지만 집안 망신이고 홀로 키운 자식인데 엄마는 마음이 얼마나 아플까. 죽을까 봐 노심초사 키운 딸을 겨우 살려서 시집을 보냈는데 억장이 무너지지 않을까. 오순이는 엄마 생각에 마음을 접고 내가 사랑으로 잘 감싸고 살자는 다짐을 했는데 날이 밝으니 창수는 죽으러 간다며 옷을 입고 나간다. 오순이도 일어나서 그래, 같이 죽자며 마을에서 첫차 5시 50분 차를 타고 말없이 따라갔다.

청량리역에서 지하철을 타고 인천에서 내려 택시를 타고 월미도에 도착했는데 순간 바다를 보는데 오순이의 서글픈 마음이 울컥하고 쏟아지고 소리도 못 내고 눈물이 한없이 흐르는데 창수는 술이 깨지 않은 상태고 뒤에 따라가도 신경도 안 쓰는 상태였으니 눈물이 마르기까지는 30분이 지나서야 진정이 되었다. 오순이는 따라가던 발길을 멈추고 떠오르는 태양과 바다를 보니 문득 저런 사람과 어떻게 살아야 할지 내 인생이 너무도 서글프고 답답했다. 눈물을 멈추고 바다를 보는데 3시간이 되도록 말을 안 하던 창수가 언제 왔는지 곁에 와서 밥이나 먹자며 길 건너 식당으로 들어갔다. 그날 무얼 먹었는지 생각도 없이 오순이는 방황하며 힘들어하던 지나온 세월은 아무것도 아니었고 지금부터 살아야 하는 세월이 막막했다.

점심을 시키면서 창수는 깨지도 않은 술에 또 한 병을 마셨고 쉬고 가자며 여관으로 들어가서는 잠을 자고 오순이는 오후에 햇살이 기울며 월미도 바다를 물들이는데 그 아름다운 광경에도 또 눈물이 났다. 어찌 살아야 하나. 그런 생각으로 마음이 먹먹해지고 이럴 줄 알았으면 엄마랑 단둘이서 살 것을 때아닌 후회도 했다. 마음 둘 곳 없는 오순이 자신이 한없이 서럽고 저런 사람과 살아야 하는 내가 너무도 불쌍했다. 부모 복이 없으면 남편 복도 없다는데 그 많은 선을 보고 제일 못난 인간을 만나서 지금 이 순간 걱정과 후회와 내가 기댈 수 있는 곳은 아무 곳도 없었다. 그저 나 자신만 믿고 내가 선장이 되어 방향을 잡아서 중심을 잡는 세월을 살아야 하겠구나. 막연하게 보이지 않는 세월을 잘 견디며 살아 낼 수 있을까. 온갖 생각이 머릿속에서 떠나지 않았다. 3개월째 임신이라서 '아이를 낳으면 괜찮아지겠지.'라는 생각을 하고 마음을 다잡기도 했다.

저녁 해는 수평선 너머로 사라지고 어둠이 내리자, 창수는 4시간을 자고 일어나서 어디론가 전화를 하더니 약속을 잡고 택시를 잡아타고 같은 일을 하고 있는 지인 집에 들어가서 하룻밤 쉬자며 저녁 밥상에서 술을 둘이서 5병을 마시고 하룻밤을 신세를 지고 다음 날 아침까지 얻어먹고 지하철을 타고 버스로 갈아타서 점심 무렵에 마을에서 내렸는데 바로 정면 언덕 위에 있는 집 마당에서 시아버지가 우리가 오는지 바라보고 있었다. 그날 오순이는 정확하게 보았다. 두 시간마다 버스가 청량리에서 들어오는 것이 있으니 시간만 되면 마당에 나와서 내리는지 확인을 했을 것이다. 난장판을 만들던 집에 도착해서 보니 화장대가 부서져서 밖에 나와 있고 창수를 보니 정말 호래자식이 이런 놈을 두고 하는 말이었다. 아버지한테 개새끼 욕을 해 놓고 술주사 부린 것은 잘못했다는 말도 없고 그대로 동네 친구들한테 놀러 갔다.

다행스럽게도 창수는 지방에 가서 6일 만에 오니까 견디고 살았다. 안 오면 좋았고 집에 오는 날이면 술 냄새가 진동을 해서 나도 취하는 기분이 들도록 방 안은 알코올 냄새로 가득 차 함께 방을 쓰는 것은 고통이었는데 주말에만 오니 참 살 만했다. 주말에 어쩌다 와서 웃으며 "수고했어요." 반기면 "왜, 네 서방이 좆같아 보이냐?" 하고 웃지 않고 말하면 "내가 오는 게 싫으냐?" 이래도 저래도 비아냥거리는데 집에 들어서면 어찌 대해야 할지도 나중에는 고민이 되기도 했다. 방법은 그냥 인사만 하고 바로 부엌으로 직행이었다.

주 6일은 시아버님 밥 차려 드리면 나는 자유니까 잠을 엄청 많이 잤다. 입덧은 없어도 잠을 자도 끝이 없이 잠이 왔다. 낯선 곳, 그곳도 버스가 더 갈 수 없어서 돌아서 나가는 시골 끝 마을. 아는 사람도 없으니 젊은 엄마들이라고 해도 다 오순이보다 나이들이 많았다. 오순이는 낄 수도 없었고 오로지 홀시아버지 끼니 챙기는 일이 전부였다. 임신 7개월째 되는 어느 날 밤, 창수는 친구들과 술을 마시고 들어와서는 밖에서 뭔 일이 있었는지 모르지

만 갑자기 주먹으로 TV를 치는 것을 보고 오순이는 너무 놀라서 호흡곤란을 일으키며 화장대와 침대 사이로 숨었다. 숨을 제대로 쉬지 않는 오순이를 보더니 창수는 주방으로 가서 물을 떠서 가지고 와서 먹였다. 결혼을 왜 했는지 생각이 없는 건지 아니면 하기 싫은 결혼을 아버지가 등 떠밀어서 한 건지 어쩔 수 없이 했다는 말을 듣기는 했다.

바로 밑의 동생이 결혼을 먼저 해서 4살짜리 조카가 오면 놀아 주던 창수를 봤을 때는 '우리 아이도 태어나면 잘해 주겠구나.' 생각했는데 창수는 남보다도 못하고 아니 가족은 눈에서 멀고 친구가 1번이었다. 아이들은 이뻐하는지조차도 알 수가 없는 사람. 여동생 조카한테도 그리 잘하고 하룻밤 경북에서 데리고 꼬옥 껴안고 자면서 옷이랑 음식을 사 주던 사람이 정말 자기 자식은 울어도 안아 주는 법 없고, 몇 가지 가슴 아픈 이야기를 적어 본다.

✳ 아들 탄생과 술 주사

산후조리 때문에 경북에서 아이를 낳았다. 산고를 8시간을 겪어도 아이는 나올 줄 모르고 허리에 통증이 얼마나 주는지 알고는 다시 임신을 못 할 것 같았다. 자궁은 다 벌어지고 의사가 자궁 속에 손을 들이밀어서 확인했고 아이는 위에서 내려오지도 않고 체격은 작고 아이는 크고 이대로 출산하다 보면 산모가 죽을 수도 있다 제왕절개를 하자 해서 동의서에 작성을 하고 수술에 들어갔다.

너무 추워서 깨어 보니 옆에 사순이가 "아들이야." 하고 말했다. 말끝에 '다행이다. 남자라서 산후통은 안 겪어도 되니.'라는 뜻이 있었다. 좀 움직여서 아이를 보러 가자며 나를 일으켜 세워서 복도를 걷는데 너무 힘이 들고 가슴이 아파서 조금만 가면 아이를 볼 수 있을 텐데, 숨을 쉬기도 힘들었다.

언니는 나를 보더니 "입술이 보라색이 되었네." 하고 나는 다시 입원실로 돌아와야 했다 3일 후 아이 얼굴을 보았다. 사순이 언니네에서 조리를 끝내고 시아버지 집으로 왔다.

현명이가 태어난 지 1달, 어느 날 술에 취해 들어와서 아이를 달라며 팔을 꺾어서 병신을 만들겠다고 겁을 주더니 주방에 가서 칼을 들고 소주를 마시며 죽여 버릴 거라고 하더니 TV 음량을 30까지 올려서 현명이가 놀라서 울까 봐 나는 손바닥 중심을 이용해서 현명이 귀를 꼭 막아 주기도 했는데 오순이가 아무 동요도 하지 않고 가만히 있으니 장판에다 칼로 * 이런 모양을 만들더니 소주병 속에 칼을 집어넣고는 혼자 구석에 가서 "이 새끼야, 왜 여기 서 있어?" 하며 가라면서 발길질을 하고 밖에서 술자리에서 말하던 욕을 하며 잠들어 버렸다. 그때부터 오만 정이 떨어지기 시작했다. 정말 아이만 없다면 안 살고 싶었는데 그나마 지방으로 가는 일이 많아서 살 수 있었던 것 같다. 잊을 만하면 1년에 3~4번씩 미친 짓을 하는데 남편이 아니라 공포의 대상으로 점점 오순이의 마음속에 자리를 잡아 갔다.

2개월 된 현명이를 데리고 96년 여름휴가 때 같이 일하는 일행들하고 목포에 가서 배 타고 제주도에 갔다. 날씨는 덥고 현명이와 나는 땀띠가 날 정도로 더운 날씨. 아이는 얼마나 울던지 백일도 안 된 아이는 목만 겨우 가누고 했던 때라서 나 스스로 자책하며 엄청 후회를 했다. 내가 미친년이지, 술 좋아하는 인간은 마누라와 아이는 뒷전이고 무엇을 기대하고 따라왔는지 아이한테 엄청 미안하고 여행이 아니라 고생이었다. 창수와 일행들은 언제나 모이면 술이 없으면 안 되는 사람들이었다. 남자들 4명은 술에 젖어서 여행보다 술 먹기 위해 온 사람들처럼 기억에 남았다. 제주도 도착해서도 자식과 오순이는 외면했고 오로지 술과 사람들 있는 데서 오순이한테 함부로 말하고 상처만 받은 여름휴가 96년을 어찌 잊으리.

다시 제주에서 목포로 돌아오기 위해 카페리호 배를 타고 오는데 오순이는 현명이를 땀띠가 나도록 안고 그늘을 피해서 서 있었다. 창수는 주제 파악이 안 되는지 아가씨들과 뱃전에서 시시덕거리면서 웃고 서 있는 모습이 지금 29년이 지났어도 눈에 선하게 남아 있다. 오순이는 그래도 아버지 없는 아이를 만들고 싶지 않았다. 참고 견뎌야 했고 시아버지도 어쩌지 못하는 아들인데 여자 말은 더욱 무시하고 바른말을 하면 빈정대고 대화를 하다가도 뭔가 기분이 거슬리는 말이 있으면 그것을 마음속에 넣어 두었다가 다음에 술 먹고 와서는 깐족거리고 시비를 걸고 하니 참 한심하기도 하고 제주도 휴가를 끝으로 집에 와서 오순이는 처음으로 한마디를 했다.

"나랑 살 거냐, 아니면 헤어질래. 살려면 사람들 앞에서 나한테 무시하는 투로 말하지 마라. 남들 또한 똑같이 당신처럼 나를 무시하고 막 대한다." 했더니 아무렇지 않게 "알았어." 한다. 이 남자, 여자 마음이 하룻밤 섹스를 하면 다 풀어지는 줄 착각을 하는 사람이다. 술 먹고 주사 부리고 다음 날이면 꼭 섹스를 하려고 하고 자기 볼일 다 보면 그것으로 다 풀어지는 줄 착각 속에 살았다. 마음을 알다가도 모르겠고 어떤 사람과 가정을 이루고 사는지조차도 모르고 살았다. 믿음이 없어졌다. 성질부리는 것이 싫어서 몸 한 번 주면 집이 조용하다.

추석 명절을 보내고 간만에 엄마한테 현명이를 보여 줄 겸 친정집을 갔다. 현명이 4개월 된 때 추석 한가위 다음 날에 사촌 오빠도 있고 우리 집 형제들이 모여 있었고 처가 족보는 어차피 어린 마누라를 데리고 사니까, 창수보다 어려도 처남은 형님이다. 오죽하면 처가 족보는 개 족보라고 했을까(옛 어른들 말씀이다). 술자리에서 자네라는 말을 했다고 개새끼, 나이도 어린놈이 말을 내린다고 한마디 내뱉은 말에 분위기가 완전히 싸늘해지고 그대로 작은집 오빠는 몇 마디 더 하다가 나가고 분위기는 깨졌고 불안했다.

그날 밤 오순이 자매들과 제부가 노래방을 가는데 창수 혼자만 안 갔다.

놀다가 들어오니 엄마가 "현명이 아빠가 누워서 혼자 '씨발년들, 씨발놈, 뭣이 그리 잘났어.' 하더라."라고 했다. 엄마는 마음이 불안해서 딸들이 들어오기만 기다리고 있었다. 다음 날 시댁으로 돌아오는 길에 창수 기분을 살피느라 아무 말도 없이 4시간을 힘들게 차를 타고 와야 했다. 도착해서 엄마한테 잘 왔다고 전화를 하는데 현명이가 보행기에 앉아서 울었다. 전화기는 시아버님 방에만 있어서 현명이를 마루에 두었는데 창수는 발로 보행기를 밀어 벽에 부딪쳐서 현명이는 더 자지러지게 울었다.

창수 하는 말, "씨발년이 애새끼 우는데 전화질을 해." 그날은 아버님도 있었다. 오순이는 갑자기 벌어진 일이라서 얼른 전화를 끊고 현명이를 안고 달랬다. 그날 시아버님도 아무 말씀도 안 하셨다.

친정집에 절대로 같이 가고 싶지 않았고 일이 생기면 혼자 아이들 데리고 다닐 것이다. 오순이 혼자 생각을 했다. 결혼 생활은 좋은 기억이 없다. 창수가 지방에 갈 기다리고 아이만 보고 살았고, 현명이 할아버지를 의지하고 살았다면 맞는 말이다. 오순이는 홀어머니한테 자라서 시아버지를 아버지라고 부르며 함께 살았다. 현명이 태어나서 9개월째 되는 어느 날, 밤 8시 넘었는데 현명이와 잠이 들었는데 주방에서 시아버지 목소리가 들려서 주방으로 나가 보니 "이 새끼가 왜 이래? 얼른 뱉어!" 하는 말을 듣고 "왜 그러세요?" 물었더니 창수가 쥐약을 입에 넣어서 시아버님께서 손가락으로 파내고 있었다. 말인즉 방에 들어와서 횡설수설하더니 죽겠다고 해서 따라 나왔는데 이런 짓거리를 한다고 하셨다. 오순이 또한 기가 막혀서 그대로 방에 들어왔다.

또 어느 날 여름, 현명이 13개월째 되던 어느 저녁 무렵에는 술을 잔뜩 먹고 들어와서는 과수원에 뿌리는 농약을 큰 함지박에 부어서 저어 놓고 주방에 가서 국그릇을 들고 나와서 자기 아버지 손을 잡고 같이 먹고 죽자며 데리고 나왔다. 참, 오순이는 그날도 어이가 없어서 '뭔 짓거리야. 저게 사람 새끼야?' 그런 생각이 들었고 알 수 없는 행동에 그저 하루를 조용하게 사는 것이 소원이었다. 그날 시아버지는 "이 새끼가 미쳤네. 왜 이 지랄을 하는 거야?" 하시며 함지박을 그대로 하수구로 엎어 버리고 방으로 들어가셨다. 아무리 생각해도 이해가 안 되는 행동. 과거로 돌아갈 수만 있다면 창수의 어린 시절을 보고 싶었다. 홀로 계신 아버지를 왜 괴롭히는지 자기 자신은 마음이 편한지 그것 또한 궁금하다. 얻는 것이 있다면 잃어버리는 것도 있는데 그건 왜 모를까.

오순이는 오로지 아이들이 성장하면 나에게는 아이들이 방패 역할을 할 것이라는 생각뿐이었다. 세월아, 가라. 참고 또 참고 창수는 가정 따위는 필요 없는 사람이다. 우리가 큰 짐인가. 남한테는 잘하고 우리한테는 따뜻한 말 한마디 못 하면서 가장으로서 무섭고 언어폭력, 기물 파손 등 위협적인 존재. 남편이 아니라 악마였다. 어떤 말이든 하면 삐딱하게 받아들이니 오순이는 마음의 문을 닫았다. 차라리 허공에다 말하는 것이 더 편하고 나 혼자 스트레스를 받으면 노래방 가서 풀고 동네에서 나랑 동갑 친구도 생겨서 덕분에 시골에서 아이들만 바라보며 살았다.

둘째 아들 현제는 추석이 지나고 3일 후에 제왕절개 수술이 잡혀서 부지런히 뒷정리를 하고 무거운 배를 한 아름 안고 병원을 찾았다. 오후에 수술이 잡혔다. 마취 숫자를 세며 들어갔다. 5, 6 숫자를 오순이는 세고 있는데 원장은 마취가 되었다고 생각했는지 메스로 배를 그었다. 미지근한 것이 쏟아지는 느낌, 그리고 손가락이 들어가서 아이를 꺼내는데 오순이는 아픔을 느꼈다. 아이의 울음소리를 듣고 마취가 되었다. 너무 아파서 마취에서 깨어나는데 입원실에서 창수한테 소리를 마구 질렀다. "내가 이렇게 아파하며 아들 둘이나 낳았으니 잘해." 하며 소리를 질러 대니까 울고 있던 현제도 조용해졌고 나 역시 정신이 혼미해서 생각이 안 난다.

수술을 3가지를 한 번에 겹쳐서 했었다. 맹장, 불임, 제왕절개 수술까지 했으니 남들보다 회복이 늦었고 입술이 타서 3번이나 벗겨졌다. 그리고 유체 이탈을 했다. 나의 영혼은 푸르고 구름도 있고 아주 맑게 태양이 비추고 오순이는 그곳에서 아이 엄마도 아니고 아프지도 않았고 아무것도 느낄 수 없는 영이었다. 아이들 목소리는 나는데 오순이도 놀았다. 내가 본 세상은 땅이 아닌 하늘 위에 있는 세상이었다. 발을 딛고 뛰어노는 것도 아니고 아이들 목소리는 들려도 사람들은 보이지 않았고 오순이는 아주 깔끔한 놀이터에서 맑고 푸른 하늘 아래 햇빛이 밝아서 먼지조차도 없었던 공간에서 무어라 이야기 나누고 있는데 누군가 나의 뺨을 때려서 깨웠다. 창수가 헛소리를 하는 나의 뺨을 때리며 "정신 차려." 한 것이다. 그 순간 나의 영은 돌아왔고 수술 후유증으로 머리카락이 젖을 정도로 힘들게 회복을 했고 12일 만에 퇴원을 할 수 있었다. 그날 나를 깨우지만 않았으면 이 세상과 이별을 했을 것이다. 현명이는 2.8킬로그램. 자궁벽이 엄청 건강한 사람이라고 했다. 키는 작고 체력은 달리고 수술 후유증이 충분하게 이해가 되었다. 살아온 세월 속에서 자신을 위해서 영양제조차도 먹어 본 적이 없고 허약 체질에서 임신과 출산을 겪으니 당연한 것이었다.

현명이 동생 현제가 16개월 차이로 태어나고 정신없는 세월을 살았다. 그나마 참고 견디며 살 수 있었던 것은 아이들은 이 세상을 선택해서 태어나지 않았고 오순이가 시집을 가서 태어난 아이들이기에 아이들 둘의 올바른 인격과 인성이 오순이에게는 가장 중요했고 똑같은 창수를 세상에 2명을 더 만들기 싫었다. 사랑을 아무리 못 받고 성장했어도 가장이 되어 아이들마저 모른 척하는 것은 너무 실망을 했다. 가부장적인 남자들이 무엇을 어떻게 보고 성장해서 결혼을 해서도 저리도 가족을 괴롭히는지 그 마음을 알고 싶었고 아이들 인생이 더 소중했기에 오순이는 참고 살아 내야 했다.

✳ 남편은 공포의 대상

평범한 가정은 아빠가 퇴근하고 오면 아이들이 뛰어가서 안기며 뽀뽀 등 재롱을 떠는데 우리 아이들은 아빠한테는 곁을 주지도 않았고 아빠 품에도 머무는 적이 없다. 창수는 처와 자식은 완전 원수 취급하는 가장으로 나에게는 인식이 되었다.

처자식은 남이고 명절 때도 친구들이 전화가 오면 아침밥 먹고 나가면 밤이 깊어서 만취가 되어서 나타나서 말도 안 되는 소리를 하다가 잠들기도 하고 명절은 거의 하루 종일 오순이 혼자서 사람들 밥하고 치다꺼리를 했다. 현명이는 걸어 다니고 현제가 기어다닐 때 창수는 비가 오면 일이 없고 일하다 사람들하고 트러블이 생겨도 안 가고 일 없으면 안 가고 집에서 하루 종일 친구들이 와서 술을 먹고 또는 아침 먹고 사라져 술이 떡이 되어 매일 술에 절어서 산다.

들어오는 길에 홀아비 친구가 술 먹자고 와서 한 병 마시더니 2차 가자며 둘이서 나간다. 그날 저녁에 역시나 술에 취해서 헛소리를 하고 아무도 없는 방구석 자리로 가서 발길질을 하며 왜 거기 있냐며 저 검정 옷 입고 서 있는 새끼 안 보이냐며 욕을 해 가며 난리를 치다가 잠이 들었다. 잠을 자면서도 술자리에서 하던 욕을 하면서 누구랑 이야기하는지 모르지만 계속 욕을 했다. 오순이는 도저히 참고 있을 수가 없어서 순옥이네 집에 가서 하소연을 했다. 아이들 아빠한테 술을 먹자고 하지 마라. 아이들이 자라는데 불안해하고 눈치를 본다. 술 마시면 아버지도 몰라보고 욕을 하는데 제발 자중 좀 해 달라고 말했는데 다음 날 저녁때 순옥이 오빠 정길이는 퇴근하고 들어오는 창수를 붙들고 내가 했던 말을 그대로 했나 보다.

그날 저녁, 창수는 술을 마시고 들어와서는 오순이한테 "야, 이 씨발년, 아 동네에다 방송을 해라, 이년아."로 시작해서 마루의 창문을 깨고 지랄 아닌 미친놈처럼 난동을 부렸다. 참 신기하기도 시아버지가 노인정 가서 없을 때마다 더 난폭했다. 아~ 아이들만 아니면, 내가 모든 것 버리고 나가면 저 이쁜 아이들은 저 개 같은 모습을 그대로 배우고 똑같은 놈을 사회에 2명을 만들고 그들을 만나는 여자는 또 얼마나 힘들고 괴로울까? 내가 낳은 아들은 제대로 올바른 사람으로 키워야겠다는 생각과 다짐을 했건만 나는 스트레스를 아니 화병이 쌓여서 속은 멍들고 내일은 제발 조용한 날이 되길 희망하며 때론 미칠 것 같은 기분도 들 때도 있었다. 다음 날 일요일 같이 일하는 일행 가족들이 창수네 집으로 놀러 왔다. 한나 엄마가 과자를 여러 개 담아서 큰 봉지 하나를 아이들 주라며 나에 손에 쥐여 주었다. 오순이는 그 과자를 받아서 집으로 안 들어가고 과자를 길 따라 나가면서 다 뿌리고 정길이네 마당에 들어섰다. 큰 함지박에 물이 담겨 있는 것을 보고 바가지로 머리 위에서부터 뒤집어쓰고 정신을 차렸다. 이렇게 안 하면 내가 어떤 짓을 할지도 모른다는 생각에 내가 제일 싫어하는 물을 뒤집어쓰고 있었다.

그날 나 자신을 감당할 수 없을 만큼 우울감이 엄청 심했다. 죽을 수만 있다면 죽고 싶은 심정이었고, 이렇게라도 안 하면 정신을 놔 버릴 것 같은 불안감에 휩싸여 왔다. 창수가 손님이 오니 웃으며 반기는 꼴을 보니 오순이는 '그래, 잘들 놀아 봐라.' 하며 살짝 미칠 것 같은 기분에 그 많은 과자를 집 마당 끝 입구부터 뿌리고 콧노래를 부르며 길을 걸었던 생각이 난다. 창수는 오순이를 찾아서 길 따라 나오다 오순이가 물에 빠진 사람처럼 흠뻑 젖어서 걸어오는 것을 보고 묻는다. "왜 젖었어." 오순이는 아무 말 없이 걸어서 집으로 들어가니 현명이는 무릎에 압정 핀이 박혀서 울고 현제는 똥을 싸서 도장을 찍고 기어다니고 있었다. 한나 엄마가 나를 보더니 아무런 말도 못 하고 오순이는 울고 있는 현제 무릎에서 압정 핀을 빼고 달래고 현명이 똥을 치우고 대충 씻기고 무표정으로 아이들만 보았다. 그날은 오순이가 인사도 안 하고 웃지도 않았고 그들과 말도 한마디 안 했다. 내 삶은 오로지 하나,

아이들 둘을 세상 밖으로 키워서 사회의 일원으로 반듯한 아이들로 스스로 책임질 수 있는 세월까지 참고 인내하는 것이었다.

그런데 세월은 너무도 길고 내가 먼저 나를 포기할 것 같은 상태가 될 뻔했다. 스트레스와 불안이 마음속에 차곡차곡 쌓였던 것이다. 누가 찾아와도 늘 혼자 빠져서 나가던 창수였는데 제발 모두 다 나가길 바라며 아이들한테 관심을 돌리며 보고 있었고 오야지 와이프는 오늘은 현명이 엄마도 밥 먹으러 가자며 오순이를 끌어당기며 차에 태웠다. 수유리에서 닭백숙을 먹었는데 한나 엄마가 오늘은 창수 삼촌은 술 먹지 말고 오순이가 먹으라며 술을 따라 주었다. 그날 술을 얼마나 마셨는지 집에 도착해서 주방으로 들어가서 커피 물 올리고 싱크대에 서 있었던 것은 분명 생각이 나는데 그다음부터는 생각나는 게 아무것도 없었다. 갈증이 나서 눈을 떠 보니 한밤중이고 물을 먹고 들어와서 또 자고 일어나니 창수 하는 말, 지난밤 토하고 몸도 가누지도 못하고 옷 갈아입히고 했다며 상황을 말하며 간만에 "미안해." 했다. 한나 엄마가 "애들 엄마 이상해. 늦게 결혼해서 아들 둘이나 낳고 시아버지 모시고 얼마나 이쁘냐. 저려다 사람 망가진다. 아이들 봐서라도 술 좀 줄이라."라고 했던 말이 기억이 난다.

이놈의 짐승 같은 인간은 부부 관계 회복을 꼭 섹스 한 번으로 해결이 된다고 생각하는지 혼자 사정하면 그걸로 만사 해결이다. 부부 싸움은 물로 칼베기라는 단어는 없어져야 한다. 정말로 마음의 상처를 받고 몸까지 상처를 받았다. 섹스는 즐거운 것이 아니라 아무런 의미도 없다. 여자는 섹스 대상이 아니라는 것을 그때는 왜 말을 못 했는지. 그리고 욕정을 풀지 못해서 울고 있는 현명이를 침대 위로 던지던 생각이 난다. 둘째 언니 아들 조카가 우리 집에 와서 한 달이 다 되어 가는데 그때 조카 나이는 초등학교 6학년이었고 입술 수술 때문에 자주 오곤 했다. 방은 3개지만 1개는 겨울에 냉방이라서 우리 방에서 같이 잤다. 현제가 우는데 짜증을 내며 침대 위에다 던진 적이 있다. 그날 밤 조카를 아버님 방으로 보내고 몸뚱이를 주었다. 섹스를 좋아하는 창수의 짜증을 잠재우는 데는 몸뚱어리를 한 번 주면 다음 날이면 아무 일이 없었던 것처럼 태평스럽다.

또 다른 기억이다. 현명이가 태어나서 21일째 되는 날, 밤이 익어서 떨어지고 산후조리 때문에 친정집에서 보낸 영순이가 문 열고 들어와서 "언니, 큰일 났어! 아저씨가 집에 들어오더니 주방에서 칼을 꺼내서 품속에 넣고 개새끼 죽인다며 나갔어요!" 한다. 얼른 할아버지한테 말하라고 하고선 오순이는 산후조리 때문에 나갈 수가 없었는데 시아버지 들어오시며 하시는 말씀, 술에 취해서 말 때문에 생긴 일이란다. 창수는 말주변도 없지만 윗사람들한테는 존칭을 안 쓰는 편이다. 아랫집 아저씨한테 말을 이상하게 해서 그 집 아들이 우리 아버지한테 왜 버릇없이 말하냐고 훈계를 했다고 그 새끼 죽인다고 칼이 아닌 가위를 품고 신발도 없이 맨발로 뛰쳐나갔다고 한다. 시아버지가 곧장 따라가서 말리고 오셨다. 그날 밤 발바닥은 흙이 묻었고 밤 가시를 발바닥에서 몇 개를 빼고서야 잠이 들었다. 늘 그렇듯 욕을 하면서 잠이 깊이 들 때까지 누군가와 대화를 계속한다. 오순이도 태어난 지 21일 된 현제를 재우고 잠이 들었는데 이상한 소리에 잠에서 깨어 보니 그 깨끗이 씻지도 않은 발을 현제 몸에 올려놓고 코까지 골면서 자고 있다. 아이는 소리도 못 내고 버둥거리고 있는 것을 보고 얼른 발을 치워 버렸다.
아이들 2~3살 되던 어느 해 가을, 창수 덕분에 오순이는 스트레스가 날이 갈수록 심해지고 풀 데가 없어서 시아버지께서 김장 배추를 가꾸어 놓은 밭을 한밤중에 내려가서 다 뭉개고 배추를 짓밟고 단 한 포기도 건질 수 없게 만들어 놨다. 미친 듯이 날뛰니 마음이 좀 시원했다.
화풀이를 할 데가 없어서 배추밭에서 마구 뛰며 배추를 발로 차고 뭉개 놓았으니 다음 날 시아버지가 지난밤 멧돼지가 내려와서 배추밭을 망가뜨렸다 하시는데 오순이는 아무 말을 할 수가 없었다. 그해 김장은 동네에서 배추를 사서 했다.

정말 아이들만 없다면 안 살고 싶은 남자. 또 다른 해 가을밤에는 마당에 나가서 몽둥이를 들고 배나무 한 그루를 두들겨 때려서 수확 1달 전 나무에 달린 과일을 작살을 낸 적도 있다. 화풀이 대상이 없으니 아이들 보면 이쁘고 귀엽기만 하고 떠날 수도 없고 자살을 생각도 했었다. 나의 족쇄는 아들 둘이고 내가 없어도 성장은 하겠지만 엄마를 태산같이 믿고 졸졸 따라다니는 두 형제를 보고 있으면 그 마음 또한 접어 버렸고 아이들은 혼자 키울 자신도 없고 혼자 스트레스를 감당하기에는 정신 줄을 놔 버릴 것 같아서 캄캄한 어두운 밤에 씩씩거리며 화풀이를 했었다. 그때부터는 '그래. 세월아, 빨리 가라. 아이들 대학교까지만 참자.' 마지막 남은 인내심은 세월이었다.

세월은 잘도 갔다. 아이들과 컴퓨터 물풍선 터트리는 게임을 하며 치킨 배달을 시켜 먹고 작은 찻상에 그대로 두고 다른 것을 하다 보니 창수가 퇴근길에 술 마시고 들어와서 나 죽으라고 제사상 차려 놨냐며 씩씩거리며 방에서 자더니 그날 밤 장롱 손잡이에 눈을 찍혔다고 병신 되라고 빌고 있었냐고 작정을 하고 일을 꾸몄다고 오만 욕을 다 했다.

참자. 내가 받은 마음의 상처 꼭 되돌아가게 하리라. 다짐을 하며 참았다. 아이들이 불쌍해서 오순이는 아이들한테만은 최선을 다했다. 아이들 눈에 어떤 아버지의 모습이 남을지는 모르나 집은 화목한 가정이 아니고 술에 언어폭력이 난무하고 가장은 개보다 못한 인간이었다.

2001년 초봄 4월, 현제가 4살 때 토하고 설사하고 아파서 우는데 창수는 원두막에서 택시 1번 친구랑 술 마시고 화장실 왔다가 나가면서 애새끼가 울고 지랄한다며 욕을 하고 나갔다. 현제는 장염으로 병원 가서 입원을 할 정도로 많이 아픈 상태에서 오순이도 간호하다가 옮아서 처음으로 장염을 겪었다. 배가 찢어지는 듯한 고통으로 3일 만에 퇴원하고 왔다. 그리고 한 달 만에 현제는 맹장 수술을 했다. 처음에는 소아과에서 진단을 못 해서 다른 큰 병원으로 다시 갔다. 다음 날 또 큰 대학 병원으로 갔는데 맹장이 터져서 복막염이 되어서 초음파로 찾았고 수술을 결정하는데 이놈의 의사들이 더 기막힌 이야기를 했다. 복막염이 되어서 내장들을 꺼내서 씻고 배 안에 넣는데 자리를 못 잡으면 다시 수술해서 자리를 잡고 그걸 6개월 한 번씩 할지도 모른단다. 참, 그 말을 들으니 마음이 얼마나 아픈지 수술실 들어가는 걸 보니 애가 타고 마음이 아파서 눈물을 닦아 내고 있으니 아빠란 놈은 "뭐, 죽으로 갔어? 울고 지랄이야." 한마디 내뱉었다. 현명이는 열이 안 떨어져서 큰 병원을 다니면서 고생을 많이 했었다. 뇌수막염 때문에 척추에서 물을 빼서 검사하는 것까지 병원을 다녔던 아이라서 더 마음이 아픈 아이였다. 열이 떨어지지 않으니 뇌막 검사를 해야 한다고 해서 진행했던 것인데 병원 복도에서 현명이 비명 소리를 들어야 하는 오순이는 차라리 내가 아프지, 왜 아이한테 저런 검사와 수술을 해야 하는지 젖을 안 물려서 그런가 하고 죄책감과 미안함까지 들었다. 겨우 척추에서 물을 빼고 수술실 문이 열리는데 시트에 피가 묻어 있는 것을 보니 더 측은하고 불쌍한 아이였다. 뇌수막염도 아니었고 현명이는 자주 아프며 성장한 아이였다. 그날 맹장 수술은 무사히 잘되었고 회복되었다.

그해 7월 창수는 지방에 다녀와서 간만에 기분 낸다고 맥주를 마시고 성관계가 끝나고 화장실에서 담배 피우고 들어와서 뒷목이 아프다고 하며 주저앉았다. 몸에 식은땀이 흥건하게 흘렀고 얼른 친구 택시 2번 친구한테 전화를 해서 친구가 집으로 와서 병원으로 갔다. H 대에서 응급 처리와 엑스레이 촬영을 했고, 그곳은 중환자실이 없어서 잠시 대기시켜 놓고 머리 아픈 약을 주고는 다른 큰 병원도 중환자실이 없어서 여기저기 큰 병원을 다 연락해도 중환자실이 없어서 마지막은 K 대 병원으로 이송해서 중환자실에 입원을 했다.

뇌동맥이 꽈리처럼 부풀어 터져서 수술을 해야 하고 병원에 가면 의사들이 자기들 빠져나갈 길을 미리 만들어 두고 하는 말, 전신 마비 또는 인지 장애 등 대비하라고 했다. 환자는 중환자실에 있지만 비상사태를 대비해서 오순이는 잘 곳도 없어서 신문 한 장 들고 복도 또는 보호자 대기실 바닥에서 쪽잠을 자면서 면회 시간 되면 밥 먹이고 수염 깎아 주고 물수건으로 닦아 주고 나름 힘들어도 견디며 간호하는데 창수 그 와중에도 한다는 말이, "낮에는 면회 오는 사람들 때문에 병원에 있을 거고 밤에 어느 놈하고 붙어서 자는 거야." 그 말을 듣자 오순이는 기가 막혀서 바로 집으로 왔다. 시아버지가 병원은 어쩌고 왔냐고 물으시길래, 사실대로 말하고 다음 날은 안 갔다. 의처증. 중환자실에 누워서 고작 그런 생각을 하나 싶어서 혼자 견뎌 봐야 소중한 것을 알겠지 싶어서 아이들과 같이 놀고 청소하고 밥하고 좀 누워서 쉬는데 오전 10시가 되자 병원에서 전화가 왔다. 보호자가 없으면 안 된다 하니 어쩔 수 없이 오순이는 잠을 제대로 못 자고 때가 되면 중환자실에서 하루 3번 밥을 먹는 것도 봐줘야 했다.

똑같은 증세로 중환자실에서 죽어 나오는 시신을 14일 만에 3명을 보았다. 부산에서 올라온 13살짜리 남자아이 엄마도 대기 상태. 똑같이 수술을 2번 했는데 또 터져서 서울로 온 것이라며 뇌동맥 기형은 타고날 수도 있다고 했었다. 태어날 때 이미 풍선처럼 있던 상태, 막이 두꺼운 상태에서 점점 부풀어 올라 얇은 상태가 되면 터진다 했다.

창수는 수술 중에 2개로 알고 머리를 열었는데 5개였고, 피떡을 만들어서 그곳을 막았다고 수술했던 담당 의사가 직접 말을 해 주셨다.

천운이다. 그렇게 하고도 몸이 멀쩡하니 다른 사람들은 수술이 잘못되어서 한쪽이 마비되거나 사람을 못 알아보는 사람도 있다고 했다. 수술이 잘

되어서 입원실로 옮겨 일주일 만에 그것도 일요일에 갑자기 퇴원을 하라고 하는데 그날 친정 언니와 큰언니 딸이 병문안을 오고 있을 때였다. 21일 만에 퇴원 수속을 하는데 카드도 없고 일요일이라서 370만 원을 융통할 수가 없어서 창수 형 동희네 집으로 돈 좀 빌려달라고 전화를 했다. 동희 엄마는 창수 둘째 형수다. "일요일인데 우리가 그 돈이 어디 있어, 갑자기." 병원에서 퇴원하라고 하니 제일 생각나던 형이었는데 그리고 응급실에서 병원비 걱정 말라던 둘째 형 말도 생각이 나서 형제 중 제일 잘살고 카드도 있는 사람들이 매몰차게 거절을 하는데 신용 카드 한 장 안 만들었던 것이 후회가 되었다.

때마침 친정 삼순이 언니랑 큰언니 조카딸이 병문안 오는 시간이라서 조카한테 부탁해서 카드로 계산하고 퇴원을 했다. 다음 날 바로 가서 조카한테 입금하고 '내가 돈이 있어야 형제도 있구나.'라는 생각을 처음으로 했었다. 돈 앞에서는 형제도 필요 없구나. 내가 잘살아야 한다는 생각도 처음으로 했었다.

창수의 수술로 보험을 해약하고 적금 통장도 해약해야 했다. 우선 아이들이 4살, 5살이고 시어른을 모시고 있으니 형제들은 매 주마다 오고 그 당시 둘째 형수가 생활비 20만 원씩 4개월 보내 주었다. 오순이는 시아버님께서 가을에 수확한 과일을 화물차에 싣고 노점 장사를 시작했다. 처음에는 창수랑 같이 나갔는데 쳐다보고 그냥 지나가는 사람이 많았고 창수가 다른 자리에 차를 댈 수 있는지 장소를 보고 온다며 차에서 벗어나자 오순이는 호객을 하며 얼굴에 철판을 깔고 적극적으로 "배 팔아요. 산지에서 직접 가져왔으니 부담 갖지 마시고 드시고 가세요." 맛을 보여 주니 너도나도 할 것 없이 사람들이 달려드는데 정신없이 1시간 만에 다 팔았다. 그때 처음으로 내가 아닌 또 다른 나의 본능을 찾았다. 나에게 이런 능력도 있구나. 첫마디 하기가 어렵지 저절로, "언니, 어머니, 아버님, 맛 좀 보고 가세요. 부담 느끼지 말고 드세요." 말이 나왔고 봉지에 담아 주기도 전에 손님들이 스스로 담아서 돈을 주고 갔다.

시아버지가 배를 수확할 때마다 판매를 못 하고 청량리 경매시장으로 보냈는데 어느 한 해는 비닐하우스에서 450주 나무에서 배를 따서 그대로 비닐하우스에 덮어 놓고는 작업하려고 배 봉지를 뜯어서 보니 검정 물이 들어서 상품이 되지 않아 그 많은 배를 과수원 밭에 거름으로 다 버린 적이 있다. 그때는 검은색이 안쪽에 있었고 지금의 배 봉지는 물에도 강하며 이중 겹으로 노란색으로 되어 있는 것으로 알고 있다.

경동시장을 상대로 해 봐야 경매로 후려치는 것이 값이니 한 박스에 얼마를 받았는지 모르나 이 또한 여력이 안 되면 노점 장사 아저씨들이 와서 큰 것은 50원, 작은 것은 10원으로 좋은 것만 골라서 가져가는데, 1년 고생해서 판매 때문에 시아버님께서 많이 힘이 들었을 것이다. 늦게 결혼시켜 놓은 아들이 술 주사에 개망나니짓을 하는데도 왜 가만두셨는지 지금도 이 글을 쓰면서도 이해가 안 간다.

오순이에게 만일 그런 아들이 있어 술에 취해서 망나니짓을 한다면 아예 집에서 내쫓아 버렸을 것이다. 그 당시 오순의 마음이 그랬었다. 내가 아버지 입장이라면 술 먹고 자는 아들 손발을 묶어서 두들겨 패서라도 아버지의 위엄을 보여 주길 바랐다. 과수원 일도 많이 돕지도 않고 동네에서 개가 되어 술에 절어 사는 아들에게 한마디도 안 하셨다. 오순이 또한 창수보다 시아버지를 믿고 의지하며 살았다.

시아버지는 며느리가 마늘을 까 달라고 하면 기꺼이 해 주시고 총각무도 다듬어 주시는 분이다. 1년 동안 과수원에 매달려 혼자서 꽃 따고 배 봉지 씌우고 수확할 때까지 소독은 24번, 비가 자주 내리면 더 많은 소독을 해야 하는 것이 과수원 농사다. 노력한 대가에 비해 많은 돈을 벌 수 없고 거름값,

인건비, 재료비 다 빼면 얼마 남지 않으니 시아버님은 혼자서 농사일을 하셨다. 소독할 때는 창수와 둘이서 같이 해야 한다. 호스 줄을 잡아 주고 꼬이는지도 봐야 하고 나뭇가지에 걸리면 당기며 해야 하니까. 그때는 소독차를 구입하지 않고 늘 부자 둘이서 옥신각신하며 소독하는 것을 봤다. 호스 줄이 터져서 스톱 아니면 끊어져서 스톱, 거의 3시간 걸리는 것 같았다. 힘들게 가을에 수확하면 경동시장 경매로 나가니 큰돈은 못 벌었을 것이다. 언제나 생산자는 제일 돈이 안 되고 중간 상인들이 거쳐 가면서 비싼 것이다.

차라리 내가 면허증을 따서 내가 팔아야겠다는 생각으로 시작했다. 처음으로 밭떼기로 1천만 원 거래한 적도 있었다. 시아버지는 열심히 농사를 짓고 그 돈으로 하나뿐인 딸 장기 이식을 위해서 3천만 원 빚진 은행 돈을 갚고 있었다. 돈은 없고 딸은 저세상으로 보냈지만 오순이가 봐도 배를 너무 싸게 파는 것 같아 도움을 드려야겠다는 마음으로 도전을 했는데 필기는 합격했고, 기능도 합격. 도로 주행 강사 아줌마 키가 작은데 오토를 안 하고 스틱으로 도전을 하냐며 노골적으로 말은 해서 상처를 받았다.

도로 주행 시험에서 떨어졌다. 등받이 의자가 당겨지지 않았고 차선이 보이지 않아서 들어갈 수가 없었다. 창수한테 말해서 노원에 가서 차 코스를 익혀서 주행 시험을 서울에서 취득하려고 집에서부터 노원까지 운전을 해서 가는데 그날 스트레스를 엄청 받았다. 옆에 창수가 타고 노원으로 가는 길에 앞차 간격이 가까우면 창수 왈, "지미 씨발, 누가 오라고 부르냐."라고 욕 한마디. 가까이 안 가도 욕하고 브레이크 밟으면 밟는다고 지랄. 어휴, 차라리 혼자 와서 불법으로 3만 원 주고 돌아볼 것을. 저놈의 성격을 알면서 내가 왜 부탁을 했을까. 후회는 되고 옆에서 너무 지랄을 하니까 더 긴장이 되어서 어떻게 다녀왔는지도 모르게 왔다. 시아버님 잘 다녀왔냐고 물으시는데 창수는 "지미 씨발, 피가 절반 말랐다."라고 했다.

면허증 받아서 마포구, 의정부, 면목동, 망우리 등 요일을 정해 놓고 명함을 만들어서 주면서 판매를 하니 나름 재미있고 나 스스로 놀라기도 했다. 사업도 할 수 있다는 자신감도 생기고 시골에서 스트레스를 받는 것보다 밖에 나와 손님들과 말하며 배 파는 일이 더 좋았다. 하루 2번씩 싣고 나간 적도 많았다. 판매 수익은 물론 시아버지께 드리고 배 판매가 다 끝나면 큰언니 딸이 옷 공장을 하는데 그곳에 샘플을 가져다 팔아서 아이들 먹고 싶은 것 다 사다 주었다. 시아버지는 현명이와 현제를 너무도 잘 보살펴 주셨고 아이들도 역시 아빠보다 할아버지를 더 좋아했다.

오순이는 가장 즐겁게 살아야겠다는 생각과 희망이 되는 세월이기도 했다. 아이들하고 손잡고 방학 때는 영화를 보고 다녔던 것이 행복했다. 살림도 대충 하는 법이 없고 동네에서 아이들 친구 엄마들과 놀다가 때가 되면 얼른 집으로 와서 식사 준비를 하고 시골집이지만 정말로 깔끔하게 살았다.

농번기가 끝나면 시아버지는 노인정에서 밤을 새우고 다음 날 들어오시기도 하고 창수만 없으면 그곳은 아이들과 나의 낙원이 되고, 창수가 집에 있으면 심장이 두근거리고 웃으며 반기면 빈정대고 웃지 않고 잘 다녀왔냐며 인사하면 그것도 트집이 되고 스스로가 이 집 머슴이라며 꽈배기 꼬듯하니 아이들한테는 꼭 "다녀오셨어요." 인사는 철저하게 시켰다. 동네 어른을 만나면 아침에도 등하굣길에도 인사는 기본, 때로는 미술관 영화, 뮤지컬 〈백설공주〉, 일본 배우들이 공연하는 것도 삼성동까지 데리고 다녔고 그때 추억을 만들어 줘야겠다는 마음으로 두 아들 인물화를 그려 준 그림이 지금도 있다.

시아버지 방을 정리 정돈하다가 집 압류장을 발견했다. 3천만 원. 동네에서 보증을 서 준 것이 세월이 지나서 갚을 능력이 없어진 이웃집 2명의 보증인 중 한 명은 주소 불명으로 없어지고 시아버지 혼자만 보증인으로 되어 있고 우편물이 온 지가 한 달이 지난 것이었다.

그날 저녁 혼자 고민했다. 어쩌지. 혼자 알고 있으려니 답이 안 나오고 창수한테 보여 주기로 결정을 했는데 창수 말주변이 없어서 또 아버지 방에 들어가서는 "씨발, 밖에서 잠을 잘 거냐?"라고 소리를 지르고 본인은 허수아비냐고 술 주사를 했다. 참, 내가 미안하고 민망했다.

2금융권에 가서 서류를 만들고 조율해서 천오백만 원으로 타결이 되었다. 한 번도 써 보지 않은 돈을 갚아 주기로 결정을 내린 것이다. 아이들 고모(심장 이식) 장기 값 3천만 원. 시아버님은 총 사천오백만 원을 갚기 위해서 과수원에서 나오는 돈으로 빚을 갚고 계셨던 것이다.

아이들과 또 하나의 추억은 초저녁 집 마당에서 불꽃놀이를 하다가 나비 불꽃이 우리 셋을 향해서 돌아와서 앞에서 터져 놀라서 뒤로 넘어가며 웃었던 추억. 때로는 마당에서 배드민턴도 쳐 주고 야자 타임도 하고 생일 때는 집에서 김밥, 도넛을 만들고 친구들 초대해서 축하도 해주 고 나름 부족하지 않게 노력하고 최선을 다했다. 자동차는 작아도 눈치껏 등교, 하교를 시키고 창수는 그런 것들을 싫어했다. 애들 버릇 나빠진다고. 어느 해 겨울에 눈이 많이 내려서 차가 다니는 길까지 눈을 쓸어 주고 비가 오면 꼭 가서 기다리고 아이들만큼은 기를 꺾어서 키우고 싶지는 않았지만 아빠가 집에서 출퇴근을 하면 잘 놀다가도 마당에 차가 들어오는 소리가 나면 방으로 들어가서 자는 척을 하고 나 역시도 늦게 들어오면 움직이지도 않고 자는 척을 했다.

어느 해 추석날은 하루 종일 술이 떡이 되어 나타나서 큰형한테 아버지 모시고 가라고 해 놓고 집에 불을 지른다며 LPG 가스통을 들고 설쳐 대고 형제들이 말리고 난리가 아니었다. 왜 저러는지 이유를 알았으면 좋으련만. 오죽하면 시동생이 오순이 보고 가라고 했었다. 결혼을 하고 더 조용한 날이 없다며 매주 일요일이면 와서 과수원 일을 도와주고 하다 보니 볼 때마다 형이란 존재는 결혼 전과 변함이 없으니 시동생은 나 때문에 더 시끄럽다고 생각을 했었나 보다. 시아버지 초상 치르고 이틀째 되는 날, 진이 아빠(시동생)는 나에게 헤어지라는 말을 직접 했다.

　시아버지는 폐암 4기, 5개월 투병 생활을 하다가 세상을 떠났다. 세상에서 제일 나쁜 새끼는 부모가 마지막 가는 날까지도 불효를 하는데 술에 취해서 욕을 습관적으로 한다. 시아버지 투병 중에 더 이상 참을 수 없어서, 제발 노가다에서 하는 말과 욕은 집에서 하지 말라고 하니까 "하면 어때, 이년아."라고 하고 아침밥 먹으라고 하니까, 술이 덜 깨서 누워서 무엇이 그리 기분이 나쁜지 "이년아, 밥에다 약을 탔는지 어떻게 믿어. 내가 왜 먹어." 삐딱하게 말하고 차라리 인간이 아니라고 술 먹은 미친 개새끼라고 상종을 말아야겠다는 생각을 하고 문을 닫고 나와서 아이들 유치원 보내고 투병 중인 시아버지 밥 드리니 오전 11시에 큰형이 오셨다. 창수는 어제 마신 술도 덜 깨서 있더니 동네에 나가서 술을 또 마시고 들어와서는 투병 중인 아버지 그리고 큰형을 보고는 이 씨발년이 노가다 밥을 처먹으면서 노가다 욕을 한다며 "이 씨발년, 죽여 버릴까." 했다. 오순이도 그 말에 더 이상 참을 수가 없어서 처음으로 가족들 있는 곳에서 말을 받아쳤다. "내가 지금은 참고 있는데 이 안에 있는 풍선이 터지면 어떻게 되는지 알기나 해." 너무 답답한 마음에 가슴을 치며 손바닥으로 마루를 두들겼다.

　아침에 있던 일을 두 분한테 말했더니, 큰형이 창수를 보고 "야, 너는 말 해석을 왜 그리 꼬냐."라며 한마디 하자 창수는 술에 취해서 주절주절하더니 방으로 들어가서 낮잠을 잔다. 시아버지는 투병 중에도 한숨을 내쉬며 "저렇게 살면 안 되는데 다른 자식은 걱정이 안 되는데 창수가 걱정이구나." 고개를 저었다. 끝까지 참으려고 했는데 오순이도 한계점 도달을 한 것이다. 그나마 참고 견딜 수 있었던 이유는 시아버지와 아이 둘뿐인데 어느 날 이 세상과 이별을 하실 시아버지를 간병하며 기저귀도 갈아 드리고 옆에서 아이스크림(엑설런트) 병원 약 등…. 정말이지, 친정 부모님께 하듯 발톱 잘라 드리고 이발소에 모시고 이발도 시키고 정성을 다했다. 결국에는 음력 3월 29일, 그다음 날이 음력 윤달 3월이 시작되는데 윤달 되기 전에 세상을 떠났다.

돌아가신 날, 역시나 창수는 오전 11시에 집으로 와서는 동네에 내려가서 택시 2번 친구와 술을 마시고 있었다. 아이들은 유치원에서 돌아왔고 친구들과 놀라고 앞 동네에 보냈다. 오순이는 텃밭에서 오이 줄을 묶어 주고 들어와서 저녁을 하면서 시아버지 방에 들어갔더니 많이 떨고 계셨다. 오순이의 마지막 한마디, "아버지, 많이 아프면 약 드릴까요." 했더니 "물." 한마디. 오순이는 주방으로 나와서 컵에 빨대를 꽂아서 드리고, 입에 넣는 것을 보고 나왔다. 그리고 머윗대를 볶으려고 하는데 들기름이 없어서 아이 친구네 왕복 10분도 안 되는 거리를 자전거 타고 얼른 기름 좀 얻어서 아이들까지 데리고 와야겠다 싶어서 서둘러 갔더니 아이들은 민이네 가서 놀아서 결국에는 나 혼자 들기름을 얻어서 집으로 들어와서 시아버지 약을 갈아서 수저와 같이 들고 방에 들어가는 순간 시아버지는 눈도 못 감고 세상을 떠났으니 들어가서 방 창문 열고 창수한테 전화를 했다. 받지 않았다. 친구네 전화번호를 몰라서 우선 형들한테 전화를 하고 창수를 찾아서 동네로 내려갈 수밖에 없었다. 참, 어이없이 택시 2번 친구네 집에서 술에 취해 앉아서 입 벌리고 자고 있었다. 흔들어 깨워서 아버지의 별세를 말하니 창수는 울면서, "아버지!" 하며 뛰어서 집으로 갔다. 병원에 연락해서 구급차가 시신을 거두었으며 마지막 문턱에 바가지가 없어서 놓으라고 해서 그대로 실행을 하니 구급대원들이 바가지를 발로 깨고 마지막 집을 떠나는 신호를 하듯 집을 떠났다.

20년이 지난 지금도 이 글을 쓰면서 눈물이 난다. 큰 기둥이 없어진 기분. 너무도 쓸쓸했다. 마지막 머물던 자리. 내가 손에 쥐여 주었던 물컵은 바닥에 뒹굴고 물은 흥건하게 떨어져 있다. 오순이는 아이들을 그날 민이네 집에 하룻밤 재워 달라고 민이 엄마한테 부탁을 하고 혼자 뒷정리를 해 놓고 영안실로 갔다.

정말 나쁜 놈. 아버지 마지막 가는 날에도 병원 조문실에서도 둘째 형한테 개새끼라고 아버지 보러 안 와 봤다며 발길질을 하고 난동을 피웠나 보다. 막냇동생 와이프가 나한테 들으라고 하는 말인 건지, "지는 아버지 살아생전에 온갖 속을 썩이며 살아 놓고는 뭐가 저리 당당해서 저러는 거야."라고 했다. 참, 그 말을 듣는데 모든 것이 공수래공수거였다. 아무런 반응도 할 수가 없다. 오순이가 아무리 잘 모시고 살았어도 모든 게 헛세월을 살았구나 싶었다. '이제는 누구를 믿으며 살지.'라는 생각에 너무도 슬프고 걱정이 되었다. 이제부터는 창수가 죽는다고 칼을 들고 설쳐도 술에 고주망태가 되어 살림을 때려 부숴도 아이들 품듯이 다독거리지도 않을 것이고 물건을 부숴도 절대 치우지 않을 것이고, 술 먹고 죽든지 말든지 신경을 끊어 버리자. 그리고 아이들한테 정성을 다하며 살리라. 그동안은 시아버지가 자기 자식 어찌지 못하고 나한테 말씀도 제대로 못 하고 딸처럼 해 줘서 속상할까 봐 말리고 내가 먼저 다가서고 밤에 섹스 상대를 해 주고 했는데 이제부터는 그냥 운명처럼 살도록 놔두기로 마음의 결정을 했다.

아버지라고 불렀던 분을 보내 드리고 장지에서도 소복이 더러워지는 것도 모르고 일을 했다. 그해 과수원 농사는 대충 했으니 엉망이고 다음 해에 현명이가 초등학교에 입학하고 술 주사는 1년에 3~4번 하는데 정말이지 어느 날은 아이들이 등교하고 나면 이렇게 살아서 무엇 하나 싶어서 창고 안에서 목을 매고 죽을까 생각했다. 사다리 타고 올라가서 목을 매고 발로 사다리를 차 버리면 될 것. 그런데 아이들이 엄마의 모습을 보고 얼마나 충격을 받을까. 그런 상황을 보고 나면 성장하면서 트라우마로 남을 것이고 그 생각을 하다 보면 죽을 마음을 접고 살았다. 하지만 사는 게 지옥이었다. 창살 없는 감옥이 이곳이었다.

현명이 8살, 초가을 밤에도 내가 가꾸어 놓은 파를 다 밟으면서 뭉개고 뛰고 있는데 그날 밤 창수가 담배 피우려고 나왔다가 내가 부추밭 옆에서 뛰는 것을 보며 붙잡았다. 몸이 피곤하면 쉬면 되는데 정신적 스트레스는 감당하기가 너무나 힘들었다. 그때는 우유 배달을 하는 아저씨한테 물어봤었다. 교회에서 하는 아버지 교실이 언제 우리가 사는 지역으로 오는지. 그런 곳이라도 있으면 데리고 나가서 강의를 듣게 하고 가정의 소중함을 깨우쳐 주고 싶었다. 아버지 교실이 운영되는 곳을 찾다가 1년에 한 번씩 오고 어느 교회에 오는지도 모르겠다 해서 포기도 했다. 칼도 흉기가 되듯이 언어폭력도 흉기가 되어 나를 아프게 했고 마음의 상처가 되어서 부풀고 있었다.

아이들 8~9살 때 오순이는 안과에 갔는데 친정엄마처럼 유전병 망막색소변성증(야맹증) 진단을 받았다. 100명의 사람을 검사하면 4명이 나오는 확률. 어떤 이는 빨리 깜깜이가 되고 서서히 어두워지는 사람, 그냥 노안이 되어서 안 보이는 사람 등…. 시야가 좁아지는 증상과 눈에 물눈곱이 많이 있어서 치료를 받으려고 갔더니 생각지도 않았던 병명을 듣고 충격을 엄청 많이 받았다.

세상에 나 혼자 남아 있는 것 같고 주변이 빙빙 도는 듯한 느낌. 얼른 뛰어서 밖으로 나와 공중전화 부스에 들어가서 오순이 형제자매들한테 검사를 받아 보라고 했다. 의사 말이 스트레스를 조심하고 너무 밝은 빛을 보지 말고 선글라스로 빛 차단 잘하고 약은 없다고 했다. 스스로 관리할 수밖에 없다. 유전으로 인한 희귀병. 시댁 가족들한테 말할 수 있는 상대는 없고 정말 자살을 할까 생각도 했지만 아이들이 저런 아빠 밑에서 무엇을 보고 성장할까 싶어 그만두었다.

그날 저녁에는 내가 너무 답답해서 견딜 수가 없어서 7일 동안 거의 정신줄을 놓았다가 우울하고 말도 하기 싫고 사는 것이 부질없고 살고 싶은 생각이 없었다. 창수한테 말해도 소용없을 것이고 도움이 되지 않을 게 불 보듯 뻔하다. 오순이는 마음이 복잡했고 삶을 다시 한번 생각했다. 창수는 말을 안 한다고 집구석이 왜 이 꼴이냐며 술 마시고 들어와서 더 깐족거리고 빈정거리는데 오순이는 마음 둘 곳이 없어서 너무 괴롭고 힘들었다.

다시 마음을 잡고 '당장 시력이 사라지지 않으니 스트레스 받지 말고 잊고 살자. 그래야 마음이 편해질 테니 눈이 보이는 날까지 열심히 살아야 한다. 아이들이 올바르게 성장하는 것도 봐야 하니 희망을 가지자. 엄마가 웃어야지 아이들도 덜 불안해할 것이고 웃자. 밝게 살자. 눈이 보이는 그날까지, 더 열심히 살자.'라는 생각으로 모든 잡념을 없앴다. 미리 두려워하지도 말고 잊자. 스스로 위로를 하며 다짐을 했다. 세월이 가고 아이들이 초등에서 고학년이 되었고 창수는 나에게 과수원 농사를 부업 삼아 해 보라고 한다. 오순이 "난 못 해." 말했다. 역시나 창수 입에서 나오는 욕. "네년은 나가서 빌어서 처먹을 년이야." 계속 욕을 했다. 오순이는 눈에 대해서 말했다. 엄마랑 같은 유전자로 인해서 앞으로 눈이 어두워질지도 모르고 너무 힘들게 살지 말라는데, 눈물을 머금고 더 이상 말을 못 하자 창수는 "에잇 씨발, 세상에 못 고치는 병이 어디 있어?" 하고는 내일 당장 아산 병원에 가자고 해서 다음 날 둘이서 아산 병원에 가서 검사를 받았지만 그곳 역시 같은 말을 했다. 약은 없고 스트레스를 받으면 안 된다고.

창수가 알아도 나에게 큰 도움이 되지 않았다. 다음 날부터 창수는 술에 취해서 동네 친구네서 왜 나한테 이런 일이 생기냐며 울었다고 한다. 동네 아줌마 미나 엄마가 나에게 무슨 일 있냐며 "현명이 아빠가 엄청 힘들어하며 울더라."라는 말을 나에게 전해 주었다.

기대도 안 했지만 창수는 나에게 도움을 주는 인연은 아니었다. 오순이는 동네에서 과수원 운영을 할 수 있는 사람을 찾았다.

과수원 도지를 2백만 원에 결정을 하고 지인분께 이야기를 다 해 놓았는데 창수가 술자리에서 과수원 계약서를 받고 온 것을 보니 기가 막혀서 할 말이 없었다. 계약금을 70만 원에 5년 또는 10년을 도지를 준 것이다. 1년 마다 70만 원이다. 계약서도 오순이한테 보여 주지도 않았고 정말 계약서가 있는지 없는지도 알 수가 없었다. 구두 계약을 한 것인지 그해 아저씨는 과수원 밭에다 거름을 엄청 많이 부었다.

사람도 여자 남자가 있듯이 과일도 암수가 있다. 도지를 얻은 아저씨한테 이것저것 묻다 보니 과일 또한 암수가 있다는 것을 처음 알았다. 심심해서 시간당 알바 겸 일을 했다. 1년 끝자락 어느 날 저녁에 창수가 퇴근해서 들어오더니 도지를 2백 올린다고 하며 전화를 했다. 바로 아저씨가 집으로 와서는 내가 거름을 얼마나 많이 넣었는데 나가라는 소리뿐이 더 되냐고 거름 값은 빼야 하는데 처음에는 10년을 하라고 하더니 이래도 되냐며 화를 내시며 돌아갔다.

10번 들어도 아저씨 말이 맞는 말이고 해서 조 사장 와이프랑 오순이랑 둘이서 30만 원 추가해서 1백만 원으로 하고 1년만 더 농사를 할 수 있게 해 달라고 각자 신랑들을 설득을 시켜서 다시 계약을 했다.

시아버지랑 차원이 다른 농사. 꽃따기부터 가지치기, 배꽃 따는 간격, 암수만 상품 가치가 있다는 사실을 알았다. 가을에 수확할 때 보면 크기도 다르고 창수는 욕심을 낼 만도 했다. 암수도 모르고 있었던 사람들이 과수원 농사를 짓고 있었던 것이다. 다음 해는 당연하게 오순이한테 배밭 농사가 자연스럽게 밀려서 오순이가 하게 되었다. 소독차부터 먼저 구입했다. 경운기로 줄 잡아당기며 하는 방법은 서로 스트레스를 받았다. 창수 친구가 하는 농장에 가서 이것저것 물어보고 소독차 좀 알아봐 달라고 해서 중고 차로 4백만 원에 샀다. 혼자서 해도 끝이 없는 일. 사람을 구하려 해도 똑같은 시기에 하는 일이라서 사람이 없었다. 읍사무소에 가서 인력 신청을 했다. 범법자들 시간 봉사하는 사람들을 농촌으로 보내서 벌금 대신 일하는

제도가 있다.

　다섯 명을 차에 태워서 집에 오니 11시. 오후 4시 30분까지 일을 시키는데 낫(흉기) 금지, 꽃 따는 가위 지급해서 일을 시키니 아저씨 한 명이 못 하겠다고 해서 "그럼 좀 전에 버스에서 내린 곳에 모셔다드릴게요. 그곳에 가서 혼자 계시든 이곳에서 일을 하든지 선택하세요."라고 말하니 꼼짝없이 "아니에요, 그냥 할게요." 했다. 중범죄가 아니라 벌금 대신 일을 해야 하는 거라서 어쩔 수 없이 봉사를 해야 한다. 다른 한 분은 말도 없고 일만 했고 참 오순이 혼자서 남자 5명을 상대로 힘이 들었다. 간식 시간에는 수박과 빵을 주니 모두들 배가 부르도록 잘 먹었다. 다른 곳에 가면 본인들을 사람 취급을 안 해 주는 곳이 많다는 이야기를 해 주었고 일행들 중 다나까로 말을 하는 젊은 청년은 손수건을 선물로 주고 가기도 했다. 지금도 손수건은 나에게 있다. 농촌에 일손이 모자라서 인력을 보충해서라도 일을 해야 했었다. 각 지역마다 너도나도 지원을 해 달라고 하니 그것 또한 모자라서 순서가 오질 않아서 겨우 두 번 지원을 받았다. 일하는 시간에 이탈자는 없는지 관리자는 수시로 전화를 해서 확인을 했었다.

　꽃을 따 내고 다음은 봉지 씌우기. 지인의 소개로 퇴직 공무원 2명을 이틀을 일을 시키는데 손끝에 닿는 곳만 배 봉지를 씌워서 얼마나 불편한지 그들도 이거 쉬운 일이 아니라며 그만두었다.

　오순이 혼자서 새벽부터 저녁 어둠이 내릴 때까지 하다 보니 끝이 보이고 소독하면 그 아저씨들이 씌운 봉지는 거의 다 떨어져서 바닥이 하얀색 눈이 내린 것처럼 떨어졌다. 꼭지를 너무 많이 흔들어서 씌운 거라서 다 바닥으로 전멸이다. 그것 또한 주워서 다시 재활용을 했고, 가을에는 배 팔고 그래도 시아버지 계실 때는 선별을 해 놔서 차에 실어서 나가기만 하면 되는데 혼자 하기에는 너무도 벅차고 힘들었다. 창수는 작은 과수원에서 나오는 돈으로 생활이 안되어서 직장을 다니며 퇴근해서 시간이 날 때마다 농사일을 도와

주었다. 다음 해에는 어쩔 수 없이 친정 언니 친구들 그리고 초보자들을 데리고 꽃 따는 일을 했다. 배 봉지 씌우는 일은 이순이 언니 친구가 안산에서 왔으니 먹고 자고 밥까지 해 주며 오순이도 열심히 해서 가을에 수확할 때는 친정엄마와 현명이 친구들 엄마들도 도와주고 판매와 주문도 해 줬다.

엄마는 매년 가을에 와서 앉아서 배 봉지를 벗겨 주는 일손을 거들어 주셨다. 우리 엄마 말씀, "서방이 있어도 내가 살아온 것보다 네가 더 힘들게 사는구나." 딸인 내가 사는 모습을 보고 많이 안타까워하셨다. 몸이 약해서 집에서는 일도 안 시키고 키웠는데 작은 체구가 일은 머슴처럼 하고 있으니 엄마도 기가 막혀서 매년 가을이면 오순이 생각이 나면 혼자 그 일을 어떻게 하는지 걱정을 해서 2년 가까이 도움을 주셨고, 둘째 언니도 5~6월이면 배 봉지 씌워 주고 큰언니 아들딸이 일요일이면 찾아와서 농사일을 잘 도와주었다.

눈에는 빛을 차단하기 위해 선글라스를 착용하고 얼굴은 천으로 가면을 만들어서 쓰고 밀짚모자까지 쓰고 일하다 보면 우체부 아저씨 또는 이웃 사람들이 오순이를 보고 놀라서 웃기도 했다. 작은 키로 사다리를 오르락내리락하며 결국 농사는 나 혼자 하며 시아버지처럼 어두워질 때까지 과수 농사를 했다. 농번기는 그나마 바쁘니까 창수도 인간이 되려는지 퇴근하면 배 봉지도 씌우고 거들어 주는데 문제는 택시 1번 친구가 혼자 사는 이혼남이어서 술과 안주를 사서 우리 집으로 퇴근을 해서 저녁마다 술판으로 만들었다. 결혼 전부터 퇴근하고 오는 창수를 꼭 불러서 술 먹던 버릇이 있었다. 집으로 안주와 소주를 사 와서 먹으니 하루 종일 과수원에서 일하고 지쳐 쉬고 싶어도 편하게 누워 있지도 못했다. 택시 1번 덕분에 아이들과 나는 늘 불안 속에 살았다. 그곳에서 태어나고 성장하고 터를 잡고 살고 있으니 나가면 다 아는 사람이고 술판이다. 친구들은 많은데 5명을 알코올 중독자로 뽑을 수 있을 정도로 술들을 좋아했다. 좋은 사람과 어울리면 좋은 것만 배우는 것처럼 하나같이 친구들도 가정적인 사람은 없다.

　어느 여름 아이들은 2학기 책을 받아 오고 여름방학이 시작되었다. 초등학교 4~5학년 때 평온하던 집이 오후 5시가 넘어서 아빠라는 인간이 집으로 들어서더니 "씨발, 다 죽여 버릴 거야." 하더니 주방에 들어서는 순간 식탁 유리를 주먹으로 내려치는데 엄청나게 두꺼운 유리가 산산조각이 나고 창수 주먹 밑으로 유리 파편이 박혀서 피가 뚝뚝 떨어지고, 거실에 나가서 피를 소독하려고 하다 약통이 열리지 않으니까 그것마저 바닥에 던져 버리고 욕을 하고 있었다. 집에 들어서며 시작을 했으니 오순이는 지난날처럼 따라다니면서 말리지 않고 가만히 쳐다보고는 왜 그러냐고 물었더니 "야 이 씨발년아, 네가 뭔데 남자들 일에 감 놔라 배 놔라 상관이야! 오늘 다 목숨 줄 끊어 줄 테니까, 씨부랄년." 하고 죽인다며 혼자서 흥분을 하더니 술 상자와 공기총을 들고 나와서 소주를 병으로 벌컥벌컥 마시고 있었다. 사정을 알고 싶어서 택시 1번한테 전화를 걸었다. 빨리 와라. 우리 집 살인 나게 생겼다. 총까지 옆에 두고 위협하고 있다. 그래도 빨리 안 와서 또 전화를 했다. 사정 이야기 좀 듣자 했더니 별일 없었다. 회관 아저씨가 셋이서 술을 마시다가 부부 친목회에서 여자들끼리 싸움이 붙었는데 아무도 말리는 사람이 없고, 모르는 사람들이 싸워도 말려야 하는데, 오순이가 직접 한 말을 그대로 전했는데 창수는 자리에서 "씨발년이."하고 일어서서 나왔다고 했다. 택시 1번이 전화를 끊고는 집으로 와서는 "야, 별거도 아닌데 왜 그러냐?" 하며 말리니까 "다 필요 없어." 하고는 술을 연속으로 마셨다. 오늘 다 죽일 거라 해서 오순이는 회관 아저씨한테 오라고 했다. 와서 오해를 풀어 달라고 세 번이나 전화를 했더니 왔다.
　그 아저씨 왈, 지난번 우리 친목회에서 우리 마누라하고 신 씨 마누라가 싸움이 붙어 있던 상황을 이야기를 하며 그날 현명이 엄마가 보고 뭔 친목회가 이런 것이 있냐며 싸움을 말려야 할 판에 아무도 싸움을 말리지 않았고 결국 각자 신랑들이 목을 발로 밟고서 본인들 마누라들을 데리고 나갔다는 것이다. 그날 우리 아이들까지 정육점 식당에서 아줌마들 싸우는 모습을 보여 주기 싫어서 얼른 자리에서 빠져나오며 창수한테 싸움을 말려 보라고 했더니 식당 친구와 창수는 싸움을 말리지도 않고 밥상을 빼 주던 기억이 난다.

그 후로 두 달이 지나서 회관 아저씨가 우리 집 과수원 아저씨하고 친해서 자주 왔고 커피를 타서 드렸는데 회관 아저씨가 오순이에게 "그 모임 나가요?" 물어서 "안 따라가요. 아이들한테 하나도 도움 안 되고 싸우면 말려야지, 그런 모임에 뭐 하러 따라가요." 대답을 한 것이다. 셋이서 술 먹다가 제수씨도 그런 말을 하는데 나는 모임에서 빠진다고 했다. 그 말에 창수가 바로 일어서더니 곧장 집으로 와서 이렇게까지 지랄을 떨 줄을 몰랐다.

회관 아저씨는 우리가 불안해 보였나 보다. 어디 가서 피해 있다가 조용해지면 오라고 했다. 택시 1번도 같이 술을 좀 마시더니 가 버렸다. 오순이는 짐을 챙겼다. 아이들 새 학기, 새 책들을 장독에 싸서 밖으로 놔두고 대충 입을 수 있는 옷을 챙겼다. 문제는 당장 어디로 가야 할지 몰랐다. 불안해하던 아이들을 잠을 재우고 만일의 사태를 위해서 방문까지 잠그고 그동안 있었던 내용들을 편지로 4통을 썼다. 우리가 왜 떠나야 하는지 형제들 앞으로 각자 한통씩 준비를 해 놓고 있다 보니 창수는 완전히 술에 취해서 화장실에 들어갔다. 우당탕 소동 소리가 나더니 나와서 방으로 들어가서 잠을 자는 소리를 듣고 오순이는 한참 후에 나와서 식탁과 의자를 들고 나와서 과수원 옆에서 불로 태우고 유리도 정리하고 시계를 보니 새벽 2시. 창수가 어떻게 행동하느냐에 따라 움직이자 맘먹고 다음 날 우리 셋은 할아버지가 머물던 방에서 나오지 않았다. 창수는 역시나 술이 안 깨서 그런지 몰라도 그냥 하루가 어떻게 지냈는지도 모르게 살금살금 셋이서 밥을 먹고 치우고 아무런 말도 없이 월요일이 되자, 창수는 일을 가는지 다른 날보다 일찍 나갔다.

그 후로 6일 만에 창수는 미안하다 한마디 했다. 식탁도 사라고 했지만 술로 부숴 버린 것은 절대로 대체용품은 사지 않을 것이라고 다짐을 나 스스로 했었다. 시아버지가 세상을 떠나면서 오순이는 더 이상 창수를 감싸고 달래며 살지 않겠다는 다짐을 했고 차라리 지방에서 자고 일하길 바랐고 집에 들어오지 않길 바랐다. 오만 정이 다 떨어졌다. 옆에 가는 것조차 싫었고 세월이 흘러서 아이들 대학교까지만 참고 견디며 살 것이다. 이제부터는 내 인생을 살아야겠다는 생각을 했다.

그나마 민이네 집에서 부업거리가 있어서 아이들 학교에 보내 놓고 그 집가서 말벗도 하고 부업도 하고 조금의 돈을 벌었다. 그 일이 없으면 생활용품 자개장 무늬 붙이는 부업도 하며 시간을 보내며 아이들과 살다 보니 세월은 가고 더 이상 배 농사도 하고 싶지 않았다. 어느덧 중3, 고1. 그래도 눈뜨고 나가면 과수원 속에서 살다 보니 어쩔 수 없이 해야 하는 농사. 혼자 하는 것보다 때가 되면 친정 식구 도움으로 그냥저냥 과수원 운영이 되었다. 배는 동남아 5개국 수출하는 데 가입을 해 놔서 그럭저럭 소비가 되고 가을 배는 지인들이 소문을 듣고 팔아 주었다. 가을 과일 수확이 끝나고 오순이는 주방에서 불 끄고 누웠는데 주방 문이 열리면서 촛불을 켠 케이크를 현제가 들고 현명이는 선물을 들고 주방에 들어와서 아주 작은 소리로 두 형제가 생일 축하 노래를 부르는데 엄마인 오순이는 기쁨은 잠시 마음이 아팠다. 이런 분위기조차도 웃으며 만들지 못하는 애들. 아빠 때문에 마음껏 크게 노래도 불러 주지 못하는 상황에서 아이들 마음을 받으니 짠했다. 아빠가 술 먹고 방에서 잠을 자니까 그것도 조심스럽게. 이런 상황에서 학교에서 다녀온 제주도 여행지에서 귤 초콜릿, 과자와 현명이 친구도 선물을 보태서 가져왔고 동생이랑 용돈을 모아서 수분크림까지 선물로 받았다. 불안 속에서 성장을 했어도 잘 커서 고맙기도 했다. 우리 집 가정은 아빠만 마음을 열고 다가오면 정말 남부럽지 않은 집이다.

아이들 스스로 공부도 잘하고 말대꾸 한 번도 안 하고 정말 착한 아이들로 성장해 주었다. 오순이는 혼자 힘들면 늦은 밤 자동차를 타고 새벽까지 질주를 하고 다녔다. 그나마 창수가 지방에서 일할 때는 밤에 양평까지 드라이브를 다녀오곤 했다. 아무도 없는 거리, 막히지 않는 차. 그 어떤 누구도 나를 방해하지 않고 쳐다보는 이 없어 맘껏 울어서 좋고 마음이 안정을 찾을 수 있어서 숨을 쉬기도 편했던 시기였다. 유일한 나의 스트레스 해결이었다. 음악 또한 크게 틀어 놓고 자동차는 나의 친구이자 집이었다. 갈 곳 없이 힘이 들 때는 양평, 또는 양수리 두물머리에 가서 물을 한참 바라보다 울기도 하고 내가 왜 살아야 하는지 홀로 방황하고 이대로 세월을 보내기에 너무나 억울했다. 앞으로 세상을 어찌 살아야 하는지 한참 예민한 남자 아이들 성장 또한 걱정하고 어찌 인성을 만들어야 할지 막막했었다.

그나마 오순이가 제일 잘한 것이 자동차 운전면허증을 취득한 것이다. 지금도 나에게 칭찬을 한다. 내 스스로에게. 그때는 정신적으로 힘들었고 몸까지도 사다리에서 떨어져서 어깨 힘줄이 찢어졌었고 엄지와 검지 사이도 손가락을 많이 써서 신경과에 다니고 있었고 사다리 타고 오르락내리락 무릎 관절도 그 시절 너무 많이 사용해서 지금도 관절이 아프다. 그때의 오순이 몸은 종합 병원 환자였다. 40이 넘도록 보약 한 첩 먹어 보지도 않고 살았으니 일만 하다 보니 몸은 망가지고 시집을 와서 인간 노예가 되었다.

결혼 전까지도 힘든 일은 안 해 보고 살았던 오순이는 힘에 부치고 남편이라고 믿고 살지도 못하고 자식은 둘이나 있으니 버리고 갈 수는 없고 결혼이란 지옥은 다시는 경험하고 싶지도 않았다. 후회를 정말로 많이 했었다. 죽음보다 더 무서운 것이 있다면 그것은 창수와 살아 내야 하는 세월이었다. 늘 맘속에 내일만은 조용하게 아무 일 없게 살기를 소망했다.

아픔이 잊힐 때가 되면 또 큰 사건을 만드는 창수. 그놈의 술만 안 먹으면 아무런 문제가 없는 집인데 사소하게 작은 일들은 그냥 지나치고 본인도 미안하다고 하면 오순이도 속은 상해도 아이들 보고 참고 견디는데…. 현제 고1 때 학부모 모임에 참석을 하고 그때부터 지금까지 만남을 가지고 있는 모임이다. 여름날 현명이 친구 엄마가 가정 폭력을 당해서 울면서 저녁에 만나자고 했다. 나보다 두 살 어린 고향 동생이 처음 나를 따르고 집에 와서 두 부부가 과수원 일을 도와주고 술도 마시고 그 집도 우리 아이들과 똑같은 형제들을 두고 있다. 고향 동생이라 모른 척을 하기도 그렇고, 나 역시 술 때문에 가정 폭력을 당하고 사는 사람이라 저녁에 밥상을 차려서 셋이서 저녁 먹은 상까지 다 치우고 "정희 만나고 올게." 말하고 나왔는데 시간이 오버가 되도록 정희는 집에 갈 생각이 없나 보다. "언니, 노래방 가자.", "호프집 가자.", "클럽 가자." 그만 집에 가자 해도 "그럼 언니는 가. 나 혼자 있을 거야." 하는데 차마 혼자 둘 수가 없어 따라다니다 보니 12시가 넘었다.

저녁 8시에 정희를 만나서 호프집에서 하소연 듣고 노래방 가서 소리 지르고 다시 나와서 클럽에 가니 사람들은 없고 음악 소리만 요란할 뿐. 시간을 확인하려고 핸드폰을 보니 메시지가 왔다. 섹스가 그리도 재미있어서 아직도 안 들어오냐. 창수가 보낸 메시지였다. 의처증까지 있다는 것은 알았지만 이렇게까지 생각을 할 줄은 몰랐다. 정희는 술에 취해서 정신을 못 차리고 나 혼자 무작정 밖으로 나와서 택시를 잡는데 차가 없어서 30분이 걸렸다. 집 근처까지 와서 걸어서 집 거실 문을 열어 보니 안에서 잠가 놓았다. 3번째 당하는 일이다. 신혼 초에도, 그리고 아이들 데리고 동네 친구네서 9시 30분 넘어서 들어올 때도. 나는 문을 열어 달라고 하지도 않고 곧장 마당으로 다시 발길을 돌려서 나가는데 창수는 집 안에서 나를 보고 있었는지 문 열고 나오며 내 옆을 스치며 침을 뱉어 내면서 "더러운 년." 하며 계속 중얼거리며 욕을 한다. 나가던 발길을 돌려 들어와서 거실에 누웠다. 한 시간에 한 번씩 방 안에서 나오며 밖에서 담배를 피우고 밖에 나가며 욕, 들어오면서 욕, 더럽다고 한다.

아침이 되어 아이들 밥 챙겨서 주고 아이들 방에 들어와서 앉아서 있는데 현제가 가방을 챙기며 "엄마, 어디 가?" 묻는다. "왜?" 하고 되물었는데 "아빠가 엄마 어디 가니까 인사하고 학교 가래." 한다. "아니야. 어서 학교 다녀와." 두 아들 등교를 시키고 설거지하고 거실로 나왔다. 창수는 나를 보더니 당장 짐 챙겨서 나가란다. 너 같은 더러운 년하고 안 살 거니까 나가라고 오순이 말을 들어 보지도 않고 아이들 짐까지 다 싸서 나가라고 폰에 녹음을 했다. "진짜 나가길 바라?" 했더니, "네가 안 싸면 내가 짐 챙겨 줄 테니 나가."라고 7번을 계속 반복적으로 말해서 "알았어, 소원대로 해 줄게." 하고는 방에 들어가서 짐을 챙기는데 나는 가져갈 옷이 없었다. 모두 다 얻은 옷이다. 둘째 동희 엄마가 가져다준 옷. 버릴 것은 따로 보자기로 묶어 놓고 아이들 방에 들어가서 옷, 학용품을 챙겼다. 앨범, 비디오테이프, 아이들 유치원 사진까지 다 챙겨서 보따리를 밖에 빼놓고, 옷을 더 챙기는 중에 창수는 차를 몰고 밖으로 나가서 금방 돌아왔고 소주 3병을 사 와서 거실에서 병째 마시며, '오늘 네년 목을 내가 따니까, 씨발년아. 개씨발년." 하고 오만 욕을 다 했다.

잠시 후 밖에서 쨍그랑 소리와 뭔가 타는 냄새가 방으로 스며들었고, 창수는 나를 끌어다 "이년아, 네 물건 다 화염시키니까 똑바로 봐 봐." 하고 나를 불길 앞에 세웠다. 아이들 추억이 담긴 앨범에 비디오테이프 그리고 나의 사진들, 어린 모습과 아가씨 때 추억도 하나도 건질 수가 없었다. 왜 이렇게 잔인하게 하는지 나랑 어떤 원수지간이었기에 산 사람 옷마저 태운단 말인가. 그날의 불길은 아직도 생생하게 기억 속에 남아있다. 불길이 너무 세고 커서 아무것도 건질 수가 없었다. 그 순간 바람이라도 불어서 집에 불이 붙어서 집까지 태워 버렸으면 얼마나 좋을까 싶었다. 이제는 올 때까지 왔구나. 그 순간 미운 정까지도 불길에 넣어 버렸다. 나는 다시 방으로 들어와서 육순이한테 메시지를 넣었다. 오늘 모든 것이 끝날 것이다. 아이들 추억과 나의 물건들이 불타고 있고 더 이상 참고 사는 건 나 자신을 죽이는 것이다. 메시지를 보내고 오순이 역시도 죽을 각오를 하고 그동안 참고 살아온 나날을 가슴치며 흐느끼며 오늘 누가 죽고 사는지 보자며 싸울 준비를 했다. 그래도 친정이 있어야 한다는 말을 새삼 느끼듯 멀리 부산에서 파출소로 신고를 했나 보다.

창수는 "오늘 네년 제삿날이야." 하더니 소파에 앉아서 전화를 걸었다. 친정엄마한테 장모 딸이 씹이 근질거려서 요새 씹질을 하고 다닌다며 통화를 하고 있다. 참, 너무도 기가 막혀서 저게 사람 새끼가 맞는지 어찌 홀로 키워서 시집보낸 장모한테 저런 전화를 하는지…. 엄마는 창수를 달래는 듯이 전화를 받는 것 같은데 딸 가진 죄인이라며 늘 하던 것처럼 절절매는 것 같았다. 그것이 더 화가 났다. 순간 경찰 두 명이 들이닥치니까 창수는 어리둥절했다. 경찰의 "여기다 뭘 태운 거죠?" 질문에 쓸데없는 것 태웠다고 하니까 경찰은 "액세서리, 옷가지 등이네요. 여자 용품이네. 아줌마는 어디 있어요?" 하더니 바로 집 안으로 들어와서 나를 보고 "여기 있으면 위험하니까 우리랑 같이 나가요."라고 했다. 오순이는 경찰들과 집을 떠나서 파출소에서 가정 폭력 상담을 받았다. 상담소장이 오고 오순이는 시설에 들어가서 아이들과 생활을 하겠다고 하니 아이들과 같이 생활이 어렵고 아이들은 비행 청소년들과 함께 있어야 한다는 그 말에 정말 더 막막했다. 아이들한테 집으로 가지 말고 파출소로 오라고 메시지 넣고 있는데 파출소에 창수 둘째 형이 왔다. 때마침 현제도 왔는데 그 당시 폭력 가정은 경찰이 가담을 할 수 없고 법적인 것이 하나도 되는 게 없었다.

상담소장은 아이들 생각이 먼저라며 현제에게 물었다. "아빠를 어떻게 하면 될까?" 현제는 "약물 치료를 받았으면 좋겠어요."라고 했다. 그리고 선희 아빠가 "그래, 큰아빠가 책임지고 데리고 다니며 신경 써 줄게." 현제한테 약속을 했다. 오순이는 알코올 병동에 입원을 원했다. 현제의 말이 우선으로 되어서 가족들이 돕는 걸로 결론이 나고 집에서는 창수가 감당이 안 되니까 형들한테 전화를 했나 보다. 동희 아빠가 나가고 바로 큰형과 형수가 파출소에 왔다. 알코올 중독자 입원 이야기를 꺼내는데 형수가 하는 말이 삼촌 성격에 병원에서 나오면 집을 다 뒤집어 놓을 거라면서 안 된다고 했다. 창수는 지금 집에서 한숨만 쉬고 있다며 나가서 밥 먹고 집에 가자면서 식당 골목에 차를 주차시키고 식당으로 들어갔지만 밥을 어디로 먹는지 모를 정도로 막막하고 지겨운 술주정뱅이와 한집에는 살아갈 자신이 없었다. 집에 들어가면 불타고 있던 그 순간이 머릿속에 생생하게 기억이 날 텐데 정말 이제는 끝내고 싶었다. 오만 정이 다 떨어진 상태에서 같은 지붕 아래에서 지내는 건 악몽이었다. 날이 갈수록 창수는 술 주사가 심해지고 나 역시 참고 사는 게 한계점에 도달한 것이다.

밥을 다 먹지도 않고 먼저 수저를 놓고 밖으로 나와서 숨어 버렸다. 현제와 현명이한테는 미안하지만 이대로 들어가서 창수와 한 지붕 아래에서 같이 살아갈 자신이 없었고, 생각할 시간이 필요했다. 현명이한테 전화를 걸었다. 꼭 올 거니까 집으로 들어가서 밥 챙겨 먹으라고 하니 현명이가 울면서 "엄마. 어디야." 하는데 불안한 목소리와 울먹이는 소리까지 들으니 마음이 더 굳어졌다. 방법을 찾아서 대학교 끝날 때까지 견디며 시간과 세월이 필요했다. 현명이를 만나서 "절대로 너희들 두고 혼자 안 갈 테니 집에서 학교에 다니고 있어. 통화는 계속 하고." 울고 있는 현명이를 달래서 집으로 보내고 찜질방에서 현명이와 메시지를 주고받으며 안정을 시키고 친정 식구들과 전화 통화를 했다. 창수가 엄마네에 전화를 해서 덕분에 친정 식구들은 이미

다 알고 있었다. "이번 일을 그냥 넘기면 처가 식구들 알기를 더 우습게 보고 나중에는 너한테 어떤 짓을 할지도 몰라." 언니들과 엄마는 "아이들 착하게 키워 놓고 나가면 아이들 망가지면 속이 더 상하니까 들어가서 살아. 우리가 가서 공증을 받아서 줄 테니."라고 했다. 다음 날 부산과 태백에서 언니와 동생이 먼 길을 와 주었다. 아이들만 없어도 이렇게까지 오지 않았다.

남자 형제를 키우면 다른 집은 거울도 깨지고 어느 집은 서로 붙어서 싸움도 한다 하는데 우리 집 아들 둘은 아빠의 술 주사에 기가 꺾여서 집에 오면 마냥 조용하고 사고 한 번 안 치고 둘이서 말다툼 없이 성장해 왔다. 밖에서는 어떤지 모르나 엄마인 오순이는 두 녀석을 믿었다.

오순이는 친정 언니와 동생하고 셋이서 같이 집으로 가서 따질 건 따지고 해결하자며 창수네 형제들도 모이라고 전화를 하고 모두 한자리에 앉아서 이야기를 시작했다. 옷을 왜 태웠냐고 물으니 창수 하는 말, "그냥 태우고 싶어서 태웠다."라고 했다. 어이없는 대답에 양쪽 형제들 모두 할 말을 잃었다. 친정 언니는 장모한테는 실수한 것은 아느냐며 홀로 키운 우리 엄마한테 그런 말을 어떻게 하냐며 잘못했다고 가서 빌어서 용서를 받으라고 했다. 동생이 만든 공증서 1~10번 문구. 꽉 채운 내용. 욕 안 하기, 기물 파손, 과수 농사 안 하기. 지금은 다 생각이 나지 않지만 아이들과 다시 함께 살아 보려고 마지막 희망을 걸었던 공증서에 각자 형제 한 명과 오순, 창수가 도장을 찍었다. 각자 한 부씩 가지고 법무사에서 마지막 공증을 받기로 하고 혹여 두 가족들이 싸움이 벌어질까 봐 아이들은 현명이 친구네로 놀다가 오라고 보냈고 이야기가 끝나고 아이들한테 전화를 해서 얼른 오라고 했다. 직접 얼굴을 보고 "엄마 꼭 올 거야. 그리고 너희들 안 버릴 거니까 걱정 말고 있어."라고 말했던 기억이 난다.

오순이는 마당에서 불이 붙어서 타던 물건들이 눈앞에 선해서 집에 있기가 싫어서 언니를 차에 태우고 고향 땅으로 왔다. 강원도에 도착하니 밤 9시가 넘었고 언니 역시도 동지가 다가와서 하룻밤 자고 갈 수 없는 일이었다. 나는 창수를 눈으로 안 봐서 좋지만 아이들은 그 지옥 같은 집에서 한창 예민한 나이인데 얼마나 견뎌 내기가 힘이 들었을까. 많이 불안했으리라 짐작한다. 동짓날이 다음 날이라서 팥죽을 만들고 끓여서 절에 오시는 신도분들과 일하면서 잠시나마 악몽에서 벗어나서 3일 만에 다시 아이들이 있는 집으로 왔다. 다행스럽게 창수는 지방에 가서 먹고 자고 있어서 마음이 편하기도 했다. 바로 거실 문을 열고 4~5발자국 디디면 각종 액세서리, 옷가지 등 불에 다 타지 않은 잔해가 눈에 들어왔다. 해가 지면 마음이 불안해서 아이들한테 전화해 보라고 시켜서 안 온다는 소리를 들으면 편하게 하룻밤을 지낼 수 있었다. 어쩌다 오순이 폰으로 전화가 와서 받으면 "여보세요." 하면 술 먹은 소리, 뭔지 모를 소리만 하고 언제 등기소 갈 거냐고 물었더니 3일만 더 기다려 달라고 일 끝나면 가서 해 준다고 해서 기다렸다. 이미 나에게는 남편이란 존재는 무서움의 대상이고 믿을 수 없는 존재가 되었다.

법무사 사무소에 갈 때까지 얼굴을 안 보려고 가방에 세면도구, 속옷은 비상으로 넣고 집으로 들어오는 차 소리가 나면 오순이는 뒷문으로 빠져서 집을 벗어나며 도망을 가다시피 뛰어서 무작정 나왔다. 이틀 연속 하루는 찜질방, 하루는 민이네 집에서 자고 날이 밝으면 아이들한테 확인 전화를 하고 "아빠, 일 갔어?" 하면 집에 들어가서 교복 빨아 놓고 먹을 거 준비해 놓고 밤에는 아이들 시켜서 집에 오는지 현장에서 자는지 확인을 하고 내가 나가서 자고, 안 들어오면 집에서 잤다. 그런 생활이 반복되다 보니 창수는 도저히 안 되겠다 싶었는지 일 터지고 10일 만에 직접 법무사를 통해서 법적 효력을 볼 수 있는 공증서를 취득할 수 있었다. 각 1통씩 4만 원, 총 8만 원이 들었다. 아이들과 눈치 안 보고 생활을 했다. 그렇게라도 변하길 바랐다. 오순이는 평범한 가정을 꿈꾸었다.

아이들하고 셋이서 있으면 괜찮은데 창수는 술만 먹었다 하면 돌변하는 걸 처음 알았다. 내가 싫은 거였다. 그 말이 사실임이 증명되었다. "네가 좋아서 결혼을 한 것이 아니고 아버지가 등 떠밀어서 어쩔 수 없이 결혼했어, 이년아." 술 먹으면 늘 하던 말이다. 그래, 나만 없으면 되는 거였다. 하지만 내 몸으로 낳은 아이들이 한창 공부를 해야 했고 대학을 간다는 말도 했는데 공증서가 있으니 함부로 안 하겠지. 그 종이 한 장 믿고 참으리라. 다짐을 하고 아이들이 고등학생이 되면 의지가 될 것 같아서 두 아들을 의지하며 다시 시작했다.

그 후로 창수는 술을 마시고 들어와서는 자기는 집에서 잘 자격이 없다며 나갔다. 소변을 보려고 나간 사람이 한참 동안 들어오지 않아서 밖에 나갔더니 창고 바닥에서 쪼그리고 누워서 자고 있다. 참, 그 속을 누가 알까. 흔들어 깨워서 지금 뭐 하냐고 방에 들어가라고 하니 집에 들어갈 자격이 없다며 헛소리를 하고 있다. 며칠 동안 지방에 일을 가서는 어느 날부터인지 전화로 "네가 나를 공증서 받은 것으로 인간 로봇을 만들어서 조정하려고 했다."라며 술 먹고는 공증서로 트집을 잡았다. 오순이는 답답했다. 가정을 깨지 않으려는 속마음을 왜 모르지. 정말 돌아가신 시어른들이 원망스러웠다. 어찌하여 자식새끼를 저리 괴물로 키워서 결혼을 시킬 생각을 했는지 무덤을 파서 물어보고 싶었다. 아이들 학교에서는 현명이가 반 친구와 둘이서 모둠 공부를 열심히 해서 1등을 했다. 그날 케이크를 사다 축하를 해 주고 수고했다고 해 줬다. 현명이가 대견했다. 이런 환경에서도 짜증 한번 안 내고 공부에 임하는 모습이 너무도 고마웠다.

현제는 말이 없었다. 현제가 가장 힘들지 않았나 싶다. 마음을 드러내기보다는 무표정이라 나름 걱정을 많이 했었다. 중학교 3학년이라서 사춘기인데, 오순이 마음도 가시밭인데 그때의 아이들 심정을 듣고 싶었다.

현명이 선생님께서 학교 상담을 오라고 해서 갔는데 오순이는 선생님께 부탁을 하고 왔다. 현명이한테는 부드럽게 말해 달라고. 가정사 이야기를 대충 하고 다음 면담 때는 아버지도 함께 오시라고 해서 2학기 말 면담 때는 같이 갔는데 선생님께서 "현명이, 이번에 1등 했는데 다른 아이들은 엄청 좋아하고 기분이 들떠 있는데 현명이는 웃지도 않고 기운도 없어 보이니, 아버님께서 말씀이라도 좋은 말 좀 많이 해 주세요."라고 했다. 창수는 그냥 대답만 "예, 예." 하고 둘이서 집으로 오면서 오순이는 창수 보고 아이들 방학하면 남자들 셋이서 바다에 가든 낚시를 하든 어디든지 여행을 다녀오라고 말했다. 창수는 내가 왜 하기 싫은 거 해야 하냐며 개소리한다고 빈정거렸다.

에라, 포기를 하다가도 혹시나 하면 역시나 인간은 절대로 변할 수 없다는 것을 오순이는 가슴으로 느끼며 더 이상 노력도 하지 않을 것이고 다음 해부터는 과수 농사를 안 하겠다고 공증서 내용이 있으니, 오순이도 서서히 일자리를 찾았고 걸어서 20분 거리 이불, 베개 만드는 회사에 취직을 했다. 걸으면 운동도 되고 미싱, 오버로크, 다 할 수 있는 기계라서 열심히 다니다 보니 2개월이 흘렀다.

12월 망년회 겸 신년회를 한다기에 얼른 퇴근을 해서 저녁을 차려주고 나가려고 마음먹고 집에 왔지만, 창수는 연말이니 외식을 하자는 것이다. 망년회 말도 못하고 쭈꾸미 볶음밥을 먹고 왔다. 계속 회사에서 전화도 오고 메시지도 오고 해서 회사 식구들 다 모였는데 혼자만 빠지면 안 된다고 해서 창수한테 사실대로 말하고 나와서 급하게 택시까지 타고 갔다가 2차 노래방까지 놀다가 오니 밤 12시. 늦게 나갔으니 당연히 시간은 금방 흐르지 않았을까. 끝나고 마당에 차를 세우고 문을 열어 보니 또 거실 문을 잠가 놓았다. 오순이는 그대로 발길을 돌려 마당을 벗어나려는 순간 창수가 "어딜 가." 하더니 집에서 나왔다. 다시 발길을 돌려 들어와서 아이들 방에 들어가 이불 하나 들고 주방에서 잤다.

16년 1월 1일, 그날도 회사가 바빠서 출근을 하려고 주방에서 준비하고 앉아 있는데 창수 과수원에서 배나무 가지치기를 하다가 들어와서는 "씨발년, 확 죽여 버릴까." 하면서 발을 들고 차려고 했다. 나는 미동도 안 하고 있다가 그대로 가방을 메고 나가는데 창수 왈, "나가려면 이혼하고 나가." 한마디 뱉어 내면서 욕지거리를 하길래 "회사 바빠서 나가 봐야 하니까 내일 이야기하지." 오순이도 한마디 받아치고 출근을 했다.

다음 날 역시나 똑같이 나가라고 해서 그날 회사에다 전화로 좀 늦게 출근을 한다고 연락하고 곧장 읍사무소 가서 이혼에 필요한 자료를 가지고 등기소 옆 법원에서 전화를 했다. 소원대로 이혼해 줄 테니 나오라고. 서류도 내가 다 준비했으니 도장만 찍으면 된다고 하고선 기다렸다. 창수는 법원에 들어서서 서류를 받아 들더니 "씨발, 다 죽여 버릴 테야. 들어오기만 해. 오늘 제삿날이야." 하면서 서류 6장을 그대로 찢어 버리고 나가 버렸다. 오순이는 나와서 회사에 지금 나의 처지를 이야기하고 공장에서 잘 수 있냐고 과장님께 말씀드렸는데 옆에 계시던 사장님이 사정 이야기를 듣고 "만일 이곳에 와서 행패를 부리거나 불을 지르면 안 되니까 다른 방법은 찾는 것이 좋겠습니다."라고 했다. 오래도록 회사를 운영하다 보니 가끔 가정불화 때문에 힘들어하는 직원을 많이 보았다고 한다.

오순이는 집에 안 들어가고 찜질방으로 퇴근을 했다. 창수로부터 한 통의 문자 메시지가 왔다. 집에 안 들어오냐며 문자가 왔길래, "나가라 해서 아주 나왔다. 조만간 아이들도 데리고 갈 테니 걱정 마라."라고 보냈다. "언제부터 내 말을 그렇게 잘 들었냐." 답장이 왔다. 그날 찜질방으로 퇴근을 해서 아이들한테 메시지를 넣었다. 엄마는 방 얻어서 독립할 거고 그때까지만 참고 있으라고. 다음 날 친정 언니한테 사정 이야기를 하고 1천만 원을 빌렸다. 바로 다음 날 지하 반층 방으로 들어갔다. 아이들 보고 방 얻었으니 나오라고 해서 보여 주었더니 아무런 물건이 없는 상태에서 컴퓨터도 없고 하니 아이들도 기가 막혔는지 그냥 아빠랑 살겠다고 했다. 이제는 갈 데까지 간 것이고 누가 하나 죽든지 나가든지 더 이상 참고 살기에는 내가 너무 지쳤고 자살보다는 홀로서기를 선택한 것이다.

　방학 때라서 아이들은 그대로 과수원 집에서 머물고 회사 근처는 아이들만 알고 있고 오순이는 잔업과 휴일에도 근무를 열심히 하며 2개월 만에 7백을 벌었다. 월세방에 필요한 물건, 밥솥, 옷 수납장, 냉장고, TV 이렇게 준비를 해 놓고 3월 봄 방학이 끝나고 둘째 아들이 고등학교에 입학했다. 집이 학교를 걸어서 다닐 수 있는 거리라서 좋았다. 아이들한테 "짐 싸 놓고 있으면 일요일 날 차 가지고 들어가서 책상, 컴퓨터 다 싣고 나올 거야. 아빠한테도 말해라." 전달하고 3일 지나서 아이들 데리러 간다고 문자를 보내고 퇴근해서 집에 있는데 누군가 문을 두들겨서 나갔더니 창수가 들어서더니 무릎을 꿇고 앉아서 잘못했다며 빌었다. 그것도 술을 안 먹은 상태였고 그런 모습을 처음으로 보니 아이들하고 3개월 살더니 무엇인가 달라졌구나 싶었고 진심이 느껴졌다. 진심이면 내가 들어가겠다고 했다.

　그동안 아이들 먹을거리는 시간 될 때마다 들어가서 해 주고 다녔고 어느 날 밤에는 내 차를 따라서 미행하는 것을 들킨 적이 있었다. "궁금하면 물어봐라. 몰래 뒤에서 따라오지 말고." 전화로 말했더니 전화를 받으면서도 아니라고 끝까지 딱 잡아뗐다. 차를 한쪽에 세우고 공중전화로 숨어서 하는 것도 모르고 옆으로 스~윽 화물차가 지나가는 것까지 보였다. 자존심은 있어서 물어보지 못하고 몇 차례 따라온 것을 알고 있었다. 술 안 먹고 왔다는 것부터가 마음의 준비를 굳게 다졌다는 생각이 들어서 진심이 느껴져 또다시 집으로 들어갔다. 7백만 원 중 가전제품 사고 남은 돈 2백만 원으로 과수원 집 신발장, 창고로 쓰던 방 붙박이장과 집 안 전체 도배를 하고 새롭게 시작하는 마음으로 다시 들어왔다.

2016년 4월 16일, 회사에서 이어폰으로 라디오를 듣는데 안산 고등학교 1학년 세월호 사고가 있었다. 그해에 나도 엄청 힘들었다. 현제랑 같은 또래들이 사고가 나서 너무 마음이 아파서 매일 라디오를 들으며 울었다.

내가 미안한 마음이 들고 어른들의 부주의로 한참 이쁘고 피지도 못하고 바닷속으로 수몰되어 버린 아이들 뉴스를 접할 때마다 고통스럽고 얼마나 무섭고 힘들었을까 싶어 정말 우울했다. 그리고 오순이는 회사를 그만두고 6월에 선거 사무원으로 15일 선거 활동으로 연결이 되고, 바로 끝나자마자 시청 교통 유발 공실 조사원으로 1달 동안 일했다. 도농동에서부터 호평동까지 큰 건물 입주자와 건물주들을 만나서 계약 기간 또는 공실 기간을 조사해서 세금을 빼는 그런 일이다. 과수원 일은 시간도 없고 어차피 과수원 일을 도와주면 또다시 원점으로 돌아가는 것 같고 무릎과 손가락, 어깨 등 때문에 할 수가 없었다.

창수는 또 술을 마시고 다녔고 혼자 농사짓고 하느라 본인도 힘이 들었을 것이다. 공실 조사 중이던 어느 금요일, 건물주들에게 연락해서 미팅 시간을 잡아서 보고 주민등록번호, 전화번호까지 다 확인을 하다 보니, 시간이 너무 없어서 늦은 저녁때도 다니면서 일을 하기도 했다. 나름대로 열심히 활동하며 정확하게 조사를 해야 하는 것이라서 최선을 다해서 열심히 했다. 출퇴근 시간도 정해진 것이 아니고 내가 할 수 있는 능력만큼 하면 된다. 어떤 사람은 15일 만에 끝낸 사람도 있다. 오순이가 맡은 공실 건물주들은 핸드폰 번호 변동 사항이 많았고 대부분 지방에 계신 분들 아니면 연락조차도 안 되는 분들도 계시고 때로는 건물 관리 사무실에 가서 확인을 해야 할 때도 있었다.

어느 토요일 오후에 손목이 아파서 붕대를 감고 있는 것을 본 창수가 "어떤 놈한테 이끌려 다녀서 손목에 붕대를 감았냐."라며 빈정거려서, 어이없어 대꾸조차 안 하고 앉아서 있는데 무엇이 짜증이 나는지 리모컨을 던져서 박살을 내고 귤 바구니를 바닥에 패대기를 치길래 오순이는 한마디 했다. 스스로 저지른 일은 본인이 알아서 치우라고 했더니, 창수는 작은 아이한테 "야 이 새끼야, 네가 치워." 하니 현제는 한창 사춘기에다 술만 먹으면 빈정거리는 아빠한테 처음으로 "내가 왜 치워? 아빠가 했잖아."라고 했다. 아이 입에서 말이 떨어지자 갑자기 이런 싸가지 없는 새끼가 말대답을 한다며 귀싸대기를 때리고 나갔다.

그날 현제 때리는 것을 보니 오순이 눈에 불이 확 났다. 만일 연속으로 때렸다면 그날 오순이한테 칼침을 맞았을 것이다. 아이들한테 아빠 노력도 안 하고 따뜻한 말 한마디 할 줄 모르면서 잘 키워 놨더니 이제는 손찌검까지…. 휴~ 저런 개새끼가 어디 있어. 바른말을 하는 아이를 때리는 것을 보니 저게 제정신이야 아니면 정말 무식한 거야 뭐야. 입에서 나오려는 말을 삼켰다. 아이들한테 하는 폭력 또한 어이가 없었다. 때려 부숴 놓은 리모컨, 귤 터진 것 5개 우리는 절대로 손대지 않았고 창수가 하루 지나서 치웠다. 창수는 과수원 농사를 오순이도 도와줄 것이라는 기대를 했을 것이다.

하지만 오순이는 이미 5년 동안 과수 농사로 어깨에 석회도 끼었고 왼쪽 무릎 손목까지도 골병이 들어 있어서 두 번 다시 농사는 쳐다보지도 않았다. 어깨는 얼마나 아픈지 생리통까지 겹치면 밤에는 돌아눕지도 못했다. 그러니 창수는 공증 받은 내용도 있고 오순이한테 화풀이를 해야 하는데 할 수가 없으니 화풀이로 작은 아이 뺨을 때린 것이다. 아이들한테 한 번만 손대면 오순이 또한 안 참고 대적을 하리라 맘먹고 있던 찰나였다.

다시 일주일이 흐르고 오순이도 통증 치료를 받으며 회복 중이었다. 어깨는 과수원 농사를 혼자서 하다가 사다리에서 떨어지면서 나뭇가지를 잡고 매달려서 그 즉시 치료를 받아야 했는데 혼자 일 속에 묻혀서 시간이 없어서 미루다 결국에는 통증 치료를 받으러 다녀야 했다. 무거운 컨테이너 박스를 들었다 났다 참 미련스럽게 일을 했었다. 통증 치료를 받으며 공실 조사까지 하다 보니 집에는 거의 없었고 창수는 밖에 싸돌아다니는 오순이가 못마땅한 것이었다. 제 버릇 개 못 준다고 근 30년을 자기 멋대로 말 또한 생각 없이 내뱉고 살았으니 습관은 고쳐지지 않았다.

물건은 고장이 나면 버리거나 고쳐서 사용하면 되는데 이놈의 인간은 변함이 없다. 본인이 씨 뿌려서 낳은 자식들마저도 따뜻한 말 한마디 해 줄지 모르는 인격체를 가졌으니 반성을 하는 것은 없고 삐딱선을 타고 있었다. 인격 장애 아니면 정신세계에 무엇이 담겨 있는지 사람은 맞는데 짐승보다 못했다. 공실 조사도 부지런하게 해서 제출해야 해서 열심히 하고 있는데, 마감이 얼마 남지 않은 상황에서 큰 사건이 터졌다.

집으로 아이들을 차에 태우고 집으로 들어가는 길목에 과수원 화물차가 작은 도랑에 빠져 있어서 다시 돌아서 집 밑에다 차를 주차시키고 집으로 들어와서 세수를 하는데 보이지 않았던 창수가 어디서 나타났는지 술이 꼭지가 돌아서 팬티 바람으로 담배를 피우면서 세면장 앞에 서더니 "이 씨발 년아, 네가 그렇게 잘났어?" 하며 발로 찼다. 그리고 "죽어라, 이년아." 하며 순식간에 날아온 발길에 머리를 맞고 쓰러져서 다시 일어나서 겨우 정신을 차리고 앉았는데 또 발길질을 해서 옆으로 쓰러져서 머리를 부딪쳐서 머리에서 이마로 피가 흐르고 피를 보는 순간 '너 이 개새끼 잘됐다. 오늘 누가 손해를 보는지 붙어 보자.' 작정을 하고 일어서는데 갑자기 현명이가 방에서 나오면서 엄마를 왜 때리냐며 창수를 잡으려는 순간 아들 멱살을 잡고 욕을 하며 주먹질을 하자 현명이가 똑같이 아빠의 모습과 같은 자세로 주먹을 휘두르고 서로 엉겨서 주먹질과 욕으로 엉겨 붙었다. 도저히 참고 있을 수가 없어서 거실로 나와서 창수 팬티를 바짝 잡고 낚아채듯 소파에다 밀어 버렸다.

작은아들 현제한테 경찰에 신고하라고 시키고 창수는 셋이서 나를 죽이려고 한다며 저 개새끼가 눈을 때려서 아프다고, 파출소로 연행되어서도 난동을 부리며 저 새끼 고소한다고 말을 하며, 지랄을 떠는 것을 보니 저게 무슨 아빠 자격이 있나 싶었다. 차라리 아버지가 없는 편이 아이들한테는 정서적으로 좋다고 생각했다. 자격도 없는 것이 아버지라니 정말이지 도저히 참고 볼 수가 없어서 오순이는 내가 고소한다고 접수를 했다. 이마에서 피가 그대로 흘러서 말라있고 현명이 목에는 육탄전으로 손톱에 끌린 자국과 얼굴이 빨개져서 그야말로 언론에 나오던 가정 폭력 사건이 다른 집 이야기가 아닌 바로 우리 집 이야기였다.

고소하고 서류를 꾸미는 도중에도 창수는 감당이 안 되어서 의자에서 떨어지는 연기를 하는데 경찰들이 놀라서 구급대원을 불러서 병원으로 이송한다며 보호자가 동의하라고 하길래 오순이는 창수를 너무나 잘 알기에 대원들 앞에서 "병원 안 가도 되고 지금 이 사람 쇼하는 거다." 했더니, 대원들은 나를 경멸하는 눈으로 쳐다보더니 그냥 병원으로 이송했다. 우리 셋 또한 병원으로 가면서 현명이한테 "그래도 아빠한테 덤비면 안 되는 거야. 이 다음에 기회가 되면 사과해." 했더니 현명이는 소리 내어 울었다. 가슴이 무너졌다. 못난 부모 만나서 마음고생을 하는 아이들. 폭력으로 신고했으니 병원 진단서가 필요해서 아이들을 태우고 병원에 도착해서 머리 상처 치료를 받고 그대로 집으로 돌아서 들어오는 비포장도로 입구에 빠져 있던 화물차가 마당 입구를 막아 놓고 있었다. 창수는 작정을 하고 일을 벌인 것이다. 승용차가 못 나가게 포터 화물차를 주차해 놔서 집 마당에 들어갈 수가 없어 다시 돌아서 집 밑에 주차를 하고 집으로 들어와서 방문을 걸고 잠을 자려고 해도 불안해서 잘 수가 없었다. 새벽 2시가 되어 창수가 들어오는 소리를 들으며 제발 더 이상 아무 일이 생기지 않길 마음속으로 기도했다.

그날 현명이가 덤비지 않았으면 오순이가 창수를 죽였을 수도 있었다. 한 번도 덤비지 않아서 오순이의 초인적 힘을 제대로 받아 본 적이 없다. 그날 새벽에는 아무런 반응을 보이지 않았고 창수도 아무런 일이 없었던 것처럼 방으로 들어가는 소리를 듣고 안심이 되어 쪽잠을 잤다.

다음 날 토요일, 시청 일이라서 빨리 마무리하기 위해 빠르게 미팅 장소에 나가서 5건 마무리하고 오후에 들어와서 저녁 챙겨 먹고 8시 30분이 되니 창수는 술을 마시고 들어와서는 가만히 앉아 있더니 콧노래를 흥얼거리며 오순이를 보고 "고소했어?" 물었다. 다 기억이 나면서 모른 척 나를 떠보기 위함을 금방 알았다. "어, 했어."라고 대답을 하고 말은 끊어지고 혼자서 콧노래를 흥얼거리더니 고소를 취하해 달라고 한다. 오순이는 조건을 달았다. "고소 취하해 줄 테니, 현명이 때린 거 아이한테 직접 사과해." 창수 대답, "아버지가 돼서 자식한테 사과하는 부모가 어디 있어." 나는 바로 되받아서 "그럼 이혼해. 고소 취하해 줄 테니." 대답은 시원하게 "알았어." 다음 날 경찰서에 갔는데 담당 형사가 쉬는 날이고 이미 서류가 법원으로 넘어갔다고 했다.

3일이면 어떤 사건이든 법원으로 넘어간다. 월요일에 다시 경찰서에 갔으나 담당 형사를 만날 수가 없었다. 다음 날 법원에서 만나서 협의 이혼 서류를 제출했다. 나는 다시 하던 일을 마감하기 위해 스케줄 조정을 해서 밤 9시까지 일하면서 집안 분위기는 그야말로 살얼음판. 아이들도 방학인데 집에 있기 싫어서 독서실, 친구네 집 등 떠돌아다녔다. 내가 마감하고 들어가는 길에 아이들 둘 데리고 집으로 들어오면 오순이의 마음은 불안하고 불편한 생활. 얼른 이 집에서 나가는 방법밖에 없었다.

혼자 얻어 놓은 방 월세를 그대로 내고 있고 빈집이라서 방학이 끝나고 시청 일까지 마감해서 서류 넘기고 바로 이삿짐 차를 불러서 들어갔다. 창수가 보는 앞에서 이삿짐을 싸지도 않고 큰 박스에 무조건 담았고 두 남자분이 차에 옮겼다. 책상, 내가 돈 벌어서 마련한 냉장고, 세탁기까지 실었고 그날 문중 시제를 지낸다고 모르는 사람과 차들이 마당에 있었다. 갑자기 이삿짐 차가 들이닥쳐서 짐을 한 차 싣고 떠날 준비를 했다. 창수가 들어오더니 승용차 키를 내놓고 가라고 한다. 저녁에 와서 주겠다 하고는 그대로 월세방으로 다시 나와서 짐을 풀고 아이들 책을 안 가져와서 저녁에 아이들과 들어가서 책을 챙겨서 다시 나왔다. 자가용, 그건 농사짓고 배 팔아서 내가 산 차였다. 명의가 창수로 되어 있어서 "그래, 잘 먹고 잘 살아라." 하며 3일 만에 집에 없을 때 놓고 나왔다.

그 와중에도 창수는 폭력으로 신고가 되어 있어서 재판을 받고 다녔나 보다. 어느 날 법원에서 출석 요구 등기가 와서 법원에 갔더니 판사님께서 어떤 처벌을 바라냐고 오순이한테 물으셨다. "우리는 돈도 없고 행복한 가정을 만들고 싶다."라고 대답했는데 가정복지과에서 교육을 듣고 설문지 조사를 하고 동영상 보는, 1주에 3번 솔루션 교육을 받는 걸로 판결이 내려졌다. 언제 받는지 모르지만, 어느 날 복지관에서 전화가 왔다. 교육을 담당하고 있는 선생님이라고 같이 솔루션에 참여를 한 번만 해 달라고 부탁을 해서 오순이는 처음으로 복지과에 가면서 은근히 큰 꿈을 꾸었다. 술 안 먹고 언어폭력, 기물 파손, 폭력 등 안 하면 다시 행복한 생활을 할 수 있다는 꿈을 꾸었다. 8명 정도 같이 교육을 받는데 분위기가 좋고 옛날 아버지 모습을 보여주며 동영상을 보고 설문지를 작성했다. 그날 교육이 끝나고 모두 돌아가고 선생님이 나를 불러서 들어가니, "창수 씨 와이프가 엄청 무식하고 막돼먹은 사람이라고 생각했어요. 그런데 막상 만나고 보니 참 안쓰럽네요." 창수는 약물 치료와 솔루션도 같이 겸해야 한다고 말했다. 내 소원대로 이루어져서 너무 좋았다.

선생님께 돈은 얼마가 들어도 좋으니까 교육이 다 끝나면 바로 다음 단계로 연결을 부탁한다고, 아이들도 상처가 있어서 이대로 성장하면 안 된다고 가족 모두 상처를 치료받는 걸로 연결을 계속 해 달라고 진심으로 부탁을 하고 왔다. 16시간 교육이라서 끝나길 기다리며 오순이는 일을 다녔다.

마지막 교육이 끝나는 날, 복지관으로 갔더니 그런 교육이 있는지도 모르는 직원이 많았다. 모두 다 폭력으로 들어온 사람들을 교육하다 보니 건물 내에서도 여기저기 옮기며 교육을 받으니 모르는 것이 당연한 것이다. 혼자서 찾아다니다 안 되겠다 싶어서 오늘 몇 층에서 교육을 받고 있냐고 창수한테 전화를 했다. 헐~~~ 창수 말, 이미 한 달 전에 끝냈다고 했다. 전화를 끊고는 선생님께 전화를 했는데 "교육생들이 시간이 없다고 일주에 두 시간을 다 받자고 해서 끝냈고 창수 씨는 심리 교육으로 연결을 하려고 말했더니 본인이 싫다고 해서 그냥 끝이 났습니다." 오순이는 그대로 계단에 주저앉아서 창밖을 한참을 바라보다 왔다. 내가 품어서 안 되고 복지관을 통해서 하는 솔루션에 기대를 했었다. 왜 마음이 삐뚤어져서 가족과 화목하지도 못하고 혼자 스스로 왕따가 되어 동네 거지도 아니고 밖으로 도는지 창수의 성장기에 들어가서 뒤돌아보며 아픔을 끄집어내어서 치료해 주고 싶었다. 창수와는 인연이 여기까지인가 보다. 이제는 흐르는 대로 가자. 끝내자. 누군가는 말했다. 사람은 고쳐서 쓰는 물건이 아니고 스스로 느끼며 살면서 반성하는 것이라고. 이럴 줄 알았으면 진작 그만둘 것을 세월 낭비만 했다. 이제는 완전하게 끝내야 했다.

✳ 이혼 그리고 불안장애, 공황장애

셋이서 생활을 시작했는데 나는 잠을 잘 수가 없었다. 누워서 잠깐 잠이 들면 숨이 막히고 불안하고 자다가 밖으로 나와서 뛰기도 하고 찬 바람에 정신을 가다듬고 앉아서 있다가 들어가서 잠이 들곤 했다. 신경과에 가서 잠자는 약을 먹었다. 화병에다 불안장애, 공황장애까지. 내가 이렇게 될 줄은 모르고 참고 견뎌 온 세월이 후회가 되었다. 같이 때려 부수고 똑같이 욕하며 싸워야 했는데 나 스스로가 나 자신을 지키지 못하고 내가 병들고 내 마음의 상처들은 그 어느 누구도 모르고 아픈 마음을 털어놓을 데가 없었다. 결국엔 시청 가정복지과에 폭력 가정으로 신고가 되어 있어서 자문을 구했다. 시에서 도움을 주어서 여러 가지 정신적 검사를 받고 비용은 약값만 주면 되었다 (불안장애). 이혼 접수가 되어 있을 때라서 아이들이 미성년자라 부모 의무 교육 2차례를 받아야 법원에서 판결을 내려 준다.

1차는 창수도 참여했다. 2차는 15일이었는데 그날 창수가 오지 않아서 무효가 되었다. 아이들은 대학에 보내야 하고 2014년도부터 창수한테서 오만 정이 떨어지고 옆에 오는 것도 싫고 오순이에게 그동안 창수는 휴식처가 아니고 쓰나미 같은 존재였다. 나올 때 아이들 금반지까지 다 내놓으라고 해서 통장까지 다 주고 나왔다. 병원 청소로 취직을 했는데 새벽 4시까지 나가야 해서 차가 필요했다. 창수는 자동차 보험료가 비싸서 안 되겠는지 차를 오순이한테 주었다. 밤에 먹은 신경 안정제 약 때문에 2달도 못 다니고 새벽에 운전하고 가다 보니 도로에서 사고가 나서 공업사에 넣고 보니 일을 다닐 수가 없었다. 새벽 4시에 차가 없어서 어쩔 수 없이 그만두고 집과 가까운 식당에 나갔다.

이혼 소송을 내가 먼저 넣었다. 한 부모 가정 혜택을 받아서 아이들 대학교라도 정부 지원을 받으려면 어쩔 수 없이 이혼이 필요했다. 협의 이혼은 꿈도 꾸지 않았다. 창수가 늘 하던 말이 생각났다. "네 새끼니까 대학 간다고 돈 달라고 하지 마라."라고 했던 그 말 때문에 나는 이혼 소송이 급했다. 현명이가 고3 대학 수능시험도 보고 대학 들어갈 준비를 하는 것이었다. 법원에 넣을 수 있는 문서 중 공증 받은 것과 월세방 계약서, 시에서 지원받은 정신과 상담 서류까지 마지막 2번째에 제출했다. 큰아이 대학교 1학년, 작은아이 고3. 창수는 어쩐 일인지 등록금을 아이 통장으로 보내 주었다. 대학생 되면 쓰려고 엘리트 보험금 넣어 둔 것이 있었다. 계약자가 창수니까 오순이는 아무 관련이 없다. 그것을 아이 통장으로 보낸 것이다. 시에서 장학재단에서 지원도 해 주고 센터에서 김장도 얻어먹고 혜택을 받을 수 있는 것을 다 받았다.

3년 만에 서로 겪을 것 다 겪고 고름이 터져서 드디어 법원에서 이혼 판결을 하기 위해서 출석 등기를 받고 의정부 법원으로 갔다. 심의 조정으로 최종 결론이 나는 날이다. 검사 양쪽 하나씩 2명, 판사님 한 분께서 물으셨다. 오순이에게 "이혼을 하고 싶나요?" 물어 거침없이 "예."라고 답했고, 창수는 당연하다는 듯 "아니요."라고 했다. 판사님 서류를 보시더니, "이렇게 해 놓고 이혼을 안 한다고요." 소송 이혼이니까, 자녀 양육권 재산까지도 같이 넣었다.

판사는 오순이 손을 들어 주었다. 아이들 양육권과 생활비는 부모로서 당연한 권리이므로 둘 다 의무를 다한다. 7천만 원 금액까지 넣어 주셨고 땅은 아이 둘이서 공동으로 명의 이전을 해 줄 것으로 판결을 하고 창수의 말 속에는 언제나 네 새끼니까 등록금 10원도 없을 거고, 술만 먹으면 나가라고 입에 달고 살더니 말 그대로 이루어졌다. 그 길었던 싸움이 끝나고 1달 만에 판결문이 우편으로 오던 날, 망설이지도 않고 바로 읍사무소 가서 신고를 했다. 창수는 두 달 지나갈 무렵에 벌써 신고를 했냐며 전화를 했다. 창수는 3개월 유효기간까지도 접수할 생각이 없었나 보다. 혼자 등본에 남은 것을 보고 본인도 기가 막혔을 것이다.

이혼 후에는 한 부모 가정으로 아이들 대학교 지원을 받았다. 아이들 역시도 공부도 잘했고 1+1 교육비 무료에 아이들은 장학금까지 받으며 대학을 다녔다. 둘째는 월세를 얻어서 친구와 같이 생활했고 이래저래 모든 것이 해결되고 세월은 빠르게 가고, 오순이의 일자리는 자꾸만 틀어지고 다행인지 친정집에서 땅 팔아서 이천오백만 원을 보내왔다. 현제 1학기 등록금 납부하고 자취하는 비용 등으로 썼다. 나 역시 신경과 약을 3개월 만에 끊었다. 취직이 안 되어서, 갈팡질팡하는데 무한사랑 밴드 모임에서 회원 하나의 인연으로 나의 일상에 변화가 왔다.

✳ 또 다른 세계

밴드 지기 형님이 주변에 밴드 가입한 회원이 있으니 오순이 보고 만나서 모임에도 들어오게 만들어 보라고 해서, 쉬는 날 없이 바쁘다 보니 시아버님 제삿날 저녁에 아이들은 창수한테 보내고 11시에 독거청년(닉네임)과 약속하고 만나서 편의점에서 이야기를 하다가 대충 헤어졌다. 그는 남자인데 나보다 12살 연하. 조카보다도 어렸다. 머리는 길고 처음에는 예술을 하는 사람인 줄 알았다. 분위기가 예술인처럼 보였다. 밤도 깊어지고 날씨도 서늘해서 1시간 동안 이야기하다 돌아왔다.

김 씨를 만나고 3일 지나서 일을 끝내고 잠을 자다가 꿈을 꾸었다. 바다 깊은 물속에서 헤엄을 치는데 밝은 빛이 뿜어져 나와서 그곳으로 헤엄쳐서 들어갔는데, 바위 속에 촛불이 켜져 있고 절에서 쓰는 촛대를 그대로 들고 물속에서 나와서 잠에서 깨어났다. 너무도 생생한 꿈속이 신기해서 출근을 해서 쉬는 시간에 3일 전에 만난 남자한테 전화로 직업이 뭔지 물었다. 기도하는 무속인이라는 말을 했다. 지난밤 꿈 이야기를 했더니, 시간이 되면 들르라고 해서 쉬는 날 무속인 집을 찾아가서 보니 그 남자는 신당을 차려서 기도하는 법사였다. 그때는 식당을 운영하고 싶은데 언제쯤 나도 할 수 있겠냐고 물으니 3년이 되면 할 수 있는데 기도문을 부치면 더 빨리 효과가 있다고 말해서 그날부터 기도문을 부쳐 달라고 하고선 나왔다. 나의 이름표가 부처님 앞으로 손이 가서 신당에 오면 부처님 앞에 있는 이름표를 확인하라고 메시지가 와서 쉬는 날 방문을 하니 아무도 없고 나는 신당으로 들어가서 절을 하고 나왔다.

어느 날 출근을 해서 일을 하는데 법사가 전화를 했다. 갑자기 아파서 병원에 입원을 하는데 딸아이를 좀 봐달라고 해서 전화 통화를 하니 작은 병원에서 큰 병원으로 옮겨 왔고 수술을 해야 하고 아무리 생각해도 9살짜리 딸아이를 믿고 보낼 데도 없고 오순 씨 집이 학교에서 가장 가까운 곳에서 사니까, 사정을 좀 봐달라고 하는데 거절할 수가 없었다. 수민이 엄마가 있어도 백일 때부터 떨어져 멀리 있고 친가도 남해 쪽이고 방학이 되려면 아직 멀었고 어쩔 수 없이 생각지도 않았던 아이를 맡게 되었다.

저녁에 퇴근해서 신당으로 가서 수민이를 데리고 내가 사는 월세방으로 와야 했다. 참, 일이 꼬이려고 하니 수민이가 학교에서 끝나면 혼자 밤 11시까지 있어야 하고 밥은? 우리 아이들은 밥을 챙겨서 먹을 수 있지만 수민이 때문에 신경이 쓰이고 해서 직장을 잠시 그만두고 법사 퇴원할 때까지 쉬다가 다시 일을 시작하기로 마음을 먹었다. 시간이 많아서 수민이네 가서 청소도 하고 공부도 봐주고 하는데 어느 날 신당에 들어가서 부처님 앞에서 인사를 하고 모든 것이 얼른 풀려서 나도 식당을 차릴 수 있게 해 달라고 기도를 하는데 손가락에 이상한 기운이 들어왔다. 열 손가락이 내 몸집보다 크고 손끝으로 찌릿찌릿하며 열 손가락을 꼼짝할 수가 없었다. 겨우 정신을 가다듬고 일어서서 나왔다.

오순이 어린 시절에 많이 아프면 손가락이 크고 몸이 작게 느껴지던 때가 많았는데 꼭 어린 시절 그 느낌과 똑같은 느낌이었다.

그 후로 오순이 마음대로 할 수 있는 것이 없었다. 깜깜한 밤에도 약수터에 가서 약숫물을 떠서 가지고 오고 때로는 걸어서 장안정사 옥상 부처님 계신 곳에 가서 밤 12시에 108배 절을 하는데 울음이 터지고 내가 내 마음을 모르는데 뭔가는 안 풀리고 자꾸만 꼬이는 삶이었다. 김 씨는 수술을 해야 하는데 보호자가 없으니 오순이한테 보호자 좀 되어 달라고 부탁을 하는데 이건 갈수록 태산이었다. 췌장에 구멍이 나서 쓸개 제거도 해야 하는 수술 동의서를 나에게 사인을 받았다. 나이가 30대 후반인데 주변에 의지하고 부탁할 사람이 저리도 없을까. 오순이를 몇 번을 보았다고 딸아이를 맡기고 수술 동의서까지. 참, 어찌 살았기에 제대로 된 지인도 없이 저런 사람도 있구나. 얼른 수술하고 나오면 모든 일이 풀리겠지 싶었다.

수술실로 들어가며 폰을 오순이한테 주면서 만약 자기가 잘못되면 전화번호에서 자기네 아버지한테 연락하면 오실 거라 하면서 "미안합니다." 하며 들어가는 것을 보고 집에 올 수도 없고 거참, 대기하고 기다렸다. 6시간 만에 김××회복 중이라고 불이 들어왔다. 입원실로 들어오는 것을 보고 오순이는 서둘러 집에 오니 수민이는 혼자서 신당에 있어서 집에 데리고 와서 밥을 먹고 잤다. 오순이는 어떻게 해야 할지 몰라서 난감했다. 숙제는 봐줄 수 있고 준비물 또한 알아서 챙기는데 수민이는 입을 옷이 없었다. 옷이 다 작아서 새로 구입해야 했다. 아주 저렴한 곳에서 바지랑 티를 사 주고 좋아하는 모습을 보니 수민이 엄마는 무엇 하길래 딸아이를 찾아오지 않을까. 연락은 주고받는 것 같은데. 그것 또한 오순이는 의문이었다. 바람나서 나갔다고 하는데 그거야 양쪽 이야기 다 들어 봐야 알 것이고 다행스럽게 김 씨는 회복이 빨라서 조만간 퇴원을 하려고 한다는 연락이 왔다.

나도 얼른 직장을 구해야지. 구직란에 이름을 올려놓고 기다리고 있던 어느 날 한 통의 전화가 왔다. "부산 구포 병원인데요. 광춘 씨 아세요?"라고 해서 "동생인데요." 했더니 "자동차 사고가 나서 핸드폰에 있는 성이 같은 분들께 전화를 다 했는데 아무도 안 받아서요. 보호자를 찾아서 다행이에요, 얼른 병원에 오세요."라고 했다. 부산에 누이가 2명이나 있는데 왜 전화를 안 받는지 부지런히 부산으로 내려갈 준비를 하면서 형제들한테 연락을 하니 부산의 언니가 먼저 전화를 받아서 그곳에서 가까운 곳 병원에 동생이 사고가 나서 있으니 얼른 가 보라고 하고 수민이를 김 씨 병원에 데려다주고 부산으로 갔다. 다행스럽게 의식은 있고 엄청 큰 사고였는데 크게 다치지 않고 눈과 이마 사이만 수술을 하면 된다고 했다.

아니, 강원도 엄마한테 있어야 할 광춘이는 왜 부산에서 이런 일이 생기냐며 말해도 아무도 모르고 추석 한가위를 지나고 여자 친구가 엄마한테 차 한 잔을 드리는데 엄마가 손을 쳐서 그 찻잔이 바닥으로 쏟아져 열이 받아서 그대로 가겠다고 여자 친구가 성질을 내고 나가니 광춘이가 달래서 보내려고 하다가 부산까지 운전하고 부산 시내에서 사고가 생긴 거였다. 엄마는 눈이 보이지 않는 망막색소변성증으로 시신경이 다 죽어서 앞이 안 보인다. 그냥 안 보여서 커피를 안 마신다고 손사래를 치는데 그 순간 커피잔이 쏟아졌다고 하셨다. 엄마는 아무것도 아니었다고 생각하는데 여친은 싫어해서 그런지 알고 화가 나서 간다고 나왔나 보다. 광춘의 여친 방희를 누이들은 별로 좋아하지도 싫어하지도 않았다. 육순이 인연으로 고향에 올 때마다 사람들을 잘 데리고 왔다.

방희네 가족은 4명이 함께 휴가를 왔다가 유부녀인 방희가 광춘이한테 반해서 신랑을 두고 육순이와 엄마네 집에 자주 왔고, 그녀의 직업은 보험 회사 PT였다. 고객으로 광춘이를 끌어들이며 자주 오고 가고 했다는데 언제부터인지 방희는 남편과 이혼을 하고 대놓고 광춘이와 만남을 가지고 엄마한테 인사를 시키지도 않고 어느 해 명절에는 아버지 산소에 따라가서 절을 했다. 엄마는 그때까지도 이혼녀인지 모르고 아이 둘도 봤고 방희 남편을 보았기에 혼자 '이상하다. 자주 온다.'라고 생각은 하셨다고 했다. 엄마와 아버지가 일군 밭 10평, 빠지는 3,390평, 아니 엄마가 몸 바쳐 이루어 놓은 농지를 누이들이 광춘이 21살 때 하나뿐인 남동생이라서 토지 이전을 하는데 동의서를 작성을 다 해 줘서 친정의 재산은 광춘이 것이다. 광춘이가 좀 벌어서 땅을 담보로 대출을 받아서 펜션을 지어서 운영했었다. 집 바로 옆에서 펜션운영을 했으니 광춘이와 그녀는 엄마 눈을 피해서 정들고 있다는 사실을 모르는 것이 당연했다.

오순이는 남동생이 괜찮은 것을 확인하고 하룻밤 육순이 집에서 자고 김씨가 부산에 가면 스승님이 계신 곳에 가서 인사하고 바다 기도를 하고 오라고 해서 다음 날 해운대 바닷가를 찾아갔는데 김 씨의 스승님은 없었고 소식을 들을 수 있었다. 주변 건물주 상대로 얻은 정보는 그분은 많이 아파서 병원에 입원을 했다는 소식이었다. 해운대 바다를 향해 얼른 음식점을 운영하는 길을 열어 달라고 빌었다. 해운대를 벗어나고 기차 타고 서울로 왔다. 김씨 딸 수민이를 데리고 왔는데 수민이는 할아버지, 할머니 이야기도 했다. 방학 때마다 시골을 간다고, 그것도 혼자서 기차 타고 전라도 어디라고 하는데 자세히 물어보지 않았다. 김 씨는 새엄마와 안 맞아서 불편하고 보기 싫어서 연락을 안 했다고 했다.

다음 날 학교에 보내 놓고 2일 후 김 씨는 퇴원하는데 수속 좀 해 달라고, 아직 정상은 아닌데 병원비 때문에 나가야겠다고 전화를 어찌나 하는지, 죽든지 살든지 퇴원시켜 줘야 했다. 인생이 꼬여도 이건 아닌데, 나보다 12살 어린 사람이 어찌 살아왔기에 마지막이 될지 모르는 순간에도 가족이 없이 남한테 의지하려는지 김 씨의 사생활을 알 수가 없었다.

본인이 움직이면 되지, 꼭 사람이 있어야 하냐고 물으니 많이 움직이면 안 된다며 부탁을 하니 안 갈 수가 없어서 병원에 도착하니 병원비가 470만 원인데 나가서 줄 테니 계산을 해 달라 말하는데 일단 퇴원조차도 안 되는 상태였고, 병원에서 3일 더 있으라고 하는데 병원비가 많이 들어가니까 돈 때문에 퇴원을 하겠다고 했다. 통원 치료를 받는다고 우겨서 계산을 하고 퇴원하고 신당 집에 데려다 놓고 밥도 못 먹는 사람이라 죽을 끓여서 두고 수민이를 그날 저녁에 보냈다. 쓸개를 절개 수술해서 아무거나 먹으면 안 되는 것으로 알고 있다. 여친도 있다고 했는데 여친은 볼 수가 없었다.

오순이는 일하려고 구인 광고를 보고 시청에 구직자를 올려놔도 일자리는 안 나오고 밤마다 꿈속에서 이상한 광경을 보여 주었다. 입술 바위가 보이고 깊은 산길을 걷고 있거나 강물이 흐르는 옆 숲속 길을 걸어서 끝도 없이 반복되는 꿈을 꾸었다. 아침에 깨어서 인터넷으로 입술 바위를 검색했더니 북한산에 입술 바위가 있어서 한번 가 보자 싶었다. 버스 노선과 지하철을 확인하고 아이들 등교하는 것을 보고 물 한 잔, 종이컵, 초 한 자루 넣고 8시에 집을 나와 지하철을 타고 북한산으로 갔다.

도선사는 처음 가보는 곳인데 대학 수능이 얼마 남지 않아서 기도하려고 온 엄마들이 엄청 많았다. 오순이는 신발도 일반 운동화를 신고 입술 바위를 가기 위해 올라갔다. 산 입구 도선사 절에서 조금만 올라가면 있다고 해서 김 상궁 바위를 지나 아무리 찾아보아도 없다. 결국엔 정상까지 올라가는데 몸은 흔들거리고 휘청거리며 짧은 다리로 겨우 정상에 올라갔다. 돌산, 북한산에 가 본 분들은 아실 것이다. 내려올 때는 반대 길을 선택해서 국수 한 그릇 먹고 하산을 하다가 숲속 인적이 없는 곳에서 촛불을 켜고 물 한 컵 부어 놓고 기도를 했다. 부디 잘되게 해 달라고. 길은 모르고 해는 떨어지고 끝없이 길 따라 내려오다 보니 도선사라는 길 안내 표시가 있어서 내려가 보니 도선사 뒤쪽으로 내려온 것이다. 시간은 6시 45분. 창동으로 버스와 지하철을 갈아타고 집에 오니 밤 9시. 국수 외에는 아무것도 먹지 못하고 다녀서 기운도 없고 속은 답답하고 무언가 문제를 풀어야 하는데 김 씨한테 말해 봐야 통할 것 같지도 않고 싸가지가 없고 이기적인 사람이라 마냥 이대로 있다가는 나 자신이 김 씨한테 끌려다닐 것 같아서 친정 언니인 사순이 언니한테 전화를 했다.

사순이 언니가 친정에 오면 늘 말하던 칠성 할머니를 뵙고 내가 왜 헤매고 다니고 있는지 꿈은 왜 그리 선명하게 꾸는지 묻고 싶었다. 오랜 세월을 무속인으로 살았으니 시원하게 대답을 얻을 수 있을 것 같아서 의논 끝에 다음 날 아침, 문경으로 출발해서 언니를 차에 태우고 칠성 할머니 집으로 갔다. 그 할머니는 나를 보자마자 "이제야 제대로 된 제자가 왔구나. 너한테 할아버지가 있고 결혼하는 날 눈이 너무 반짝거리고 보통이 아니구나. 그래서 네 몸 타고 들어와서 세상 유람하면서 놀려고 했더니 못난 손주 새끼가 너를 쥐 잡듯 해서 오늘날까지 내가 네 몸에 있었다."라고 신들린 사람처럼 말했다. 칠성 할매한테 육순이도 다녀갔는데 제자 될 사람은 아니고 사순이 언니는 굿까지 했는데 신이 안 와서 못 했고 "오순이, 너는 재능과 끼가 있어. 제자가 갖추고 있고 모든 재능이 네 안에 다 있어". 하며 거부할 수 없는 사주라고 했다.

사순이 언니가 "그럼 어떻게 해야 하죠?" 물었더니 신굿을 해야 한다고 해서 날짜를 잡았다. 11월 22일로 잡았다. 선금을 걸어야 한다고 해서 오만 원을 주고 나와서 언니랑 유일사 절에 들러서 구경도 하고 언니를 데려다주고 바로 서울로 왔다. 이래저래 생활하다 보니 굿 날짜는 20일 정도 남았고 이 길을 가야 할지 마음속에서 갈등이 생겨서 고민을 많이 했다. 기도문 올려놓은 곳에 가서 법사한테 굿 날짜 이야기를 하니 신경질을 부리며 물어보지도 않고 날짜를 잡고서 왜 물어보냐고 신굿을 받으려면 본인한테 받아서 해야지, 더 이상 오지 말라며 쏴~ 하게 화를 냈다.

그대로 집으로 와서 고민 아닌 고민을 했다. 굿을 취소해야겠다 싶어서 10일 앞두고 취소를 했다. 그래, 직장 잡아서 평범한 사람이 되자. 어느덧 월세방 계약 기간 얼마 남지 않아서 햇빛이 보이는 집을 얻었다. 월 40만 원은 줘야 햇빛을 볼 수가 있었다. 단독 2층으로 이사하고 좀 지나 장어집 개업하는 곳으로 취직을 하고 다니고 있는데, 김 씨에게서 전화가 왔다. 시간을 내서 갔더니 나한테 신불이 들어왔으니 신당을 차려 주라고 본인 신당 할머니 신이 기도 중에 통신으로 들어왔다고 했다. 이사를 한 지 2달 되었는데 갑자기 신당을 차리라고 해서 나 역시도 '뭐, 굿도 없이 이렇게 될 수도 있구나.'라는 생각이 들었다. 나머지는 향로 등 3백. 신당은 금방 차려졌다.

신불 값은 5백이 들었다. 산신 할아버지, 대신 할머니, 불사 할머니, 동자, 동녀, 거실에는 신장님을 모셔 놓고 아침에 눈만 뜨면 몸에 무언가 치고 들어오던 느낌, 마치 문 열고 들어오는 느낌과 똑같이 아침이면 반복적으로 매일 출근하듯 내 몸을 치고 들어왔다. 들어오면 뭘 해, 말문이 막혀서 접사도 못 보고 직장에 다니면서 일을 하는데 어느 날 아침 출근길에 자전거에서 떨어져서 왼쪽 손목을 크게 다쳐서 다니던 직장도 어쩔 수 없이 그만두고 기도에 박차를 가하며 신당에서 공부를 하고 기도문도 내가 만들어 읽으면서 열심히 정성을 담아 거짓 없이 아침저녁으로 시간 되면 기도하고 아주 가끔 소문을 듣고 오는 상담자도 있고 지인으로부터 소개를 받아서 오시기도 하고 단골도 생겨 한참 잘나가는데, 말문이 터지지 않고 몸으로 바로 오는 직위를 받고 상담자의 기분까지도 나에게 전해졌다.

어느 날 사촌이 나에게 전화가 왔다. 카카오스토리 글을 보았다고 했다. "너였구나." 하며 나를 찾아서 왔다. 어쩌다 김 씨가 나의 스승이 된 격이고 아주 자연스럽게 작은 집 귀신 외가 할머니가 나에게 왕래를 하면서 오순이는 더 변해 버렸다. 고향 땅 선산에 인사를 하고 와야 하는데 김 씨는 안 따라갈 거니까 사촌이랑 고향에 다녀오라고 했다.

부천에 사는 사촌 동생도 함께 셋이서 날짜를 잡아서 고향에 다녀오기로 하고 모였다. 부천 동생 차 트렁크에서 문을 여는데 열리지 않는다고 하던 생각이 난다. 생선을 주고 가려고 했던 건데 포기하고 아침을 대충 먹고 출발을 하는데, 고속도로 타려고 다리 위에서 아침 햇빛이 차 안으로 비추는데 나는 그 햇빛이 저녁에 넘어가는 석양의 햇빛으로 보여서 너무 서글퍼서 울었다. 평범했던 나의 일상이 이제는 끝나고 갈 길이 먼 세상으로 들어간다는 생각을 하며 우는데 조수석 사촌도 덩달아 우는 것이다.

길을 떠나는 동시에 내가 아닌 다른 뭔지 모르겠지만 나도 모르는 말들이 나에게 쏟아지고 들리고 있었다. "너는 지금부터 인간의 삶을 포기해야 하고 기도 또한 엄청 많이 해야 해.", "저 높은 산을 비, 눈이 와도 3~4개월 생쌀을 가지고 다니며 산 기도를 많이 하고 아이들과 이별을 해야 제대로 된 제자의 길을 갈 수 있다.", "한번 기도 떠나면 사람과 만나지도 못하고 견딜 수 있어야 하고 잠 또한 동굴이나 산에서 자야 하는데 할 수 있을 거라고 생각한다." 등.

나는 내 안에서 쏟아지는 이 소리를 듣고 엄청 울었다. 아이들 때문에 가슴이 아파서 울며 차라리 아빠한테 놓고 나 혼자 나올 것을, 불쌍해서 울고 깊은 산속에서 잠을 자면서 기도하는 것도 기가 막혀서 울고 몇 개월 아이들하고 떨어지면 아이들 밥은 어찌하고 앞날이 어찌 될지도 모르고 내가 할 수 있는 건 그저 지금 일어나는 세상과 운명에 내 인생을 맡기며 살아 내야 한다는 것에 더 답답하고 나 자신이 불쌍하고 이러려고 내가 죽지 못하고 살았나 싶었다.

고향에 도착해서 친정엄마네 가서 집터를 잠재웠다. 기도문 읽고 반야경 독송으로 부정물을 밖으로 버리고 들어가는 입구랑 개집 앞에도 부정물을 뿌리는데 엄청 큰 개가 있는데 그날 개 몸속에 사람 영이 들어 있는 것을 보았다. 다른 날 같으면 꼬리 치고 반갑게 개집 안에서 짖고 하는데 그날 그 개는 나의 눈길을 피하며 쳐다보지도 못하고 집으로 들어가 슬그머니 나의 눈치만을 보았다. 내가 한마디 했다. 나도 모르게 "그렇게 갈 데가 없어서 짐승 몸에 숨어? 너의 갈 길 빨리 가." 소리를 질렀다.

집 안으로 들어와서 물건들을 챙겨서 나와서 사촌들과 작은 집으로 갔다. 작은엄마도 신당을 차렸다가 엎어 버린 사실을 처음 알았다.

차에서 내리는데 태풍처럼 강한 느낌이 나를 못 들어오게 막아 내는데 겨우 발걸음을 떼서 작은집에 들어가서 징을 두들기며 기도문 반야경을 독송했다. 사촌들이 같이 안 갔으면 작은집에 갈 필요가 없는데 그 집은 작은 엄마 친정으로 인해서 잘 안 풀리고 사촌들하고 친정하고 핏줄은 같아도 나랑은 아무 연관이 없다. 그날 사촌들하고 동행을 하지 말았어야 했다. 온갖 귀신이 다 따라올 거란 생각은 못 했다.

다음 간 곳은 내 형제 이순이 언니네. 그곳은 사찰이다. 내 아버지의 위폐가 있는 곳. 귤 한 박스 샀던 것을 3개의 접시에 올려놓고 절을 하고 나왔다. 그다음 간 곳은 사촌 남동생 집. 그곳에서 저녁을 먹고 나왔다.

사촌 동갑네는 들르는 곳마다 돈 봉투를 받았다. 제자의 길, 잘해 보라고 주는 돈인 줄 알지만 굳이 받을 필요성을 느끼지 않았다. 부산 나의 형제들한테까지 떠날 준비를 하고 왔는데 갈 길이 멀었다.

다음은 작은집 둘째 오빠네 집이다.

2. 생각하지도 않은 길

작은집 올케언니한테 야단을 막 쳤다. 오빠한테 잘하라고. 내가 아닌 그때는 우리 친정 할머니가 실려서 언니를 야단을 치는 거였다. 우리보다 3살 어린 올케언니는 얼마나 기가 막혔을까, 갑자기 나타나서 그것도 사촌 시누이와 남편의 여동생 둘이 나타나서 신이 들어왔다며 언니를 야단을 치니까. 오빠는 방에서 나오더니 "정말 너희들 너무하다."라며 말을 했다. 오순이는 오빠에게 앉으라고 하고 오빠를 눕혀서 허리를 주물러 주었다. 언니가 입을 삐죽거리면서 나를 속으로 욕하는 것이 들려서 내게 있던 할머니는 그 모습을 보았고 오순이는 더 노발대발했다. 할머니가 화가 많이 나 있었다. 그때는 산신인 줄 알았는데 지금 뒤돌아 생각해 보면 그때는 조상님, 우리 아버지의 엄마, 나에게는 할머니인 것을 세월이 흐르고 많은 경험을 하고서 알았다.

물을 한 병씩이나 마시고 작은집 오빠네에서 나오는데 엘리베이터를 타고 내려와서 오순이는 그냥 그 자리에서 주저앉았다. 사촌들한테 저년 내려와서 잘못했다고 빌기 전에는 안 간다며 요지부동. 그때는 내가 없었고 나 자신마저도 내 몸을 마음대로 하지 못했는데 그 언니는 다른 곳으로 시집가서 아들 하나 낳고 우리 집안으로 시집을 온 거였다. 그리고 입이 좀 요사스럽다고 할머니가 싫어서 야단을 쳤다. 그때는 그 언니한테도 신기가 있다고 했으니 지금은 잘 사는지 모르겠다. 하여튼 어떻게 사촌들이 전화를 하고 올라갔는지 올케언니는 내가 앉아 있는 곳에 내려와서 미안하다며 하는데 그렇게 버티며 앉아 있던 내가 벌떡 일어나서 주차장으로 가는데 올케언니 하는 말이 "네가 제자냐? 귀신이지. 다음에 만날 때는 꼭 갚아 줄 거야. 산신은 없어. 다음에 볼 때 가만 안 둘 거야." 이러면서 돌아서서 아파트 집으로 들어가는 것을 보고 오순이는 잠깐 멍했다.

그렇게 차를 타고 부산으로 방향을 잡고 가는데 갑자기 오줌이 마려워서 차를 세워서 화장실을 찾는데 어느 도로변 앞 식당의 화장실인지 알고 문을 열었는데 그곳은 화장실이 아니고 바닥에 고기가 가득 담겨 있었다. 컨테이너 박스에 고기가 짝으로 바닥에 가득 보여서 결국 문을 닫고 돌아서는데 산신이 "너 큰일 났다. 부정 탔어. 당장 옷 벗고 몸에 걸친 귀금속 다 버리고 어쩌면 머리카락까지도 다 밀어야 해. 제자로 가는 사람이 죽은 고기를 봐서 부정을 탔으니 얼른 빨리 벗어."라고 난리를 쳐서 사촌이 다가오길래 내 귀에 들리는 대로 말해 주었더니 "그럼 벗어야지."라고 했다. 다행히 차 안에 자기네 언니 주려고 옷을 가져왔다며 그 옷을 차에 가서 가져왔다. 그 자리에서 소변을 보고 옷을 벗고 반지랑 귀걸이 목걸이를 빼서 버리고 사촌이 준 옷을 입고 속옷도 없이 겉옷만 입고 있는데 어떤 남자가 그곳을 지나갔다. 그때 산신이 하는 말, "저 사람 너를 봤으니 길 가다가 죽어. 따라가 봐." 그 말에 나는 얼른 사촌 보고 "저 사람 좀 따라가 봐. 죽는대."라고 했다. 그는 우리를 쳐다보며 모퉁이를 돌아서서 갔다. 따라가던 사촌 동생도 그 사람이 걸어가는 것을 보고 돌아와서는 "잘 가던데?"라고 했다. 아~ 다행이다. 우리 셋은 차를 타고 가다 태백을 벗어나는 무렵, 그곳이 어디쯤인지 모르지만 더 이상 못 가게 했다.

나의 몸속에 부정이 들어갔으니 속도 비우고 가라며 주차를 하고 사촌 동생은 더 이상 안 가고 오순이는 강제로 손가락 넣고 토해서 그 주변에 버리고 부산은 안 가고 서울로 돌아가라 해서 다시 차는 서울로 방향을 잡고 가는데 핸드폰도 모두 끄고 사촌들한테도 반지를 빼서 버리라고 했다. 사촌 동생은 자기 엄마가 준 반지라서 못 버린다 해서 내가 받아 들고 꽉 움켜잡고 있는 힘을 다해서 부정을 걷어 달라며 산신한테 부탁을 했다. 나한테 "눈도 뜨지 말고 꼭 감고 있어야 하고 눈을 뜨면 시력을 잃어버릴 수도 있으니 절대로 뜨면 안 된다. 나의 모습은 다른 사람 눈에 밝게 빛이 보이니까 꼭꼭 싸매고 있으라." 해서 나는 산신이 시키는 대로 다 했다. 산신이 하는 말, "너의 귀금속을 주운 사람은 부정물을 주었으니 명이 짧을 것이고 그것을 녹여서 다른 것으로 만들어도 부정의 기운은 남아서 죽을 때 힘들게 죽을 것이다." 이야기는 끊어지지 않고 서울로 오는 길에 산신이라고 하는 신이 그야말로 나를, 아니 우리 셋을 꿈꾸게 했다.

우선 나한테는 태어날 때부터 신의 제자로 태어났으니 조상님 신들한테 잘 보살피라고 말해서 보냈더니 조상님 신이 다 죽으려고 하는 이 아이가 뭔 신의 길을 가야 하냐며 살아서 사람 구실을 하기는 틀렸으니 그냥 가자며 발로 툭 치고 그냥 왔다는 이야기를 하면서 그래도 살아야 하는 선택받은 아이라서 살아남은 거라고 하며 이제부터는 고생길보다 길이 열려서 아주 잘 살거라 했다. 그리고 천상에서 내가 내려온 줄기의 빛을 보여 주었는데 눈을 감고 보니 캄캄한 세상에서 하늘에 한 줄기 빛이 보이고 동화책에 나오는 선녀가 오고 가던 빛이 보였고 동갑내기 사촌한테도 눈 감고 보라고 했더니 보였다고 했었다. 그리고 300년 만에 내려온 산신이고 사촌들한테는 복권 복을 줄 테니 걱정 말라며 혼자 신이 나서 열심히 이야기를 했다.

한참을 떠들던 산신이 갑자기 "아이고, 어쩌냐. 너의 큰아들 현명이가 명동에 놀러 가서 쓰러졌다. 병원으로 옮겼어."라고 했다. 나는 너무 놀라서 눈을 뜨고 핸드폰을 열어서 김 씨한테 전화를 했다. 우리 집에 가 보라고 했다. 산신이 말한 내용 그대로 말하니 김 씨는 확인한다고 했고 큰아이한테 전화가 왔다. "너 많이 다친 거야? 명동은 왜 갔어." 했더니, 아들은 "뭔 소리야. 친구들하고 노는데."라고 했다. 아들과 통화 후 나는 아이들 가지고 장난치지 말라고 화를 냈다. 어차피 제자 시험이라고 산신은 웃으며 넘겼다. 눈을 뜨고 있으려니 눈이 시려서 정말이지 눈을 뜰 수가 없어서 다시 눈을 감고 몸을 기대고 자려고 하면 또 소리가 들리고 어차피 아이들과 같이 살지 못하고 다들 떠날 것이고 헤어질 것이다.

어느덧 차는 양평군 근처에 접어들었고 집과 거리가 1시간도 안 남았는데 〈지중해 모텔〉이 보였다. 신들이 그곳에 모두 모여 계신다. 지중해 상호가 마음에 들어 저곳에서 하룻밤 쉬고 가자고 해서 나는 차에 있고 사촌들은 둘이서 빈방이 있는지 확인하려고 들어갔고 나 혼자 뒷좌석에 앉아 있는데 그 차 안에 저승사자 일곱 명이 나를 둘러싸고 있었으며 나에게 하는 말이 "산신이 하늘로 옥황상제를 만나러 갔는데 너 잘 만났다. 지금 우리랑 가야겠다."라며 저승사자들이 나를 차에서 끌어 내리고 갑자기 숨을 쉬기가 엄청 힘들었다. 그 시간이 나에게는 엄청 길었고 내 머리는 차 밖으로 서서히 끌려 내려갔다. 순간 너무도 후회를 했다. 두 아들 녀석을 아빠한테 그냥 둘 것을 하고. 숨이 막히는 순간에도 나를 포기하면서 어찌나 마음이 아픈지 그날을 생각하면 지금도 마음이 먹먹하다. 고등학교 2, 3학년의 아들이 둘이었고 내가 목숨보다 사랑하고 나의 희망이고 참고 인내하며 올바른 사람 만들어서 사회의 일원이 되길 바라며 살아왔으니 이 글을 다시 쓰면서도 눈물이 핑 돈다.

그렇게 고통을 호소하고 정신을 잃어버릴 때쯤 사촌 둘이서 나오더니 갑자기 사촌 동갑내기의 입 냄새가 느껴지고 나는 사촌 동생의 손길에 겨우 자리에서 일어나서 부축을 받으며 걸어서 여관에 들어갔다. 만일 사촌들이 3분을 넘겼다면 나는 지금 이 세상 사람이 아닐 수도 있다. 느끼는 대로 쓴다면 인공호흡이 아니고 사촌 몸에 있던 할머니가 놀라서 나의 몸을 타고 들어왔었다.

방에 들어가서 누워 있는데 갑자기 산신이 미안하다며 내가 없는 사이에 죽을 뻔했다며 하늘의 신들이 너를 지켜보고 있고 너는 보통 제자가 아니고 전생에 옥황상제의 막내딸이었는데 일도 안 하고 놀기만 좋아해서 이생에서 일 좀 하고 철 좀 들라고 다시 인간으로 환생했고, 너희 친정 식구와 아무런 인연 끈도 없이 태어났으며 인연이 있다면 사촌 남동생 돼지띠하고 전생에 부부라서 그 인연으로 태어났으며 아이들하고도 이번 생이 마지막이고 다음 생은 꽃으로 환생해서 살 것이다. 그리고 우리 친정아버지가 신장님으로 오시는데 너를 잘 지켜 줄 거라 했다(무속에서 신장님은 집 안의 잡귀들이 막고 나를 지키는 보이지 않는 장군이다).

귀에 계속 들리는 말소리에 지겨워하면 또 다른 이야기를 했다. 제자 시험이라고 하는데 어디까지 들어야 하는지 모르겠다. 그리고 3,000년 전 내가 인간으로 환생을 했고 그때는 장군으로 많은 사람을 데리고 전쟁을 치르고 술집 기생을 첩으로 두었는데 바로 너의 무속 스승이 애첩으로 들어와서 안방마님 자리를 탐하고 시기심, 질투가 너무도 많아서 집안을 위해 내가 전쟁터에서 쓰던 칼로 목을 베어 죽였다. 이제는 그 인연마저 끝이 나고 빚을 갚았다고 했다. 김 씨가 수술을 해서 내가 보태 준 돈이 490만 원. 물론 그 돈은 받지 못했다. 나는 귀신에 씌어서 그렇다지만 사촌 갑장과 동생은 멀쩡한데 왜 시키는 대로 했을까. 혹여 만날 수 있다면 묻고 싶다.

그리고 손을 바늘로 따서 피를 뽑아서 공중으로 쭈-욱 올라가야 하는데 동갑내기 사촌한테 짜증 낸 기억도 난다. 여관에서 바늘을 찾느라 여관에서 일하는 조선족 부부의 입장이 난처했고 내 입으로 두 번째 서랍에 있다며 이상한 중국어로 말했는데 그 사람들은 그 말을 알아듣지도 못했다. 한바탕 쇼를 하고 각자 자려는데 밤새도록 아버지라 하며 와서 말 걸고 할머니라고 말 걸고 가끔씩 산신이라며 와서 천상의 이야기를 들려주었다. 하늘에서는 잔치가 열렸다. 올바른 제자가 나왔다며 천상의 모든 신이 좋아한다고 했다. 이제부터 부정을 탔으니 천상에서 신들이 내려와서 너에 몸속이 갈기갈기 찢어져서 수술을 할 거고 눈도 시리고 아프니까 모든 것을 수술해야 하니 사촌 여동생을 무릎 꿇려서 엎드려 놓고 나를 그 아이 몸 위에 올라가게 만들었다. 몸이 완전하게 쭈~욱 늘어져서 나도 힘이 들고 아픈데 동생은 얼마나 힘들었을까. 지금 생각하면 사람 3명을 귀신들이 가지고 놀았다.

그날 몸속이 찢어지는 느낌을 받았었다. 밤새 그렇게 나 스스로 생각할 틈을 주지 않고, 날이 밝으니 이대로 가면 안 되고 아직도 거쳐야 하는 관습이 더 있다며 오른쪽으로 10번 구르고 다시 반대로 20번 구르고 머리가 어딘가에 닿으면 실패. 먹은 것도 없고 정말로 어지럽도록 굴러다녔다. 너의 스승이 올 때까지 기다리라고 했다. 그쪽의 신들과 통신을 해 놨다고 산신이 말하니 그대로 떠날 수도 없고 마냥 기다리는데 도착할 때가 다 되었으니 나가 보라고 해서 사촌한테 밖으로 나가서 김 씨가 왔는지 확인해 보라 했더니 "안 왔어." 했다. 가만 생각하니 이대로 있을 수가 없어서 전화를 하려고 핸드폰을 켜려는데, "스승이 오다 사고가 나서 경찰서로 갔어. 성질이 지랄 같아서 상대 운전자와 싸우다 경찰서로 이송되었다."라고 했다. 나는 산신의 이야기를 듣고 상황을 알기 위해서 김 씨한테 직접 전화를 걸었다. "이 시간에 웬일이야." 잠자던 목소리로 전화를 받는다. 왜 안 오고 자고 있냐 했더니 스승이란 작자가 하는 말이 "아침부터 뭔 개소리야." 하더니 전화를 끊어버린다. 순간 정신이 멍했다.

나한테 속삭이던 것은 산신이 아니고 뭐야. 일단 집으로 가자 하고 내가 조수석에 타고 출발을 하는데 집안 귀신들이 다 따라붙어서 나에게 들어와서 콩을 밖으로 던지며 귀신과 싸워야 했고 신장님 칼로 휘저으며 주머니 속에 있는 팥이랑 콩이랑 귀신이 따라붙으면 뿌리고 부정 처리를 하는 곡류를 차 밖으로 던졌다. 거의 집안 귀신들이었고 작은 집에서 붙은 귀신이 더 많았다. 이대로 집으로 몰고 갈 수는 없었다. 집 도착하기 전에 다른 곳으로 차를 이동시켜 주차해 놓고 귀신들은 "산신 깃발을 잘 지키는지 보자. 얼마나 큰 제자가 되는지 보겠다."라며 시험을 하는데, 오줌 먹기, 노래 대결, 사촌동생을 산신으로 위장시키고 비닐로 머리를 덮어씌우고 차 안에서 내리지도 못하게 하고 나랑 동갑내기 사촌은 산신 깃발을 들고 차 밖에 서 있고 나는 귀신들하고 대결하느라 끝도 없이 소리 지르며 바지 내리고 바닥에 오줌

싸 놓고 찍어 먹는 것까지 했다. 노래를 불러서 이기면 떠나기, 영어로 대답하기 등….

왜 귀신이 시키는 대로 해야 하는지 이 글을 읽는 사람은 이해가 어려울 것이다. 먹는 것 보면 가겠다고 하고, 가고 나면 또 다른 영가들이 치고 들어와서 노래를 해 보라고 하고 뮤지컬 배우들이 공연하다가 공연장이 무너져서 4명이 죽어서 못 가고 떠돌다 보니 이곳이 너무도 시끄럽고 해서 왔는데 노래 잘한다고 해서 노래명을 주면 나는 막힘없이 불러야 했고. 그날 나 혼자 생쇼를 다 했다. 완전 미친년이 되어야 했다. 주변으로 몰려드는 귀신과 저승사자도 있었다. 뮤지컬 영가들이 "그래, 네가 이겨서 우리가 간다." 하고 손 흔들고 사라지고 1시간 넘게 소리를 지르다 보니 사촌 동생이 차 안에서 나와서 "언니, 그만하고 가자." 하고 나를 차 안으로 밀어 넣어서 왔다.

사촌 동생은 나의 행동이 끝나지 않으니 무속인 김 씨와 통화를 했는지 잘은 모르는데 무조건 집으로 가서 기다리라고 했다고 한다.

도착해서 목욕하고 귀에 들리는 소리를 무시하기로 작정을 하고 씻고 나와서 딴생각을 하는데 사촌 동생이 혼잣말로 "오순이 언니 아니잖아." 한다. 나한테 안 통하니까 사촌들한테도 치고 들어갔나 보다. 김 씨가 자기네 신당으로 오라고 전화가 와서 김 씨 신당으로 갔다. 신복을 입고 물항아리 속에 주민등록증을 담그고 나를 항아리 위로 올라가게 했다. 순간 김 씨 신당 할머니 불상하고 눈이 마주치는데 나를 보고 "미친년." 하는 소리에 너무 놀라서 다시 쳐다보니 또다시 "너 말고 그년."이라고 했다. 김 씨는 기도문을 읽고 징을 두들기며 "할머니를 모셔야 해. 할머니 불러 봐."라고 나한테 시켰다. 그냥 하라고 해서 나도 할머니를 불렀더니, "스승이 할머니를 모시는데 제자도 할머니를 모셔야해." 김씨가 하던 말이다. "이제 내려와."라고 해서 물항아리에서 내려왔다.

아무 말도 안 해 주고 사촌과 나는 그대로 헤어져서 각자 집으로 돌아왔다. 그날 밤 나의 신당에 무릎 꿇고 앉아서 꼼짝없이 신들인지 귀신인지 계속 말하는 것을 들을 수밖에 없었다.

귀신들의 말인즉. 김 씨는 여자가 있고 이비인후과 간호사 김××와 사귀다 헤어졌고 지금도 미련을 버리지 못하고 너의 스승은 바람둥이고 김 씨의 본모습은 300년 할아버지 모습이다. 전생으로 인연이 닿았고 나의 주변 지인들마저 어떤 인연으로 만났는지 다 이야기를 하는데 3시간을 듣고 있었다. 차 안에서 했던 이야기 재방송이라고 할까. 나 스스로 짜증과 신경질이 은근하게 났다. 그날 작은아들 현제가 집에 있었는데 아무 기척도 없으니 거실에 나와서 나를 불렀다.

자리를 박차고 나가자 뭔지 모르지만 나에게 하는 말이 "그놈 고집 있고 남자보다 더 뚝심 있네." 하고 웃는 소리를 듣고 나는 서둘러 저녁을 챙겨 먹고 밖에 나가서 담벼락에 올라섰다. 뛰어내리면 죽지 않을까 싶었는데 집에서 현제가 나오며 "엄마, 거기 서서 뭐 해?" 해서 '아, 내가 살아야 저 아들도 있지.' 하고 멈추고 들어왔다.

하루가 지나고 3일 후 사촌 동갑내기에게 문자가 왔다. 너 때문에 모든 것이 엉망이 되고 남친과 헤어지고 형제들하고도 사이가 벌어졌다. 우리를 어떻게 그대로 보낼 수 있냐며 원망의 메시지가 왔다. 나 역시 귀신들한테 시달리고 잠도 제대로 못 자고 신당의 산신 할아버지 불상을 산신 할머니로 바꿔서 되는 건 하나도 없는데 뭔가 잘못되었고 꼬여도 엄청 꼬였는데 보이지 않는 세계와 신경전을 벌여야 하는데 나 역시도 사촌 동갑내기가 원망스럽고 왜 나한테 왕래를 해서 본인 외가 김 씨 할머니를 나한테 붙여 놓았는지 나도 묻고 싶었다. 스승이란 김 씨는 신에 대한 공부도 없고 일이 생기면 딸아이를 나에게 봐달라고 너무 자주 보냈고 정말 짜증이 날 정도로 이건 아닌데 벗어나야 한다는 생각으로 마음은 날이 갈수록 굳어졌다.

견디다 못해서 기도 떠난다는 핑계를 대고 밖에 다니지도 않고 소식도 없이 열흘 동안 전안 기도를 했지만 아무런 의미가 없었다. 어쩔 수 없이 내 인생의 길을 찾기 위해 부산으로 갔다. 신문에 매일 운세를 다루는 분한테 찾아갔더니 나의 사주를 풀어 주는데 정신적으로 힘든 시기고 신운은 외가 할아버지를 찾아야 하고 일주일 동안 산에 들어가서 시간을 정해서 기도에 매달려 보고 아무것도 치고 들어오지 않으면 신당을 접으라고 하며 나의 운세를 봐주었다. 약명 도사 약사여래불 앞에서 기도할 것, 50대 후반에 서서히 괜찮아질 것이고 신경 질환이 약해서 신의 기운으로 힘든 시기이다. 그날 받은 상담 받은 내용이 지금도 그대로 있다. 옷 색상까지 적혀 있다.

다시 집으로 올라와서 전안에서 기도하지 않고 명상으로 5일을 밤낮으로 자지도 않고 매달렸다. 아무런 반응도 없고 밥도 먹을 수 없고 머리는 어지럽고 어쩔 수 없이 사돈이 무속인데 그 길을 살아온 지도 15년쯤 되시는 분이다. 전화번호는 언니 시동생한테 알아보고 사실 이야기를 하고 전화번호를 받아 연결을 하고 예약을 해서 사돈이 나를 몰라봐서 누구인지 밝히자 사돈이 너무 놀랐는지 상담을 안 하려 했다. 우리 친정 언니한테는 말하지 말고 봐달라고 사정을 하자 사돈 말씀이 부처님이 보인다. 사람마다 다 다르지만 지금 벗어나려면 볏짚을 물에 담그고 전안에서(나의 신당) 기도를 해 보라고 했다.

다시 집에서 제대로 먹지 못하고 사돈이 시키는 대로 볏짚을 물에 담그고 신당에 올려 기도를 했다. 제대로 길 좀 열어 주세요. 기도 3일 만에 나와 상관없이 손을 모으고 내 입에서 "제발 우리 오순이 좀 살려주세요."라는 말이 나왔다. 우리 친정아버지였다. 더 이상 답은 없고 어느덧 설날. 아이들은 아빠 집으로 명절을 즐기라고 보내 놓고 나는 전안 기도에서 새해가 밝았으니 보살펴 달라고 정성껏 기도를 했다.

설날 신당에 올렸던 음식을 싸서 산짐승 또는 새들한테 방생하려고 백봉

산으로 향했다. 백천사 사찰을 지나 오르다 보니 하얀색 백구 한 마리가 꼬리 치며 나를 계속 따라왔다. 어디에 사는지 모르는데 백구를 친구 삼아 산 중심부에서 음식을 개울가 바위 위에 조금씩 덜어서 6군데에 놓고 걸어서 내려오는데 백구는 음식에는 관심이 없고 나를 따라서 천천히 내려오고 왼쪽 산 위에서 부스럭거리는 소리가 계속 들려왔다. 이미 백구는 나보다 더 빨리 그 소리를 들었던 모양이다. 백구가 멈추어서 쳐다보는 쪽으로 나도 걷다가 쳐다보니 산비탈에 있는 엄청 큰 이백 킬로그램 넘는 큰 멧돼지가 낙엽을 뒤집어 가며 먹이를 찾는 소리였다.

너무 무서워서 어떻게 달려서 뛰어 내려왔는지 모를 정도로 달리기 시작했다. 정신없이 뛰어서 사찰 뒤쪽까지 왔다. 숨을 고르고 갑자기 백구 생각이 나서 뒤돌아보니 송아지만 한 크기의 백구는 보이지 않았다. 사찰 약수터로 들어가서 물을 마시고 차분한 마음으로 산길을 내려가는데 백구는 무얼 했는지 숨이 차게 내려와서 나와 눈을 맞추고 인사를 하듯 고리를 흔들며 백천사 사찰에서 샛길로 들어가는 것을 보고 나도 마을 입구에 세워 둔 차를 타고 집으로 왔다.

큰언니 둘째 아들이 멧돼지한테 습격을 당해서 젊은 나이에 죽었다. 새해 첫날부터 멧돼지를 봤으니 그날의 기억 또한 오순이에게는 공포였다. 산신할아버지 불상을 모시고 있을 때 큰언니 둘째 딸이 나한테 전화를 해서 동생 좀 살려 달라고 기도 좀 해달라고 부탁했던 것이 생각이 난다. 전화가 올 때는 이미 늦었다. "이 세상 사람이 아니다."라고 정확하게 나에게 보여 주었다. 애동 제자라서 상갓집에 가는 것이 무섭고 뭔가 또 붙어서 올까 봐 참여조차도 안 했다.

새해가 밝아도 기도를 열심히 하는데도 갈수록 나는 아무것도 먹기도 싫고 입안에서 모래가 굴러다니는 것처럼 까칠하고 돈도 바닥이 나서 생활비도 없을 정도로 어려운 상황에 이르렀다. 산신 할머니를 모시고부터는 청주에서 온다던 손님도 교통사고가 나서 취소가 되고 점사를 볼 수가 없었다. 친구의 소개로 손님이 오셨는데 나한테는 너무도 버거운 손님이라서 김 씨 집에 보냈다.

전안 기도는 더 이상 소용도 없고 집에 더 이상 있기도 싫어서 바다, 산으로 기도를 다니기로 하고 길을 떠나려는데 기름값이 없었다. 현명이가 오만 원을 줘서 떠날 수 있었다. 두 아들은 지방으로 대학을 가 버렸고 나 홀로 날짜를 길게 잡아서 떠났고 방 월세는 1년을 미리 주었으니 걱정 안 해도 되고 삼척으로 떠났다. 바다의 용왕님께 인사를 하려고 갔는데 어떻게 어디서 해야 할지 몰라 밤이 될 때까지 기다렸다.

내가 제일 싫어하는 물, 파도가 넘실거리는데 어찌나 무섭고 어두운지 밤 8시에 바위들 속으로 들어가니 무속인들이 기도를 했던 흔적이 있어서 사방에 소금으로 부정을 치고 오색 천도 태우며 영리하고 욕심내지 않고 올바른 제자가 되겠으니 부디 보살펴 달라고 빌었다. 3월인데도 추워서 차에서 잘 수가 없어서 여관에서 잠을 잤다. 각종 공과금 빠지는 돈으로 하룻밤 자고 다음 날은 차에서 자고 밥도 하루에 한 끼로 먹고 다시 밤바다에서 기도 3일을 하고 고향 집 엄마한테 바로 갔다. 태백산 기도를 하기 위해 처음으로 올라가는 태백산. 올라가도 끝이 없고 목적지는 정상 천재단. 올라가서 기도를 하려고 앉아서 터를 잡으니 어찌나 눈물이 나는지 마냥 눈물이 흘러서 기도는커녕 울다가 천재단 단상 안에서 나왔다. 하나님 아버지를 찾으며 기도하는 사람, 심하게 다리를 펄떡거리며 양반 다리를 하고 다리를 움직이는 기도자 등 별의별 사람을 다 보았다.

산에 오르는 것보다 내려가는 것이 더 힘들다는 것을 처음 느꼈다. 하산하는 데 4시간. 어둠이 내리자 주차장까지 올 수 있었다. 그날 밤 엄마네 집에서 하룻밤을 자다가 깨어 보니, 오순이는 엄마 손을 꼬옥 잡고 있었다. 분명 내가 잠을 잘 때는 벽 쪽에 바짝 붙어서 잤고 엄마와의 간격은 3명이 더 잘 수 있는 공간이 있었는데, 순간 아버지가 내 몸을 타고 엄마 손을 잡고 몇 시간을 같이 있었던 것이다. 얼른 내가 자던 잠자리로 굴러가서 다시 잠을 잤다. 아침에 깨어 보니 엄마가 하는 말이 어쩜 네 아버지가 자는 것처럼 똑같은 소리를 내냐며, 잘 자더라 하셨다. 다음 날 상담 전화가 왔다. 전화로 그 사람의 기운이 느껴졌다. 술 때문에 위장에 탈이 생겼고 구토감이 느껴져서 길게 상담을 할 수가 없어서 처방을 주고 끊었다. 3일 후 태백산에 다시 올라갔다. 내가 원하는 대로 기도가 되었고 물의 기운 용왕님께 기도가 더 하고 싶어서 바다가 아닌 강을 검색하니 영월에 한반도 지구처럼 생긴 선암 마을이 있어서 영월로 출발을 했다.

영월이란 이정표가 보이자 눈물이 왜 그리 나는지 운전을 할 수 없을 정도로 눈물이 마구 흘렀다. 눈물은 나와 상관없이 감당을 할 수 없을 정도로 흐른다. 내가 아닌 내 안에는 친정 할머니, 아버지께서 나를 통해서 안타까워 눈물을 흘리신 거였다. 선암 마을에 도착해서 안내판의 길을 따라 걷다 보니 정말 한반도 지도 섬이 있었다.

두 눈 감고 두 손 모으고 간절하게 기도를 하는데 내 안의 할머니가 '우리 자손 잘 봐주시고 길 좀 열어 주소서.' 하면서 내가 아닌 다른 마음이 되어서 기도를 간절하게 했다.

다시 내가 사는 집으로 돌아와서 신당에 들어가 인사를 하고 거실의 신장 님이 왜 그리 좋은지 5만 원을 신장님 손에 올려놓고 3개월 만에 김 씨한테 갔다. 여전히 이기적이고 자기 말이 최고이고 상담자들이 오면 점사 보는 것도 이해가 안 되고 인연을 끊고 나 혼자 스스로 길을 가야겠다는 결심을 했다. 아무것도 배울 것도 없고 질문을 하면 툭툭거리고 본인이 아쉬우면 슬슬 비좁고 들어오려 하고 제자 길 40년을 걸어오면 뭐 해. 집안이 5대째 내려

왔다고 하는데 너무 교만스럽다고 할까. 일반 사람들이 무속인 하면 거리를 두는 것이 왜인지 알 것 같았다. 상담을 할 때 존칭은 없고 반말은 기본. 말 꼬리를 달면 점괘가 이렇게 나왔는데 어쩔 거냐. 내가 느낀 김 씨네 집안의 신과 제자는 돈을 엄청 밝혔다. 나는 똑같은 무속인이 되지도 말고 정말 깨끗하게 거짓 없이 느끼는 대로 상담자의 길로 가려고 더욱 마음을 굳게 먹었다. 아침저녁으로 전안 기도를 하면서 상담 손님은 없으니 먹고는 살아야 하고 식당에서 서빙을 했다.

걸어가기는 좀 멀고 주차 문제도 있고 해서 자전거를 타고 출퇴근을 했다. 나름 장어집이라서 팁이 많이 나왔다. 손님은 주말에 좀 있고 이제 막 개업한 집이라서 첫 달에만 조금 바쁘고 나름 서비스 이벤트로 손님께 장어를 구워서 하트를 만들어 주고 연인들이면 멘트 또한 "행복하십시오."라고 했다. 장어를 숯불에 구우면 C처럼 동그란 원이 된다. 꼬리는 하트 밑에 두고 두 마리를 양쪽으로 옆면을 놓고 붙이면 하트가 나온다. 손님들은 무척 좋아했다. 나의 단골로 만드는 것이 목적이고 최고의 서비스였다. 어떤 일이든 내가 헤쳐 나가는데 신의 길은 내 마음대로 벗어날 수가 없었다.

3개월 다녔을까. 퇴근길에 자전거에서 떨어져서 손목을 다쳐서 깁스를 했다. 다행스럽게 식당에 내가 아는 지인을 소개해 주고 마음 편히 쉴 수도 있었다. 시간이 많아서 기도 수행을 태백산으로 다시 떠났다. 친정엄마네 집에서 자고 태백산 기도를 하고 이순이 언니한테 갔다. 바위 동굴에서 물이 나오는 암자를 물어보니 모른다고 한다. 김 씨가 어린 나이에 태백에서 기도하며 성장하고 그곳 암자에서 기도를 하면 일이 잘 풀린다고 나에게 4번을 이야기한 것 같은데 그때마다 나는 귀담아듣지 않았다. 그곳에 가서 기도하고 오면 점사를 보려고 손님이 꼭 온다. 갑자기 생각나서 고향에 온 김에 물의 기운도 받고 풀리지 않는 나의 기운을 찾고 싶었다. 바위 동굴에서 물 나오는 암자가 어디에 있냐고 다른 암자에 물어봤더니 모른다고 했고, 태백은 작은 암자가 너무 많고 기도터 역시도 그렇게 많이 있다는 것조차 몰랐다. 암자 상호조차 모르고 물 나오는 암자라는 생각만 하고 태백산 방향으로 가다가 길이 있으면 무조건 들어갔고 아니면 돌아서 나오고 몇 군데 들어가서 물어봐서 드디어 찾아서 들어갔다.

그곳은 무속인들이 하룻밤 2만 원씩 주고 먹고 자고 좋은 기운을 받아서 가는 곳이었다. 오순이는 처음으로 기도터에 갔으니 어떻게 하는지 몰라서 물이 흐르는 곳을 향해 앉아서 기도문을 펴서 읽었다. 징을 치며 기도하는 사람들이 많았다. 이런 곳도 있구나. 처음 접하는 기도터 바위 동굴 속에서 물이 많이 흘러서 춥다는 생각마저 들었다. 태백산 줄기에서 흐르는 물이었다. 기도가 끝나고 가려고 일어나서 가방을 챙기는데 당주 보살께서 차 한잔 마시고 가라고 해서 잠시 들어갔다. 당주 보살은 나를 보고 어디서 왔냐고 물었고 할아버지를 모셔야 하고 외가 쪽 할아버지를 많이 불러야 한다고 했다. 여길 어떻게 알고 왔냐고 물어봐서 스승이 다녀오라고 해서 들렀다고 하니까 생각나는 사람이 한 명 있다고 했다. 머리 긴 남자라고 하니 알고 있다고 했다. 아주 가끔 와서 기도하고 간다고 했다.

그런데 스승 될 감도 아니고 지금 조상들이 나를 따라다니면서 발을 동동 구르고 있다고 했다. 그때야 비로소 내가 가는 곳마다 왜 울었는지 궁금증이 풀렸다. 당주 보살한테 그동안 있었던 이야기를 해 주었다. 당주 보살은 신당을 접고 기도부터 해야 한다고 했다. 나의 신당(전안)에는 아무것도 없고 그 남자 신당에서 따라붙은 귀신 농간으로 제대로 못 가고 있다고 했다. 그 말을 들으니 정말 답답했다. 돈을 들여서 정성을 다해서 최고급으로 준비한 향로, 촛대 등 내가 직접 태백에 와서 골라 사 왔던 신당 안의 놋그릇들이 눈에 아른거렸다.

그동안 내가 왜 길 찾아 헤매고 다녀야 했는지 알 수 있었다. 아버지와 할머니께서 나를 따라다니면서 돌봐 주신 거였다. 집으로 가서 정리하고 짐 싸서 1,000일 동안 기도를 해야 한다고 했다. 신당 치우는 일은 불교용품 가게에 정리하라고 전화하면 다 걷어 가니까 당장 치우라고 했다. 그날 밤 엄마네 가서 잠을 자고 다시 서울로 와서 짐 정리를 했다. 버릴 건 버리고 불교용품은 다 가져갔지만 살림에 쓰던 물건들을 버리려고 하면 나중에 필요할 것 같아서 다시 챙기다가 버리고 그날 오순이는 소유했던 것을 버리는 것이 이렇게 힘이 드는지 처음 알았다. 나중에 또다시 필요할 것 같은 세간살이 때문에 미련도 남고 버리려고 하면 마음에 걸리고 나의 인생이 어찌 될지 모르는데 아쉬움과 미련으로 대충 정리해서 자동차 트렁크에 가득, 뒷좌석에도 가득, 옷과 이불, 작은 세간살이도 조수석에 실었다. 방은 주인집 할머니한테 다른 세입자 구하라 하고는 올라온 지 3일 만에 다시 태백으로 왔다.

친정이 가까이 있어도 연락을 할 수가 없었다. 내가 이렇게 헤매고 있다는 사실조차도 알리고 싶지 않았다. 다음 날 미용실 가서 머리카락을 스님처럼 삭발을 했다. 어차피 갈 길이라면 마음을 다질 필요가 있었고 당주 보살도 삭발을 하고 제대로 공부하며 기도하자고 했다. 암자의 생활은 기도가 답이 아니었고 수행하며 공양주 보살이 되어서 기도터 청소와 기도터를 찾는 무속인들의 밥을 해 주는 일이다. 공부가 따로 있는 것도 아니고 기도하는 방법도 알려 주지 않았다.

월급은 따로 없고 밥 한 끼 준비해 주고 1명당 5천 원은 내가 받고 나머지 남는 돈은 당주 보살 것이다. 잠은 늘 부족해서 시달리는데 어느 날 밤 12시에 이부자리 깔고 누워서 잠이 들었는데 깨어 보니 싱크대 앞에서 무릎을 꿇고 엎드려 있었다. 새벽 2시에 주방에 거주하는 신이 나를 불러서 갔을 텐데 나는 아무것도 생각나는 것도 없고 꿈도 꾸지 않아서 지금도 아이러니하다. 무속인 세상도 모르면 당하는 세상. 언제 기도를 시작하냐고 물어봐도 아직 때가 아니라고 했다. 기도터 신들이 허락을 해야 하는데 일단 손님 시중을 잘 들고 친절하게 방 안내 잘 하고 식사 대접 잘 하고 청소 깨끗하게 하면 된다고 했다.

　당주 보살 말씀이기에 수행이라고 생각하고 새벽 4시 30분부터 빗자루로 기도터 돌며 낙엽 쓸고 8시까지 기도터 청소하고 아침 준비를 하고 설거지하고 나서 손님들이 떠나면 방 청소와 빨래를 하고 돌아서면 점심 식사 준비. 오후에는 운전기사가 되어 시내에 따라가서 시장 보고 밤에는 12시까지 손님 심부름 또는 밤에 찾아오는 손님을 안내해 주고 정신없이 살다 보니 어느덧 8월 한 달이 지났다. 9월이 되었는데 8월 통장 잔고를 확인하니 8월 입금 내역서 37만 원. 턱없이 부족한 잔고. 아이들 폰 요금, 의료보험, 국민연금, 보험료 등 빠져나갈 돈은 많은데….

　음력 7월 7일이 다가오자 서울에서 아주 귀한 분이 오신다고 청소를 더 깨끗이 하라고 당주 보살이 잔소리가 엄청 심했다. 서울에서 엄청 유명하신 분이 왔는데 김 선생이라며 귀빈 대접을 했다. 일본인을 아내로 두고 그 역시도 무속인이었다. 주차장까지 나가서 영접을 하며 세 발 구루마에 짐을 싣고 날랐다. 1년에 한 번씩 오시는데 한 번 오실 때마다 3백이란 금액으로 등을 달고 가신다며 그곳 기도자 중 최고의 대접을 해 주었다. 기도터 손님 또는 우리가 먹던 반찬하고는 차원이 다른 반찬. 직접 당주 보살이 준비를 할 정도이니 진수성찬이다. 상을 두 개로 합쳐서 차려 줄 정도였고 김 선생 부부가 먹고 난 반찬을 우리가 먹었다. 2일 지나고 서울로 가는데 자존심이 상했다. 그렇게 유명하고 잘나가는 그분은 왜 나를 투명인간 취급을 하는지 거만스럽고 무엇을 얼마만큼 가지고 누리며 어떤 신을 모시는지 모르지만 사람이 인사를 하면 쳐다보지도 않고 반응도 없다. 아침에 "안녕히 주무셨어요." 해도 들은 척도 않고 인사를 하고도 나 자신이 민망했다. 2일째 되는 날 역시 아침 인사를 했는데 들은 척도 안 했다. 그의 와이프가 "인사하잖아요." 해도 못 들은 척 세월 지난 지금도 가장 인상 깊게 남는다. 얼마나 잘나가는 사람인지 뭣이 대단한지 인격이 틀려먹었다. 사람을 보고도 투명인간

취급하는 사람이 잘되면 얼마나 잘될까. 그때는 그런 생각이 들었다.

　신경질이 나서 나 혼자 짜증을 내며 설거지를 하고 있는 것을 본 당주 보살 딸이 이모가 화가 나서 투덜대고 있다고 말을 전달했다. 저녁 설거지가 끝나고 마당에서 물멍을 때리는데 당주 보살이 옆에 오길래 내가 아무리 하찮아 보여도 인사는 받아야 하지 않냐며 따졌다. 당주 보살은 나에게 엉뚱한 말로 받아치는데 오순이를 보고 동자보살이 남편이 술 먹고 괴롭히는 것은 죽은 삼촌이 붙어서 그런다고 말을 해 주었다. 그때는 그 말을 깊이 새겨듣지도 않았다. 나의 사주를 김 선생한테 넣어서 같이 일할 수 있는 무당이 될 수 있는지 물어봤을 수도 있겠다는 생각이 들었다. 나보다 먼저 들어와서 백일기도를 한 김 보살도 물어보았을 것이다. 당주 보살은 김 보살 옆에 아기가 있다고 늘 나에게 이야기했었다. 나랑 동갑내기인 김 보살은 장군당에서 장구 치는 연습을 매일 하고 기도하다 엉엉 울고 길을 찾지 못해서 힘들어했다. 아이들도 고등학교 다니고 딸아이도 있는데 엄마가 무속의 세계로 떨어져 나오면서 가정은 깨지고 아이들 둘이서 가장이 되어 있다고 했다. 은행에서 과장까지 승진을 했다면 엄청 잘나가던 중에 나락으로 떨어진 것인데 보이지 않는 세상으로 떨어진 사람의 심정을 나는 헤아릴 수 있었다.

　오순이도 그곳 기도터에서 평범하게 살아가는 것이 얼마나 행복하고 소중한지 깨달았다. 묵언 수행을 했고 매일 귀에 들리는 소리, 앰뷸런스 또는 귀뚜라미 소리 등 여러 가지 소리가 언제나 '앵~ 삐~' 하며 귀에서 떠나지 않았다. 당주 보살은 나보고 대신 할머니 당에서 귀문을 열어 달라고 기도하라고 말했다. 마당에 덩그러니 서 있는 나무가 있는데 그곳이 대신 할머니의 터였다. 일하며 기도하면서 일과에 변화가 왔다. 젊은 사람도 신과 무관한 사람들조차도 기도터를 찾아 들어와서 기도를 했다.

　남자인데 여자 흉내를 내는 기도자, 앞이 보이지 않는 기도자, 기도터를 찾은 무속인이 나를 보고 "외가 할아버지 찾아요." 한마디 해 주고 기도터를 떠나기도 하고 어떤 이는 답답하면 전화하라고 폰 번호를 몰래 주기도 했다. 어쩌다 평택 보살하고 폰 번호를 주고받아서 메시지를 주고받으며 이야기를 풀어 갔다. 어느 날은 당주 보살 딸도 경북 대구 집으로 가고 당주 보살은 백일기도를 하는 남자 무당하고 영월 단종 유배지로 향로와 촛대를 닦으러 길을 떠났다. 기도터는 평택 보살과 나 단둘이 남았다. 얼른 할 일 다 하고 손님이 오는지 대기실에서 자다가 놀다가 하다 보니 평택 보살이 냉장고에서 반찬을 넣으려고 왔다. CCTV를 피해 숨어서 말을 시작했다.

김 보살은 나에게 당주 보살과 잘 아는 사이냐며 물어서 나는 처음으로 이곳에 왔다고 했다. 평택 보살이 이곳 암자에 대해서 말을 해 주는데 공양주로 있던 박 보살이 이곳에 있다가 갔는데 그분도 머리를 삭발하고 있었다. 이곳에 들어오는 사람마다 머리를 삭발시킨다. 머리 삭발을 하면 일반인으로 돌아갈 엄두를 내지 못하기 때문이고 나를 볼 때마다 왜 여기서 생활을 하는지 모르지만 길이 아닌 것 같으니 얼른 떠나라고 했다. 김 보살 또한 신당을 차려 놓고도 단 한 번도 상담조차 해 보지 못했고 집으로 가지도 못하고 3년째 작은 기도터를 옮겨 다니며 공양주 보살로 돈을 벌어서 이곳에서 100일 기도 중이라고 했다 기도터는 깨끗하지만 당주가 사람을 욕심내고 공양주 보살들에게 월급을 주지 않는 기도터는 이곳뿐이라고 했다. 이런저런 이야기를 듣고 나니 더 이상 머물다가는 보험마저도 연장을 할 수 없고 신용 불량자가 되는 것은 한순간이었다. 당주 보살은 처음부터 오순이한테 이곳에는 사기 치는 보살들이 많으니 조심하라고 했다.

기도자들하고는 대화도 하지 말라고 묵언 수행을 목에 걸어 주니 그 누구도 말 걸어 주는 사람이 없고 백일기도로 들어와 있는 평택 보살하고도 1개월 동안 스치며 인사만 하다 다리 건너 재래식 화장실에서 각자 화장실에서 소변을 보면서 말을 가끔 나누기도 했다. 본인은 은행을 다녔고 실적도 많아서 과장까지 승진도 했는데 어느 날 몸도 아프고 남편과 이혼을 하면서 모든 것이 밑바닥까지 떨어져서 태백산 다른 기도 도량에서 기도를 하다가 이곳 혈암사로 기도터를 옮겨 왔고 다른 곳에서 공양주 보살 생활을 했는데 월급을 받아 모아서 기도를 시작했다고 했다. 3년째 기도터를 돌아다니고 있으며 평택에 신당도 있는데 점사를 한 번도 본 적은 없고 김 보살 역시나 뭔가에 한참 꼬여서 아들딸이 있는데 많이 힘들어한다고 했다. 이곳 기도터 CCTV가 6개 정도가 있는데 방 안에서 나의 동선을 다 확인을 하는 것을 알았으니 궁금한 이야기를 사람들한테 물어볼 수가 없었다.

어느 날 남자분이 스승을 대동하고 기도터에 왔는데 나이가 꽤 들어 보였다. 당주 보살과 동갑이었다. 그 남자의 스승은 여자인데 굿을 하는데 뛰지 않는다고 종아리를 때려서 어쩔 수 없어서 뛰었다. 식사하며 이런저런 이야기를 쏟아 냈다. 나 역시도 당주 보살이 기도를 하기 전에 제자가 될 수 있는지 달아 보자고 해서 5백을 들여서 굿을 했었다. 너무도 잘 들어왔다. 얼굴도 모르는 시어머니 정 도령이 몸으로 타고 들어와서 담배만 엄청 피우고 시아버님이 들어와서는 고개만 숙이고 "할 말 없다. 미안하다."라며 나가고 나도 신명 나게 춤을 추며 우리 친가 조상을 몸에 담고 잘되게 해 주겠다는 대답을 얻었다. 굿이 끝나고 퇴마식을 하는데 김 씨네 신당에서 손끝 타고 들어온 영가를 빼내는데 큰 대야에 물을 받아 두라고 하더니 나를 물속으로 집어넣고 나오지도 못하게 위에서 누르고 나 스스로가 물속에서 '씨발, 씨발년이 나를 죽이려고 한다.'라며 머릿속에서 욕을 막 했다.

한편으로는 '참아야 한다. 이겨 내야 한다.' 하고 물속에서 싸움이 시작된 것이다. 당주 보살이 "너 이년, 김 씨네 신당에서 왔지? 여기가 어디라고 따라왔어? 얼른 나가지 못해? 너 안 가면 이 아이 죽일 거야."라고 했다. 정말 물고문은 처음으로 겪는 일이었다. 그리고 물에 대한 트라우마가 있는 오순이는 죽을 것 같았다. 몇 분이 지났을까. "야 이년아, 나간다. 나가." 하는 소리가 나에게 들려왔는데 정신이 까마득해질 때 나는 물속에서 머리를 들 수가 있었다.

굿을 하면서 나 스스로 춤추고 말까지 너무도 잘하니 당주 보살 하는 말, "이래도 네가 신의 제자가 아니야? 너는 신의 제자가 맞아." 놀기도 잘하고 춤도 잘 추고 당주는 확실하게 봤다고 했다.

일반인들이 굿을 하려고 오면 조상받이 무속인 정 도령은 말이 어눌해서 무슨 말인지 알아들을 수가 없다며 나에게 기도 잘해서 같이 일하자는 제안을 했다. 당주 보살은 조상받이 무당이 필요한 거였다. 신의 제자는 맞는데 아직도 멀었구나. 기도를 많이 해야 한다고 했는데 기도를 언제부터 해야 하는지 모르고 세월만 가고 통장에 잔고는 부족하고 서울 월세방이라도 빠지면 보증금으로 어떻게 해 보겠는데 방도 안 빠지고 큰아이 군에 입대하는 것도 못 보고 그냥 내려왔고, 벌써 자대 배치를 받아서 훈련소에서 벗어나려던 날, 그동안 나도 힘들게 정신없이 시달리고 있던 중이었다.

암자 생활에서 지치고 있었던 때에 군 입대를 한 아들과 어쩌다 통화가 되었는데 현명이가 "엄마, 나 힘들어." 하고 우는 목소리를 들으니 "나도 너무 힘들어." 하며 말을 잇지 못하고, 현명이는 "엄마, 미안해. 또 통화하자." 하며 전화를 끊었다. 전화가 안 되어서 아이도 훈련원 생활이 힘들었을 것이다. 뒤에서 전화하려고 기다리는 병사들이 있어서 길게 통화는 어렵고 나 역시 기도터 생활은 잠을 충분하게 못 자고 시달리고 청소가 힘들었다. 암자에 있는 고양이 8마리가 무속인들이 밤에 새벽 기도를 하고 단상 위에 제를 지내고 올려놓은 것을 이것저것 다 먹고 토해 놓은 것도 치워야 하고 낙엽은 쓸어도 쓸어도 끝도 없고 방 6개, 사당은 5군데, 산신각 도당 할머니, 장군당, 굿당 등 산 둘레와 물 건너 다리 위에서 주차장까지 치워야 하니 시간은 모자라고 언제나 수면 부족이었다.

당주 보살은 성격까지 까칠하고 잔소리 많고 어느 날 대학에 다니던 현제가 여름방학을 맞아 암자에 다녀간 적이 있었다. 손님한테서 받은 돈으로 카레를 만들어 주었고 하룻밤 자고 보냈다. 역 승강장까지 배웅을 하는데 어찌나 눈물이 나던지 못난 어미 만나서 삭발한 모습으로 비쩍 말라 버린 나의 모습을 보고 가는 현제가 쉽사리 기차에 올라서서 들어가지 못하고 출입문에서 손을 흔드는데 왜 그리 슬퍼 보이는지⋯. 엄마인 나는 너무 미안하고 짠하고 불쌍하기도 하고 맛난 고기반찬도 못 먹여서 보내는데 떠나는 기차를 보고 돌아서서 통곡을 하다시피 울었다. 주차해 놓은 자리에 와서 현제가 눈물을 흘리는 모습이 눈앞에 선하듯 다가왔다. 아이들한테 이런 모습으로 만나지도 말고 이곳에 오지도 못하게 해야지. 다짐하고 내가 그동안 참고 참았던 삶의 서글픔이 한 번에 터져서 울었고, 처음으로 나의 본마음으로 속 시원하게 울었다. 눈물로 해결이 된다면 얼마나 좋을까, 그날의 심경을 그대로 적어본다.

주차장 건너 창고에서 고양이 한 마리가 새끼를 낳았는데 넓적다리가 괴사가 되어 썩은 냄새가 났다. 새끼는 총 6마리. 밥을 챙겨 주려고 들여다보니 걷지도 못하고 젖을 물리고 있는 고양이를 보니 괴사된 다리에 구더기가 생겨서 기어다니는 것을 보았다. 당주 보살 딸한테 보여 줘서 소독약으로 치료를 하니 구더기가 엄청 많이 들어가서 살을 파고 있었다.

당주 보살 딸은 심리학과 대학 공부 중에 방학 때라서 오랫동안 있었던 것이다. 둘이서 어쩔 도리가 없어서 당주께 말했다. 날씨가 더워서 주차장 차 밑에 있다가 다리를 다친 건지 모르지만 아픔을 견디며 새끼들한테 젖을 물리는 것을 보니 마음이 짠했다. 동물 병원에 가서 치료를 받는데 다리 한쪽은 거의 괴사가 되어 절단까지 생각해야 한다고 했다. 핀셋으로 벌레를 집어내는데 끝없이 나왔다. 차에 데우고 돌아오는 길에도 썩는 냄새가 차 안에 가득하고 병원에서 치료 중에 나왔던 구더기 벌레가 또 기어 나왔다.

병원에서 돌아오니 그 많은 새끼 고양이가 1마리만 있었고 나머지는 산속에서 삑삑거리고 울었다. 까마귀는 울어 대고 당주 딸은 새끼를 어디다 보냈느냐며 따지듯 물었고 오순이는 새끼들이 산속에 버려져서 죽음을 기다리고 있다는 사실을 금방 알았다. 당주 보살은 어미를 위해서 새끼 고양이를 동네 사람들한테 주었다고 했다.

그때 오순이는 혼자서 당주 보살이 무섭다는 생각을 했었다. 고양이는 보살 딸이 열심히 치료를 해 주었고 다리에 살이 없어서 뼈만 보여서 오순이는 신경을 쓰지 않았다.

그곳은 멧돼지도 내려온다. 하루는 갈 곳이 없어 굿당 뒤에 나무 그늘 밑에서 쉬고 있는데 강 건너에서 멧돼지 4마리가 건너왔다. 굿을 하고 나면 많은 음식을 강둑에 버린다. 처음에는 설마 강을 건너서 올까 지켜보고 있었는데 정말 강을 건너와서 버린 음식물들을 먹고 다시 건너간다. 그 모습을 찍은 사진도 있다. 천천히 오순이도 더 높은 곳으로 옮겨서 숨었다. 멧돼지는 벌써 3번째 직접 보는 것이다.

들리는 소리는 강물 흐르는 소리, 까마귀 소리, 귀에서 나는 앵앵 삑삑 소리뿐이고 매일 밥하고 청소하고 하다 보니 어느덧 여름은 가고 초가을이었다. 영동 지방이라 단풍이 물들기 시작했을 무렵, 기도터에 들어왔던 그 나이 많은 남자분이 거주하면서 오순이의 일과는 좀 줄어들었다. 운전기사를 안 해도 되고 낙엽은 같이 쓸어서 빨리 끝날 수 있었다.

추석은 다가오고 통장에 잔고는 한 푼도 없고 월세방 보증금에서 월세가 까이고 결정을 내려야 했다. 추석 전에 서울로 다시 가야겠다는 결심을 하고 당주 보살한테 말했다. "이번 주에 나갈래요." 했더니 별 반응 없이 "그래." 했다. 며칠 후 짐은 대충 차에 실어 두고 평택 보살한테 이틀 후에 간다고 기도 잘 하라고 메시지를 보냈고, 기도터 당주 보살하고는 초값, 오색 천값 계산을 주고받고 떠나기로 한 날, 옷을 갈아입고 나가려는데 당주 보살이 들어와서 "꿈이 안 좋아. 추석 지나서 가."라고 말을 꺼내는데 이미 나는 붙들어 봐야 소용없음을 알았는지 더 이상 붙들지 않았다.

그동안 감사했다고 인사를 하고 나와서 태백산 입구에 들어서려는데 전화가 걸려 왔다. 평택 김 보살인데 군포 서 법사와 통화를 시켜 주었다. 잠시만 만나서 이야기를 꼭 해야 한다고 사정을 했다. 잠시 차를 멈추고 바로 태백산 입구 카페에서 기다렸다. 김 보살 말을 들어 보니 굿도 안 하고 상담을 했다고 들었다. 영특함이 보인다. 본인이 길을 열어 줄 테니 믿어 보라고 전화번호를 평택 보살한테서 저장을 했다며 대충 이야기를 하다 보니 이곳 태백이 고향이고 나보다 한 살 어린 무속인이다. 너무도 자신만만하게 신의 길을 열어 줄 테니 믿어 달라는 말을 강조했다. 하지만 나는 굿을 할 돈이 없고 당장 먹고살기에 바쁜 사람이라고 말하고 돌아서 나왔다.

4시간을 달려서 집에 도착하니 방은 그대로였다. 9월 하순 도시가스도 이미 차단되어 있고 할 수 있는 건 찬물에 씻고 화장실 사용을 할 수 있는 것뿐이다. 방바닥이 차가워서 돗자리를 깔고 전기장판 위에서 그나마 덮는 이불이 있어서 잘 수가 있었다. 세간살이조차 없는 집 텅 빈 곳. 그때는 절망보다 보이지 않는 이 세계에서 얼른 털어 내고 평범하게 일상으로 돌아가서 아이들 앞에서 다시 씩씩하게 일하며 아이들과 셋이서 웃으며 살 수 있는 날이 빨리 오기를 간절하게 바라는 마음뿐이었다.

다시 나타나서 방 열쇠를 달라고 했을 때, 집주인 할머니는 어쩌다 이렇게까지 되었냐며 끼니때마다 밥을 같이 먹자고 올라오셨다. 염치없게도 몇 번을 같이 앉아서 먹었다. 머리카락은 기르려면 아직 멀었고 머리는 아프고 풀지 못한 숙제처럼 무겁고 당장 돈이 없으니 보험 대출 2백을 받아서 공과금 빠지도록 해 놓고 최소한 아껴 먹었다. 친구 분식집에 가서 일 좀 도와주고 두 끼 식사를 해결했고 직장은 맘대로 되지 않고 보다 못한 주인집 할머니께서 집에 큰일이 생길 때마다 용하다고 하시는 보살이 있다. 근 40년 동안 한 달에 한 번씩 다니고 있다는 노 보살이 성남에 계시는데 나에 대한 이야기를 했더니 같이 오라고 했다며 보살 집에 가 보자 해서 따라갔다. 노보살은 젊을 때는 국회의원도 와서 상담과 굿을 할 정도로 잘나가는 무당으로 유명했고 3남매를 키우며 집까지 사 줄 정도로 용하다고 소문이 나던 분인데 이제는 걷지도 못하고 요양 보호사가 다니면서 돌봐 주고 계셨다.

그분은 작은 부처님과 할아버지 집안 신을 모시는 분이었다. 노보살님 하시는 말씀이 신당에 들어가서 기도 열심히 해서 그대로 물려받으라고 하셨다. 3층 집인데 1층에 거주하시고 성남에 가면 언덕에 골목도 많고 집도 많고 유독 무속인들이 많았다. 골목마다 깃발이 2~3개씩은 눈에 띄었다. 밤에 기도하고 낮에는 식당 설거지 일이 있어서 출근했다. 도대체 기본 체제가 안 되어 있고 식당 경험도 없는지 점장이란 여자가 있는데 밥상 걷어 오는 것부터 기본이 안 되어 있어서 한마디 했다. 왜 이런 식으로 그릇을 걷어 오냐고 남은 음식은 큰 그릇에 담아서 들여보내라 했더니 나 보고 말이 많다며 다른 사람은 아무 말도 안 하는데 여사님은 별나게 군다며 내일부터 오지 말라고 했다. 안 그래도 머리는 아파서 터질 것 같은데 잘됐네 싶었다.

하루 종일 주방에서 설거지하고 정리 정돈을 하는데 머리는 두통도 아니고 터질 듯하고 망치로 두들기는 아픔이었다. 이대로는 어디를 가도 방해가 되고 일할 수 있는 몸이 아니었다. 노보살 신당에 들어가서 정수 물 한잔 올리고, 앉아서 기도를 해도 집중이 안 되어도 머리가 일단은 안 아파서 살 것 같았다. 넘어진 김에 쉬어 간다고 현명이가 보고 싶었다. 입대 날짜 7일을 두고 기도하려고 절에 갔었는데 이렇게 될 줄 알았으면 입대시키고 갈 것을 지난 몇 개월이 후회스럽고 얼마나 씩씩한 아들이 되었는지 보고 싶어서 면허를 신청했다. 시간 있을 때 얼굴을 봐야 했다. 또다시 나 자신이 어찌 될지 모르는 생사의 길목에 서서 내일의 나를 모르는 세월 속에 살다 보니 평범하게 있을 때 봐야 했다.

정신을 차려서 다음 날 아침 8시에 출발했다. 부대를 찾을 수 없어서 가평을 얼마나 돌아다녔던지 만나기로 한 시간이 훌쩍 넘어서 애간장이(마음) 타서 차를 주차시키고 마을 입구 슈퍼에서 포병부대 사단 이름을 말하니 아들 부대와 정반대에서 5번을 반복으로 돌고 돌았던 것이다. 나라의 군사시설은 번지수가 없다. 2024년 지금은 어떤지 모르나 그날 내비게이션은 부대를 찾지 못했다. 정확하게 안내를 받아서 그 마을 벗어날 수 있었는데 그때부터 아들을 만날 수 있다는 기대와 벅참에 눈물이 났다.

성남에서 떠난지 네 시간이 넘어서 아들이 있는 부대에 도착을 할 수 있었다. 못난 엄마를 기다리다 점심까지 굶고 있는 현명이를 보니 미안한 마음에 얼른 밥부터 먹고 잠잘 곳 잡아 놓고 그동안 밀린 이야기, 훈련원 생활을 들을 수 있었다. 다음 날 아들을 부대에 복귀시키고 다시 성남으로 왔다. 나와 상관없는 집안이니 아무리 기도해도 머리만 멍해지고 노보살은 낮에 자고 밤에는 무얼 하는지 거실에서 어찌나 시끄러운지…. 방에서 자도 거실 불빛 때문에 잘 수도 없어서 수면제를 비상으로 가지고 다니던 것을 먹고 자동차에 들어가서 잠을 자고 아침에 깨어서 집으로 들어가니 노보살은 밤새 내가 안 보여서 걱정을 많이 했는지 지하에 방 하나가 있는데 내려가서 치우고 생활하라고 하는데 막상 가 보니 치울 엄두가 나질 않았다.

노보살 딸이 집에 왔는데 조상이 다른데 가능하겠냐는 질문에 나도 집중이 안 된다고 친정집 조상도 제대로 섬길 수 없는데 생판 모르는 집안 신을 감당하기란 말도 안 된다고 포기를 하려고 생각 중이라고 했다. 나도 내가 너무 답답해서 살고 싶다는 의지보다 언제까지 끝날 것인가 혼자만의 전쟁을 치르고 있었다. 길은 보이지 않고 머리는 아프고 일하려고 마음먹으면 내 마음과 다르게 어긋나고 막막했다. 다시 월세방으로 돌아왔다. 집도 크고 월세 40만 원도 버겁고 나 혼자 살 집을 찾았다.

혹여 내가 갈 곳이 없어서 보이지 않는 세계에서 집을 잡고 있어서 집 구경 오는 사람이 없나, 아니면 귀신들이 집터를 잡고 있는가 싶기도 하고 별 생각이 다 들었다. 현명이가 휴가를 나온다 해서 애들 아빠한테 들어가서 반찬도 해 주고 혹시나 뒷동산에 장군터 또는 서낭당 식으로 기도할 수 있는 곳을 찾았다. 참 신기하게도 내가 과수원 집에 가서 뒷산에서 기도하고부터 머리는 서서히 통증이 없어지고 눈물은 왜 자꾸만 나는지 아무런 생각 없이 있으면 무엇인지 치고 들어와서 "내 새끼 불쌍하다."라고 했다. 다름 아닌 창수 엄마가 실려서 들어왔다. 아니면 친정집 조상님 귀신의 장난인지 도무지 귀신들 세상을 알 수가 없었다.

기도터에서 굿하면 잘되게 해 준다는 서 씨는 왜 그리 전화를 하는지, 굿 하는 데 천이백만 원을 구하라고 잊을 만하면 전화가 왔다. 돈도 없고 그렇게 굿을 해 주고 스승이 되겠다면 돈을 대신 빌려서 굿을 해 달라고 오순이가 부탁을 했다. 그럴 순 없다며 본인 정성으로 돈을 구해서 해야 한다고 했다. 돈도 없고 전화하지 말라고 했는데 잊을 만하면 전화를 하더니 어떤 환경인지 보겠다며 군포에서 직접 왔다. 굿판을 작게 하고 8백까지 내렸다. 남자라면 다 똑같은 놈들이라고 믿었기에 서 씨도 믿음이 안 갔다. 과수원 집 뒷동산에서 물 떠 놓고 빌었다. 잘 풀고 살 수 있도록 간절하게 빌었다.

이미 부부 인연은 끝이 났지만 현명이가 휴가를 나와서 따뜻한 밥 한 상이라도 같이 먹으려고 과수원 집에 들어가서 보내다 보니 자연스럽게 들어가서 반찬도 해 주고 머물다가 저녁이면 아무것도 없는 월셋집에 들어와서 잠을 자고 다시 날이 밝으면 기도하려고 뒷동산을 찾았다. 아무리 생각해도 내가 머물 곳이 없어서 방이 안 나는 것 같아서 《벼룩시장》 부동산에도 직접 광고를 넣었다. 계약 기간이 얼마 남지 않아서 집주인 할머니도 걱정을 했다.

오순이는 늘 마음이 편하지도 않고 뭔지 모르지만 눈물로 나날을 보내는데 어느 날 저녁에는 창수가 내게 물어보았다. 굿을 하는 데 얼마가 들어가

냐 해서 8백만 원이라고 이야기했다. "그럼 내가 3백은 줄 테니 5백은 구해
봐." 하더니 갑자기 "아니, 그냥 내가 8백을 줄 테니 굿 날짜 잡아 봐." 했다.
또다시 신당을 만들었고 이번에는 창수가 직접 연장을 가져와서 단상을 만
들어 주었다.

✳ 귀문이 열리는 세상과 마주하다

고향 본산에 인사를 해야 한다며 시흥 주 보살과 군포 서 씨가 길 떠날 준
비가 되었는지 연락이 왔다. 강원도 원주에 있는 대통령 갈빗집에 차를 주차
해 놓고 서 씨 차로 합류를 하고 태백산에 인사를 갔다. 태백산 입구에서 굿
당으로 들어가는 길이 있는데 1박으로 셋이서 기도를 하는데 나의 입에서는
욕이 저절로 나왔다. 내가 아닌 뭔가가 욕을 얼마나 잘하는지 나도 스스로
놀랐다.

주 씨와 서 씨는 본인들도 어이가 없는지 아무 말도 하지 말고 합장만 하
라고 했다. 다음 날 대관령 국사선황으로 어두워서 굽이굽이 산길을 들어가
는데 서 씨가 앞이 어둡다며 집안에 눈 어두운 분이 계시냐고 물었다. "사실
외가 쪽 할머니 한 분이 어두워서 지팡이를 짚고 다니셨다. 엄마한테 들어
본 적이 있다."라고 했다. 전깃불 하나 없고 산속으로 한없이 들어가서 주변
에는 아무것도 없었는데 기도하는 당터가 있었다. 그곳은 민박이 안 되는 터
라서 신당에 과일을 올리고 인사만 하고 나왔다. 그 밤에도 그곳을 찾는 무
속인들이 줄을 서서 기다리고 있었다. 한 팀만 들어가서 기도하고 나오면 다
른 무속인 들어가고 아주 유명한 곳으로 무속인들은 다 알고 있는 신성한 곳
이라고 했다. 깊은 밤안개로 자욱하고 산속 깊이 아주 작은 서낭당이 있는데
옛날 〈전설의 고향〉을 보는 듯한 풍경이었다.

다음은 충청도. 그 밤에 달리고 달려서 11시에 구월당에서 1박을 하고 아침에 신당에 과일 등 올리고 기도를 하는데 내가 또 욕을 할까 봐 주 씨와 서씨는 나를 보고는 108배 절을 하라는 것이다. 다음은 장군당. 그곳 산속 비포장도로를 따라 옆에는 작은 시냇물이 졸졸 흐르고 산속 깊이 기도터가 있다는 사실이 너무나 놀라웠다. 만일 장마가 시작되면 들어가는 길조차 없어질 것 같은 비포장길이 있었다. 편안하고 높은 산들이 둘러싸고 있었으며 마음이 편안했다. 여자 두 분과 아이가 그 터에서 살면서 기도터를 운영하는 것 같았다. 1박을 하고 다음 날 아침에 그곳에서 똑같이 과일을 올리고 이번에는 합장하고 있으라고 해서 두 손 모으고 나도 나름대로 잘되게 해 달라고 빌었다.

다시 떠난 곳은 경북 일월산 황씨부인당. 높은 산을 굽이굽이 끼고 돌고 돌아 도착한 곳. 그곳은 이미 많은 사람이 기도를 하기 위해 와서 방마다 사람들이 많이 있었다. 기도터 중 숙박 시설이 가장 잘되어 있다는 생각이 들었다. 아침에 일어나서 양치하고 길 따라 올라가니 군부대가 있고 높은 산에 왔다는 느낌이 들었다. 산 둘레의 안개가 자욱하게 깔려서 아무것도 보이지 않았다. 황씨부인당 전설도 있다. 그곳에서 기도는 108배를 하라고 해서 서씨와 주 씨가 뭐라고 하며 기도를 하는데 열심히 절을 해야 했고 아침 기도 끝에 공양을 하고 떠나서 원주에서 헤어져서 집으로 와서 일주일 쉬고 신굿을 하려고 군포 굿당으로 갔다. 신굿은 처음이라서 기대를 했었다.

굿이 시작되자 나는 너무도 잘 뛰며 춤을 추었고 온갖 신들이 다 왕래를 했다. 동자가 와서 우리는 왜 퉁소 반주가 왜 없냐며 따지기도 했고 인천의 굿 선생이고 아주 잘한다며 시중드는 보살들한테 춤사위를 배우라고 말했다. 손끝에 느껴지는 춤 솜씨를 20~30년 된 무속인과 비교했다. 그렇게 굿을 끝내고 나는 돌아왔고 명패로 모신다고 해 놓고 서 씨는 전화도 없고 다음 날이 되어서 전화가 왔는데 냉장고에 떡과 과일을 넣어 두라고 했다. 그

떡과 과일도 신당에 올려서 신고식 같은 것을 해야 하고 제대로 되었다면 명패도 그날 준비가 되어 있어야 했다. 명패는 조상 중에 신으로 오신 분을 말하는데 한문도 쓸 줄 모르는 것들이 굿판을 벌인 것이다.

오순이는 잠도 잘 수가 없어서 창수 과수원 뒷동산에 신 터를 만들어 보려고 산에서 기도를 다니고 있는데 일주일 후에 서 씨랑 주 씨가 둘이서 와서는 징을 치며 중얼거리며 도대체 어떤 기도문을 하는지 알 수가 없는데 끝났다며 마쳤다. 주 보살이 향로에 모래 대용으로 넣는 것을 봉지를 뜯어서 쏟아붓는데 오순이 귀에서 "에이, 이년아, 맛 좀 봐라." 하니까, 그것이 막 엉뚱하게 바닥으로 흘러서 알갱이들이 굴러다녔다. 주 보살은 "왜 이러지." 하며 당황해했다. 서 씨는 나를 보고 주 보살한테 선생님이라고 부르라고 말했다. 참, 그 말에 나 혼자 마음속에서 '지랄하네. 나보다 못한 것을 보고 선생? 어이가 없네.'라는 말이 자꾸만 되풀이되고 있었다. 그 두 사람이 떠나고 나는 정말 뭔가가 잘못되어도 한참 잘못되었구나 싶은 생각이 들었다.

그날 저녁 오순이는 혼자서 정말 제대로 된 신들인지 알고 싶어서 내 몸에서 떠들고 말하는 귀신들한테 명패가 없으니 우리 외가 할아버지 명패를 한문으로 써 달라고 말하니 내 안에 있는 귀신들은 "한문은 우리보다 네가 더 잘 알잖아." 하는데 정말 일이 더 꼬였다는 생각을 떨치지 못했다. 굿을 하는 게 아니라 잡신들을 내보내고 신굿을 해야 하는데 순서가 바뀌어서 신인지 귀신인지 굿 선생들조차 보지 못한 것이다.

신당에는 주장신이 없고 귀신만 잔뜩 있고 산신도 외가, 도사 할아버지도 선녀도 동자도 없었다. 할아버지라고 외쳐도 소용없고 귀문이 열려서 소리가 들려 더 복잡하고 시끄럽고 잠을 잘 수가 없었다. 다음 날 과수원 산에서 기도하고 오는데 운전 중에 내가 갑자기 낄낄대고 웃더니 내 입을 통해서 "너 이제 미쳤어. 너랑 있으면 내가 미친년 될까 봐 나는 나갈 거야."라는 말이 나와서 나는 달리던 차를 멈추고 한참을 멍하게 있다가 출발해서 신당으로 들어왔다. 귀신들이 그날 나를 가지고 노는데 음부의 털을 뽑아서 태우면 냄새가 싫어서 나갈 거라 하고 집 주변에 소금을 뿌리면 잡귀가 안 들어오니 뿌리라고 시키고 사방팔방 침을 뱉어서 사방으로 치고 오는 잡귀를 막으라고 하고, 휴~

2일 동안 잠 한숨 못 자고 시달렸다. 도저히 안 되겠다 싶어서 평택 김 보살한테 전화를 했다. 경북 봉화로 기도터를 옮겨 가서 기도 중에 오순이 전화를 받더니 전화 오기를 기다렸다고 괜찮냐고 물어보았다. 사실대로 말했다. 서 씨한테서 굿을 하고 상태가 더 심하고 말소리가 들려서 더 힘들어졌고 살고 싶다는 의욕까지 없고 짜증만 난다고 했다. 귀에 들리는 말소리에 대꾸하지 말고 그대로 큰일 나게 생겼다며 봉화로 오라고 했다. 주소 보내 줘서 내비게이션에 입력하고 출발하면서 음악을 크게 틀었다. 귀에 들리는 말소리를 차단하기 위해 나도 따라 노래를 부르며 페달을 밟으며 경북 봉화로 질주했다.

그곳 역시나 기도터였고 무속인들이 머물면서 좋은 기운을 받아 가는 곳이었다. 김 보살 혼자 있는 것이 아니라 최 보살이라고 천안에서 거주하는 남자처럼 생겼는데 여자였다. 굿하던 이야기를 하며 날짜가 나랑 맞지도 않았고 이미 최 보살은 내가 잘못될 것을 예언하고 있었다고 한다. 평택 보살이 하는 말, 서 씨한테서 전화가 왔는데 굿값 중 오십만 원을 주겠다고 전화가 왔다고 했다. 김 보살 때문에 돈을 벌 수 있어서 고마움을 전하고 싶다고, 똑같은 사람이 되기 싫어서 싫다고 거절했다고 했다. 김 보살은 나를 보고는 미안하다고 했다.

서 씨가 실력이 없다는 것을 처음 알았다. 기도터 다니면서 길을 못 열어서 헤매는 애동 제자한테 접근해서 사기 치고 돈 뜯어내는 무속인이 있다는 이야기를 들어 보았는데 내가 겪은 것이다. 서 씨는 군포에 살다가 원주로 이사를 갔다고 했다. 시흥의 주 보살은 모르겠다. 서 씨와 주 씨는 서로 잠도 같이 자고 연인 사이였다. 지금도 기도터 다니면서 사기 치는 짓을 하고 있을지도 모르겠다. 일반인한테도 사기 치는 무속인이 있는가 하면 힘들게 바닥까지 떨어진 애동 제자들한테도 사기 치는 세상. 어떤 벌을 받으려고 그 짓거리를 하는지 진정 신을 모시는 사람이 할 수 없는 짓을 하는 것이다.

평택 김 보살은 3년을 거쳐 신당도 차려져 있는데 우리나라 좋은 기도터를 다니고 울며 열리지 않는 길을 정성껏 기도하는 자세가 보였다. 본인도 힘들게 가는데 오순이까지 더 엉망이 되어 만나서 미안하다며 서 씨가 그런 사기꾼인지 몰랐다고 엄청 미안해서 전화는 할 수도 없고 오순이에게서 연락이 오기를 기다렸다고 했다. 최 보살은 집안이 가톨릭을 믿는 집이고 어느 날 대학을 다니다 시름시름 아파서 병원에 다녀도 안 되고 큰 병원을 다 돌아다녀 봐도 병명 없는 환자여서 더 이상 해 볼 것이 없어서 부모님이 혹시나 싶어서 무속에서 기도하는 법을 배워서 14년 차 기도하는 여자 법사였다. 집에 머무는 시간은 얼마 안 되고 좋은 기도터를 찾아다니며 기운을 받아 가는 사람이었다. 우리보다 나이는 10년 어려도 질서가 있는 무속인이었다.

일단 나를 잠재우기 위해서 4백이 필요하다고 했다. 큰언니 조카딸이 비상금이 많은 줄 아는데 돈을 빌려 달라는 말을 더 이상 하기 싫었고 돈 빌려 달라고 했던 문자 메시지를 신랑이 보았다고 핑계를 만들어서 절대 빌려줄 수 없다고 했었다. 방 보증금만 빠지면 주려고 계산했었고 굿값까지 사정을 해도 거절을 해서 당장 돈은 없고 태어나서 처음으로 영주 언니한테 돈을 빌려 달라는 전화를 했다. 분명 갚을 수 있는 돈이기에 그날 저녁 바로 입금시키고 밤 기도를 위해서 최 보살은 밖에서 기도하고 들어와서 나의 머리 위로 향을 피워서 빙빙 돌리고 《천수경》을 시작으로 염불 테이프를 밤이 새도록 틀어 놨다. 그날 밤 자는데 닭발처럼 생긴 손톱 새의 부리 모양들이 나타나서 획획 눈앞에서 지나다녔고 새벽녘에 잠에서 깨어 잠깐 스치는 소리, 귀신인지 모르지만, "어떻게 밤새도록 염불을 하지?" 하고 귓전에 스치고 가는 목소리가 들렸다.

일주일을 오순이는 아무것도 안 하고 평택 김 보살이 해 주는 밥을 얻어먹고 놀기만 했다. 최 법사는 나에게 물어봤다. "신의 길, 갈 거예요?" 아니, 나는 평범하게 살고 아이들과 행복하게 큰 거 안 바라고 살고 싶다고 대답했다. 나를 보고 재주 많고 영적으로 맑고 기운이 엄청 좋다며 열심히 살라고 했다. 머릿속은 조용해졌고 마음속에서 서 씨와 주 보살 둘 다 훈계와 혼쭐이 나게 만들 생각을 했다. 최 보살은 나에게 《관세음보살 보문품》 100번, 《반야심경》 100번을 매일 사경해서 천안으로 오라고 했다. 머릿속이 조용하니 살 것만 같았다.

다시 돌아와서 작은 방을 얻었다. 혼자 다시 일어서기 위해서 짐을 대충 가져다 놓고 월세방 40만 원짜리 방은 주인 할머니께서 적금을 해약해서 그동안 밀린 방세를 빼고 6백을 주었다. 예전에도 지금도 나를 언제나 응원해 주는 박영주 언니한테 4백을 갚고 나머지 이백만 원은 자동으로 공과금 빠지게 넣어 두고 나를 통해서 돈벌이를 한 서 씨한테 전화를 했다. 서 씨는 뭔가 잘못되었으니 굿을 한 번 더 하자 했다. 그 말에 나는 뭐 이런 사이비 같은 개새끼가 있냐며 욕을 했다. 그다음부터는 내가 문자 메시지를 엄청나게 보냈다. 세상에서 할 수 있는 능력과 신의 세계 기본 마음 자세 등 메시지로 보냈다.

서 씨와 주 보살은 엄청 시달렸을 것이다. 세상에서 할 수 있는 욕은 다 했고 "사기꾼, 신 공부 다시 해라.", "또 다른 애동 제자 물색하지 말고 너희들이 모시는 신이 진짜인지 가짜인지 열심히 기도해서 알아봐라.", "너희들은 죄가 많아서 힘든 사람 도와주라고 신들이 왔는데 하늘이 무섭지 않으냐.", "군포 시청 앞에 가서 현수막 걸고 사기꾼 무속인 있다고 알린다.", "차에다 현수막 걸고 운행할까.", "굿값 내놓아라." 했더니 나보고 미친년이라며 아예 전화도 받지도 않았다. 인천에 굿 선생한테 메시지를 보냈다. 그 연놈 사기꾼이라고. 나의 상태를 그대로 보내고 7일을 매일 문자 폭탄을 퍼부었다. 그만하면 본인들도 두 번 다시는 사기를 치지 않겠지. 하늘이 내려다보고 땅이 있는데 제발 정신들을 차리길 바랄 뿐이다.

다시 신당을 부숴 버리고 평범하게 살려고 불교 상회에 잔대와 방석, 염줄 등 용품을 가져가라고 메시지를 보냈다. 불상도 없고 아주 가격이 싼 것으로 준비를 해 놨으니 정리하는 것은 빨랐다.

현제가 군 입대를 앞두고 있어서 둘이 단상을 부숴 버리는 것은 쉬웠다. 현제가 입대할 때까지 과수원 집에 들어가서 같이 지냈다.

호적상 오순이와 창수는 남이지만 끝까지 엄마와 아빠가 최선을 다해서 의무에 충실하라고 법원 판결 당시 판사님 말씀대로 나름 이행하려고 노력을 했다.

어느 날 지하철역으로 오순이는 작은아들 현제를 마중 갔다. 집으로 오는 차가 없어서 마중을 나갔는데 약간의 술 냄새와 차분하게 가라앉은 마음으로 군 입대를 앞두고 있던 때라서 현제가 마음의 말을 털어놓았다. 마당에 들어서서 차에서 내리며 하던 말, "엄마, 우리 식구는 4명 다 흩어져 살아서 너무 마음이 아파." 그 말을 듣고 순간 아~ 아이들 아빠한테 기회를 더 줘야겠다는 생각을 했다. 이대로 두고 내가 나가면 이다음에 아이들한테 원망을 들을 수 있겠다는 생각에 과수원 집에 머물며 삐뚤어진 전남편을 다시 어머니 같은 마음으로 품고 살아 보겠다고 다짐을 했다. 현제는 엄마, 아빠가 연병장까지 따라가서 군 입대를 시키고 마음이 아파서 오순이는 줄을 서서 들어가는 현제를 볼 수가 없어서 얼굴을 돌렸다. 회관에서도 울음이 멈추지 않아서 밖에서 안 들어갔다. 눈물을 삼키고 돌아오는 길에는 창수와 말 한마디 하지 않았다.

✳ 홀로서기

두 군데 집을 얻어 놓고 마음을 정해야 했다. 그렇다고 월세방에 들어가지도 않고 짐 챙겨서 가져다 놓고 하룻밤도 자 본 적 없는 집. 신당을 차렸던 그곳은 완전하게 철수를 했다.

평범한 일상을 꿈꾸면서 이혼한 애들 아빠 집, 아이들 방에서 지내며 마땅하게 일자리가 없어서 인력 사무실에 5만 원 가입비를 내고 사무실에서 보내 주는 곳으로 다녔다. 5개월 다니다 보니 차량 유지비, 보험, 각종 공과금 그리고 집에 반찬이 있어야 하는데 그것 또한 오순이 돈으로 할 수밖에 없었다. 창수는 나에게 1원도 주지 않았다. 인력 사무실을 통해서 다녔던 일들은 대략 락앤락 반찬 통 검열 및 포장, 안경 박스 만드는 공장, 아이들 문구용품 포장, 요거트 종이 덮개 접기, 여행용 칫솔 통 내용물 담기, 커피 컵 속에 공유 사진 12장 걸어서 머그 컵에 넣기, 세탁 공장, 홍삼 박스 자동화 기계 롤러에서 나오면 속지 넣기, 마스크 공장에서 1초에 하나씩 떨어지는 기계에서 10장씩 걷어서 박스에 담기, 선풍기 덮개 접어서 포장 및 전기선 말기 등 얼마나 치열하게 일하는지 기계보다 더 빠르게 미친 사람처럼 일을 했다. 공장 인력은 물량이 많고 바쁠 때 인력을 통해서 채용한다. 회사 쪽에서 일을 못하면 그다음 날은 바로 아웃이다.

다행스럽게 오순이는 어떤 곳에 가도 사람들 관심을 받았다. 처음에는 키가 작다고 상대 안 하던 여자들도 대화를 할 정도였다. 일만큼은 뒤떨어지지 않았다. 많이 벌면 팔십, 적으면 육십만 원. 창수 퇴근 전에 집에 들어와서 저녁밥을 챙겨서 같이 먹었다. 일하며 저녁에는 《관세음보살 보문품》, 《반야심경》, 사경 필기를 하며 나름 200일이 되어서 천안 최 보살한테 직접 가서 전해 주고 왔다. 최 보살 신당은 불상도 없고 명패로 모셔 놓았던 것 같았다. 아주 깔끔한 신당이었다. 그날 천안을 왕복으로 직접 다녀왔으니 좀 늦었다. 눈치가 보였지만 창수의 술 주사는 신경 쓰지 않으며 살고 싶었다. 마지막 공장은 마석 월산리 올리브 식용유 이벤트로 미니 가방을 만드는 곳이었다. 전 탤런트 최진희 씨가 진행하는 이벤트 작품이었다. 핸드폰처럼 직사각 미니 에코백 가방에 끈을 끼우고 실밥 따기에 10명이 투입되었다. 총개수가 6만 개. 단 7일 만에 완성해서 소비자들한테 사은품으로 담아서 배출해야 하는 미니 에코백 가방 공장에 도착해서 실밥을 열심히 자르고 있는데, 오전 11시가 되어서 공장장이 "오늘 오신 분 중에 미싱 할 수 있는 분 없으세요?" 물어보길래 오순이는 손을 들었다.

오버로크 원단 홑겹을 손으로 중심을 잡고 발로 발판만 누르면 되는 것을 미싱사라고 종로 미싱학원 가서 모셔 왔다는데 기계에 앉아서 절절매고 있어서 답답한 마음에 혹시나 하고 인력 여사님들한테 물어보았고, 오순이 역시 보고 있자니 너무도 답답하던 찰나에 손을 번쩍 들었다. 오순이는 20대에 봉제 기술자였다. 점심시간에 최진희 씨가 오순이에게 다가와서 하루 일당 20만 원을 줄 테니 끝까지 해 달라고 부탁을 했다. 사무실에서는 8만 원 일당으로 왔다가 기술이 있으니 일당이 20만 원으로 늘었다.

급하다고 하니 첫날에 야근을 해야 했다. 창수한테 메시지를 넣었고 야근을 하니까 밥 먼저 먹으라고 10시까지 일을 하고 집에 가니 창수는 거실에서 자고 있었다. 아침에 일어나서 거실에 나갔더니 창수는 출근하고 없었고 8시까지 출근을 했다. 20만 원 일당은 좋은 것도 아니고 편한 것도 아니다. 하루 종일 꼼짝없이 똑같은 동작으로 미싱을 한다는 것은 몸에 담이 올 정도로 힘든 작업이다. 같이 왔던 여사님들은 나를 보고 부러워했다. 하지만 책임감 때문에 다음 날 역시도 아침에 일찍 갔다. 7명이 미싱으로 가방을 완성시키고 나 혼자 오버로크로 마감을 해야 했다. 미싱사들이 미니 가방 만드는 것은 1분 30초 정도 걸리는 것 같았다. 그때 직원들은 밤샘을 한 것으로 알고 있다. 나중에는 감각도 없고 정말 담이 올 정도로 온몸이 뻐근해서 야근까지 11시에 퇴근해서 가는 길목에 찜질방 사우나에 들어가서 씻고 자려는데 그곳 직원들 3명이 사우나에 들어와서 집에도 못 가고 같이 지냈다. 다음날도 7시 30분에 출근해서 속도를 내서 그나마 좀 여유가 있어서 3일째 되는 날은 집으로 9시에 도착하니 문이 잠겨서 들어갈 수 없었다.

돌아서서 찜질방 가서 자야겠다고 생각했다. 집 없는 서러움을 또다시 겪을 줄이야. 참 서럽고 야비하다. 발길을 돌려 차에 가서 문을 열려고 하니 집 안에서 창수가 불을 켜면서 나오며. "들어와." 한다. 문은 왜 걸었는지 궁금해서 물었다. 말도 없이 집에 안 들어오고 늦게 다니고 해서 그랬다고 해서 내가 보낸 문자 메시지 보았냐고 물었더니 그런 메시지는 받은 적이 없다고 했다. 나도 너무 바쁜 일을 하다 보니 제대로 연락 못 한 건 미안한데 분명하게 나의 핸드폰에는 발송이 되어 있는데 창수한테는 아무 메시지도 없었다. 아마 나의 폰 번호를 스팸으로 해 놓지 않았을까 하는 생각도 들었다.

다음 날, 거의 끝나는 작업이라서 오후 3시에 오버로크 미싱에서 내려와서 처음처럼 실밥을 따고 4일 만에 팔십만 원을 벌어서 집으로 갔다. 더 이상 부부도 아니고 내가 거주하기에는 무리였다. 예전과 똑같이 창수는 술을 마시고 다녔고 인력을 다녀도 넉넉하게 저축조차도 할 수 없고 돈이 모이질 않았다. 식당을 선택했다. 190만 원. 이왕 일을 할 거면 돈을 벌자는 생각에 식당 샤브집에서 설거지를 했다. 아들 둘은 군대에 있고 돈을 모아서 아이들 복학하면 도움을 줘야 하므로 빠른 선택으로 식당으로 출근을 했다. 그곳에서 4개월 동안 있는데 사장 식구들과 같이 일을 하다 보니 직원은 나 혼자뿐이고 더 이상 힘이 들어 견딜 수가 없었다.

인력 사무실에서 갔던 고깃집에서 같이 일하자는 제안이 들어왔다. 홀 서빙, 계산 포스도 가능하고 경험이 있으니 사장은 여성분이고 나랑 나이가 같아서 나를 환영해 주었다. 시간과 휴무 날도 다르고 샤브집은 9시 퇴근. 〈소블리애〉 10시 퇴근. 퇴근은 지하 타워 주차장에서 차 빼는 것도 30분이 걸린다. 집에 가면 11시. 정막이 흐르고 어두운 산속은 깊은 밤이다. 몸은 숯불고기 냄새로 가득하고 씻는 것이 문제였다.

집 안에서 씻으면 창수가 잠에서 깰까 봐 마당에서 모기에 물리면서 씻었다. 지하수 물은 뼈가 시리도록 차갑고 소름이 돋을 만큼 추웠다. 창수는 왜 거실에서 자는지 살금살금 조심스럽게 다녔다. 늦가을까지 밖에서 씻는 것은 멈추어야 했다. 너무 추워서 물병에 물을 담고 시골길에 주차해 놓고 대충 세수하고 아침에 일어나서 씻는 것으로 결정하고 다니는데 창수의 술 주사 횟수가 잦아지고 어느 날 밤에는 미친놈처럼 으르렁거려서 무서워 방문을 잠그고 잤다.

주 한 번 쉬는 날, 된장찌개 해 놓고 기다리면 동네에서 술 마시고 들어와서 나를 보고 하는 말, "호랑이 새끼 눈을 하고 있고, 네년이 돈 벌어서 나한테 주는 것도 아닌데." 주절거리며 술 주사로 말도 안 되는 소리를 하다가 갑자기 "이년아, 자빠져 자라." 하며 방문을 꽝 소리가 날 정도로 닫아 버렸다. 불안한 마음으로 매일, 잠을 자고 다니며 오순이가 따지고 들면 누구 하나는 죽어 나갈 것이 뻔하게 보이고 방으로 칼 들고 들어올 것 같은 생각도 들었다. 불안한 생활 속에 식당은 무한 리필, 그야말로 매일 전쟁을 치르고 와야 했다.

3. 끝나지 않은 세계

어느 날 퇴근을 해서 마당에 들어서니 집에 불이 켜져 있었다. 몇 개월 만에 보는 불빛. '뭔 일이야?' 혼자 생각에 집으로 들어가니 창수는 소파에서 TV를 보고 있었고 내가 들어오는 것을 보더니 "야 씨발년아, 너 나가. 재수 없어."라는 말을 했다. 가만 보니 술 마신 상태라서 이야기해 보면 싸움 또는 다른 이야기로 삼천포로 빠질 것 같아서 참고 내일 이야기하자고 했다.

방으로 들어가서 그대로 씻지도 않고 잠을 청하니 생각이 꼬리가 생겨서 잠을 설치고 다음 날 일요일, 오순이는 날이 밝아서 겨우 잠이 들었는데 TV 소리에 깨어 거실에 나왔다. 창수는 소파에 앉아 있었다. 대충 세수하고 출근 준비를 하고 다시 물어봤다. "어젯밤에 했던 말 진심이야? 취중에 나온 말은 아니었고?" 하니 "말 그대로 너랑 사니까 재수가 없고 돈 벌어서 나 주는 것도 아니고 나가,"라는 말을 되풀이했다. "나 지금 출근해야 하니까, 며칠만 시간을 줘." 말을 해 놓고 당장 일을 해야 하고 쉬는 날은 멀었고 부동산 다니면서 방을 구할 시간이 없었다. 갈 수 있는 곳은 고시텔밖에 없었다.

식당에 나의 사정 이야기를 했더니 식당 방에 와서 자도 괜찮은데 씻는 거 때문에, 그리고 물건들을 보관할 공간이 없다는 현실에 사장님이 망설이는데 주방에서 일하는 언니가 구리시에 괜찮은 고시텔이 있다며 같이 브레이크 타임 시간에 확인차 갔다. 월 48만 원 주면 되는 곳이고 주차는 안 되고 다른 방법이 떠오르지 않았다. 일은 힘들어도 마음고생을 하며 살지 말자. 월세가 비싸서 좀 망설이기는 했지만 마음만은 편하게 살자. 그렇게 결정을 하고 오순이는 3일째 되는 날, 창수는 출근하고 없고 2018년 12월 18일 아침 일찍 자동차에 한가득 짐을 싣고 미련 없이 나왔다.

고깃집 사장님 역시 아픈 상처를 가지고 있고 제2의 인생을 살고 있는 커리어 우먼. 시원스럽게 생기고 참 직원들한테 잘해 주었다. 월급은 230만 원. 고시텔 방세를 빼면 190만 원. 교통비 빼고 남는 돈은 160만 원. 혼자라서 좋았고 손님이 많아서 힘은 들어도 일이 있어서 살고 있다는 것이 좋았다. 고시텔 월세가 아까워서 방을 얻어서 지낼 수 있는 곳을 찾고 있던 중에 친정 사순이 언니 아들 조카가 경북 영주에 대구 뽈찜 가게를 차렸다. 와서 일 좀 하고 관리도 해 달라고 계속 언니에게 연락이 왔다. 생각 끝에 가겠노라 하고 나는 영주로 내려갔다. 월 190만 원. 서울과 지방은 급여가 달랐다. 홀 실장으로 경북 영주에서 일하며 19년 1월 하순경에 와서 3월에 그만두었다.

언니랑 나는 손님을 맞이하는 마인드가 너무도 달랐다. 사장 엄마면 아들 봐서라도 허점을 보이지 말아야 하는데 오순이가 본 언니는 식당 영업을 잘 못하고 있었다. 밥집이 아닌 술집처럼 느껴지기도 했다. 단골들 잡으려고 하는 것은 알지만 음식이 맛있고 운이 따라 주면 당연하게 손님은 소문으로 올 것인데 정말 오순이 스타일 영업은 아니었다. 정말 싫었고 도저히 참을 수가 없어서 인내심이 사라졌다. 남보다 못한 언니는 오순이가 급체를 해서 누워 있어도 죽 한 그릇 사다 주지 않았고 엄청 서운했다. 오순이는 편의점 가서 죽을 사서 먹고 견디다 결국 병원에 가서 링거 맞고 한의원 치료를 받아서 겨우 회복해서 다시 서울로 돌아왔다.

이전 살던 고시텔에서 짐을 풀고 직장을 찾았으나 자리가 쉽게 나오지 않았다. 시간도 남고 정님 언니를 만나서 이런저런 이야기를 하다가 봉화에 있는 절에 놀러 가자고 해서 바로 다음 날 출발을 했다. 그곳 절에서 언니의 어머니는 남편분께서 저세상으로 떠나시고 무섭다고 일상생활을 할 수 없을 정도로 이상한 행동을 해서 그곳 사찰에서 고쳤다고 했다. 나도 몸이 사방이 얻어맞은 사람처럼 아파서 힐링도 할 겸 구경 삼아 가자고 했던 것이다.

처음 가 보는 경북 봉화. 그곳은 외갓집 사람들이 가장 많이 살았고 우리 엄마 친정의 뿌리가 퍼진 곳, 경북 물야면이다. 사찰에서 그리 멀지도 않았고 흥륜사 스님이 어찌나 무섭고 무게가 있는지 오순이는 아무 말도 못 하고 인사만 하고 정님이 언니 옆에 앉아 있다가 나왔는데 공양간의 황 언니가 태백이 고향이고 집도 태백에 그대로 있다는 것이다. 그리고 언니가 데리고 심부름을 시키는 춘희 씨는 나보다 한 살 위로 심부름 등 시중을 들고 있었고 잠시 뒤 스님께서도 모여 차 한잔 마시는데 스님께서 오순이 보고 "부처님 앞에서 기도 한번 해 봐." 하고 말씀하시며 화엄성중이란 기도문을 주셨다. 생각지도 않았던 말씀에 "예, 알겠습니다." 대답을 했고 생소한 기도문을 부처님 계신 법당에 앉아서 눈을 감고 화엄성중 되풀이하듯 반복적으로 이어서 했다.

20분 정도 흐르고 내 눈앞에 화경으로 펼쳐지는데 어딘지 모르고 저 멀리 높은 산줄기가 겹쳐서 봉우리가 보이고 하늘은 맑고 푸르고 넓은 비포장도로에는 아무도 없었고 엄마가 스님들이 입는 복장을 하고 벙거지 모자, 시주 배낭을 메고 내려가는 것이 보였다. 나도 모르게. "엄마." 불러 놓고는 꺼이꺼이 울기 시작했다. 눈물은 참을 수 없고 30분을 울었을 것이다. 화경으로 보였던 엄마는 안 보이고 나는 그제야 내가 왜 헤매고 다녀야 했는지 알 수 있었다. 그건 업장소멸 소원 기도였다. 엄마가 행해야 하는 길을 내가 어떤 식으로 풀어야 하는지 모르지만 엄마는 36살에 홀로 7남매를 키우고 먹고 살려니 정신없는 세월을 살았다.

법당에서 내려와 공양간에 들어가니 저녁 식사를 하던 중이었고 식사를 마치고 스님께서 무엇을 보았냐고 물으셨다. 화경으로 본 그대로를 말씀드렸더니 스님께서는 고개를 끄덕이며 서울 가서 생활용품과 옷을 챙겨서 다시 오라고 하셨다. 하루 이틀 기도해서 될 상황이 아니고 15일 기도를 잡으셨다. 그날 밤 저녁 먹고 다시 법당에 들어가서 화엄성중 기도를 하다가 12시에 내려와 잠도 못 자고 뜬 눈으로 새웠다. 정님이 언니는 옆에서 코를 어찌나 골던지. 하지만 '조용했어도 그날 밤 잠을 잘 수가 있었을까?' 생각을 해 봤다. 다음 날 서울로 오는데 조수석에서 잠이 얼마나 오는지 참고 오느라 힘들었다. 언니가 운전을 하는데 미안하고 불편해서 졸음을 이겨 냈다. 그렇게 3일을 고시텔에서 보내고 다시 내 차에 짐을 싣고 어찌 될지 모르는 방랑자가 되어 길을 떠나야 했다.

✳ 암자에서 혼자 하는 구병시식(무속인들은 퇴마식이라고 함)

봉화 흥륜사 암자는 오순이처럼 무속인들한테 돈을 다 쓰고 오고 갈 데 없는 사람들이 마지막으로 거쳐 가는 곳이라고 했다. 해답을 찾는 길목이라는 생각이 들었다 황 보살 언니는 기도중에 어떤 일이 생기는지 사실대로 이야기해 달라고 했지만 상세하게 말할 수 없었다. 왜인지 서로 느끼는 것이 다르고 혼자 겪어 온 세월이 달라서 부담을 주기 싫었다. 기도는 시작되고 천도제를 지내는 신도분이 계셨다. 흥륜사 암자에서는 천도제를 7일 동안 매일 음식 차리고 제를 지낸다. 마지막 날에는 바라춤으로 영가를 즐겁게 해서 보낸다고 했다. 남의 집 천도제와 관계없이 오순이도 옆에서 기도를 하는데 3일째 되는 날, 갑자기 기도 중에 울음이 터지는데 친가 할머니, 아버지, 큰아버지께서 나의 몸에 실려 들어와서 내가 불쌍하다며 암자 주변의 산신각으로 올라가서 우리 자손 받아 줘서 감사함을 두 손으로 합장을 하고 암자 곳곳에 고개를 숙이며 인사를 했다. 할머니께서 내 몸에 오신 것이다. 법당과 산신각을 다니면서 인사를 하고 내려와서 공양간에 들어서니 나의 얼굴이 완전히 빨개져 있었다.

오순이는 그날의 느낌을 적어 본다. 너무 많은 영가가 들어와서 편하게 못 살고 헤매고 있는 오순이를 본 조상들이 이제야 길을 찾았다고 안심이 되어서 고맙다고 인사를 했던 것이다. 다음 날 스님께서 오순이를 불러서 하시는 말씀이 지금 이곳에서 진행 중인 천도제가 끝날 때까지 몸을 피해서 나갔다가 다시 오라고 했다. 영가들이 오순이 몸이 귀신이 들어가는 집이라고 생각하고 들어갈 수 있으니 빨리 떠나라 해서 또다시 고시텔에 와야 했다. 다시올 때는 고시텔 방을 비우고 짐을 다 챙겨서 오라고 했다. 없는 돈 쓰지 말고 아끼라며 부처님 오시는 날까지 기도할 생각을 하고 오라고 해서 오순이는 다시 고시텔에 와서 쉬면서 짐을 차에다 싣고 4일 만에 그동안 감사하다고 인사하고 다시 봉화로 왔다.

 황 보살 언니는 태국에서 사 왔다며 옥색 염줄을 나에게 주었다. 너무 부담스러워서 혼자 머물던 연탄보일러 방 벽에 걸려 있던 텐트 속에 넣어 두었다. 아무리 좋은 물건이라도 내 것이 아니고 주인이 따로 있다는 생각이 들어서 먼 훗날 황 언니가 이 글을 보면 다시 찾을 수 있을 것이다. 혼자 기도를 시작하는데 장난 아니게 몸에 탁기가 빠지고 하품을 하고 방귀도 나오고 토할 것 같은데 속에서는 웩웩거리고 이상한 짐승 소리도 내고 오순이 자신도 놀라웠다. 간혹 "아~ 멘." 그리고 손짓으로 뭔지 모르지만 크게 팔을 벌려 원을 그려서 조금씩 선을 깎아서 작은 정사각형을 그리며 작게 깎아서 모양이 다듬어지면 양쪽 손가락으로 그림을 그리듯 작은 하트 모양을 만들어서 두 손으로 내 가슴에 문지르고 때로는 양쪽 손바닥을 펴서 마주 보게 하고 빠르게 돌리면 손바닥에 감기는 구름처럼 가벼운 바람 덩어리가 생기고 솜사탕(느낌) 같은 것들이 바람 덩어리가 한 뭉치가 되면 장풍처럼 손바닥으로 뭉쳐지면 털어 버리는 행동을 몇 번 반복을 하니 땀도 나고 팔 또한 아프기도 하고 구름이라고 표현하면 되려나. 뭉치 같은 것들을 밖으로 밀어 버리고 마술처럼 손가락 끝에 작은 망처럼 걸려서 솜처럼 한 뭉치가 되면 손바닥에 느낌이 가벼운 솜털 같은 것이 전해지면 던져 버리고 중국 무술 영화가 같은 영상과 비슷했다. 혼자 법당에 서서 힘든지도 모르고 꼬박 5일을, 혼자서 열심히 했다. 나 혼자 꺼이꺼이 울면서 몸 안에서는 난동을 치고 혼자 하는 구병시식. 스님께서는 돈 들이지 말고 혼자 충분히 할 수 있으니 기도 열심히 하라고 했는데 기도 속에서 수억 개의 영가와 홀로 대적하기에는 끝도 없었다.

또 "아~ 멘." 교회 다니다 죽은 귀신도 들어왔는지 잊을 만하면 "아~ 멘." 소리가 나왔다. 혼자 하는 구병시식은 너무 멀고 길이 보이지 않았고 언제까지 하는지도 모르고 시간과 나날에 맡겨야 했다.

어느 날 신기하게도 6시간을 손을 들고 흔들고 돌리고 있어도 팔이 아프지 않고 그 무엇인가 한창 빠져나갈 때는 나의 팔을 천정으로 쭉 뻗어서 공중에 그냥 떠 있는 느낌, 손바닥에서 손끝으로 물이 흘러서 빠지는 느낌이라면 가장 적절한 표현이라고 할 수 있다.

도와주는 사람은 없고 보이지 않는 세상에서 나는 밤낮 없이 화엄성중을 찾으며 기도를 하는데 또다시 기도에서 손바닥과 손끝까지 꾸물거린다고 해야 하나, 물이 흘러서 손끝으로 사라지는 느낌을 받았다. 한참 동안 무엇인가 빠지는 느낌을 받았다. 보통 기도는 저녁 9시에 시작해서 새벽 4시까지 했다. 공양을 하는 시간은 마음도 편하지 않고 황 보살 언니는 언제나 춘희 언니를 야단을 치는데 그것 또한 이해를 할 수가 없고 민망하고 미안해서 같이 있을 수 없어서 시간이 나면 사찰 주변 청소도 하며 기도에 박차를 가했다.

시간과 하루는 잘도 갔다. 황 언니는 많이 아프다고 했다. 부유한 가정에서 외동딸로 귀하게 살다가 어느 날 병명도 없이 무병으로 다 죽어 갈 무렵에 스님을 만나서 집에다 촛불 10개 켜 놓고 기도를 하는데 바람 한 점 없던 집 안에서 9개의 촛불이 꺼져 버리고 단 1개의 촛불만 남았다는 이야기를 들었다. 일상생활을 할 수가 없어서 스님 등에 업혀서 암자에 들어왔다고 한다. 예쁜 얼굴도 비쩍 마르고 평범했던 아가씨가 스님을 만나 절에 들어와서 생활을 하는데 스님 식사를 챙기며 절에서 상담사 역할을 하고 있었다. 많이 아파서 병원에 다닐 정도로 마른 체격이고 토하기도 하고 암자에 오시는 손님의 직위를 몸으로(느낌, 증세) 받으며 보살이 되어서 그 절에 기거한 지도 10년이 넘었다고 했다.

"오순이 너는 천만 대군의 부대를 몰고 왔어." 너무도 머리를 아파했고 오순이는 시간만 되면 기도를 했다. 밤낮을 가리지 않았고 지난 시절 강원도에서 머리 삭발하고 기도라도 하면 얼마나 좋을까 했는데 이곳에서 소원이 이루어졌으니 나 자신을 알아 가는 나날이기도 해서 잠을 안 자도 좋았다. 살아 있는 사람이나 죽은 망자도 똑같이 웬 말이 그리 많은지 나는 어디서 들어왔고, 기도터에서 많이 들어온 것이다. 귀신과 교감을 하다 보면 끝이 없어서 무조건 보내 버리는 것이 우선이었다.

그렇게 나날을 지내다 보니 몸에서 아우성을 치던 것 또한 서서히 줄어들고 처음과 다르게 몸짓과 머리 끄덕임도 줄어들었고, 어느 날 기도 중에 "너, 여기서 빨리 나가라." 했다. 처음에는 귀신이 그런 줄 알았는데 차원이 다르게 머리 위에서 "너, 얼른 절에서 나가라." 했다. 누가 와서 '너 여기 있어' 하면 너는 이곳을 벗어날 수가 없다했다. 신기하게도 다시 새벽 기도에 들어가도 몸에서 빠져나오는 귀신마다 너 얼른 떠나라 하는 것이다. 몸에서 나가는 귀신들이 그동안 미안했다며 얼른 떠나라 했다. 아기 동자라며 나와서 몸속 구석에 잠자고 있는 영가들을 깨워서 급하다며 얼른 나오라고 거들어 주기도 했다. 얼마나 많은 영가가 나의 몸속에 들어왔는지 끝이 없고 나가면서 말들은 얼마나 많은지 끝이 날 것 같지 않던 영가들. 눈을 감고 기도하면 산속에 눈이 있고 골짜기마다 주변들 산속 굽이굽이 낙엽들과 잔디도 보이고 그건 어느 지역인지 모르는 사찰 주변이었다. 아니면 전쟁터에서 죽은 영가들이 남긴 흔적일 수도 있었다. 얼어서 죽은 영가들이 많았다. 오순이도 기도하며 추워서 덜덜 떨고 있었다.

또 하나의 영가는 바가지 속에 걸쭉한 것이 담겨 있었다. 남자 영가가 "내가 이게 뭔지 모르고 먹었는데 죽었어." 하며 술에 취해서 내 몸을 떠나는 데 이틀이 걸렸다. 나도 어지럽고 술에 취해서 비틀거렸다. 술에 취해 나오지 못하고 눈도 어른거리고 누군지 모르나 바가지 속에 걸쭉하게 담아서 주는 것을 먹고 죽어서 한이 많았는지 너무도 힘들게 했다. 할머니가 빨리 나오라고 재촉하고 할머니도 같이 옆에서 길 문 열어 놨으니 어서 나오라고 하고 제일 정신없는 영가였다. 어느 순간에 다른 영가들이 빠져나가는데 묻어서 나갔는지 조용했다.

암자 떠나기 3일 전, 밤 기도를 하는데 나의 입을 통해서 "미안하다. 네가 그리 열심히 사는데 내가 잘못했다."라는 말이 나왔다. 조카들 몸을 툭툭거리고 쳐 보니 "네 남편이 내가 시키는 대로 욕도 잘하고 술도 잘 마시고 지랄을 가장 잘하더라. 재미 삼아 내가 네 남편 건들다 보니 습관이 되어서 너희 가정이 깨졌구나. 나는 네 남편 외가 박 씨네 삼촌이고 술 먹고 객사해서 갈 데가 없어서 네 남편 곁에 있었어. 내가 잘못했다." 나의 입을 통해서 엉엉 울면서 오순이한테 용서해 달라고 다시는 그곳에 안 가고 떠날 것이라며 반성과 후회를 하는데 핸드폰 벨소리가 울렸다. 기도에 빠져 그 영가의 말을 듣고 있는데 큰아이 현명이가 밤 11시에 전화를 했다. 나는 내 말을 하려고 했으나 박 씨네 영가는 전화를 받고 있는 나를 통해서 "아가야, 미안하다. 내가 잘못했다."라고 했다. 이놈의 귀신은 통제가 안 되었다. 오순이는 울먹거리며 현명이한테 대충 말하고 얼른 전화를 끊었다.

그리고 신발을 신지도 못하고 법당으로 내려가서 스님 방문 앞에서 스님을 불렀다. "스님 제가 잘못해서 이 가정이 깨졌습니다. 잘못했습니다. 부디 천도제를 지내 주시거든 이 아이 생일날 천도제를 지내 주세요." 스님을 얼마나 큰 소리로 부르는지 밖으로 나오셨다. 마당에 무릎을 꿇고 오순이 말을 듣던 스님은 "보살, 왜 그래. 올라가자." 하며 일으켜 세워서 법당으로 데리고 가서 죽대 같은 것으로 등을 치며 어서 갈 길 가라고 하니 순식간에 없어졌다. 동자 역시나 "할 말이 많았는데 나까지 가네." 하며 홀연히 말소리가 사라졌다.

스님은 법당에서 나가시고 혼자서 다시 화엄성중 기도하는데 이번에는 "아이고, 시끄러워 잠을 잘 수가 없네. 좀 편하게 쉬면서 잠을 자는데 왜 나까지 깨워. 나는 네 신랑 윗대 할아버지야. 네가 시집을 온 첫날부터 너를 알아보고 들어왔는데 언제 나랑 유람을 언제 떠나나 기다리다 보니 손주 새끼가 너무 지랄을 떨어서 지쳐서 잠만 자다가 이제야 깨었는데 나도 가야겠다." 하며 하품을 있는 대로 하면서 갔다. 오순이는 기도 속에서 나오는 박씨네 영가들한테 과수원은 얼씬도 하지 말라고 내 자식한테 어떤 짓을 하면 내가 가만히 있지 않을 것이라고 경고를 했다. 대답은 "걱정 마라. 이렇게 풍비박산이 난 가정을 보고 우리가 무엇을 하겠느냐. 열심히 살면 좋은 일들이 생길 테니 우리는 간다."라며 통신이 끊어지고 일어서서 기도를 할 때는 두 손으로 큰 원형을 만들어 다듬고 다듬어 작은 원형을 만들어 다시 깎아서 하트 모양을 만들고 다음은 길게 잡은 직사각형은 다듬고 다듬어 나의 머리에 띠를 만들어 이마에서부터 뒤쪽까지 묶어 주고, 다음 날은 앉아서 눈을 감고 기도를 하는데 개 한 마리가 붕대를 온몸에 감고 나타나서 산골짜기 속으로 사라지는 것을 화경으로 보았다.

붕대 감은 개는 우리 친정 엄마가 결핵에 걸려서 부산 육순이 집에서 머물다가 우리 과수원 집에 요양하려고 왔을 때 내가 가마솥 걸고 개 한 마리를 가마솥에 삶아서 솥뚜껑 위에다 '약'이란 글씨를 써서 끓여서 드렸다. 당연히 엄마는 개고기인지 모르고 드셨고 국물까지 냄새 안 나게 해서 드시게 했더니 엄마는 기운을 차리고 건강을 되찾아서 지금 89살이시다. 그날의 기도 속에 보이던 개는 붕대를 감고 어디론가 산속으로 달려서 사라지고 나는 살면서 느낀 모든 것을 숙제를 하듯 풀었다.

4월 하반기, 다음 달이면 석가탄신일이 얼마 안 남았는데 기도하면서 듣는 영가들의 이야기를 스님께도 황 언니한테도 말 못 하겠고 황 언니는 아파서 병원에 가서 링거 맞으며 저녁이면 춘희 언니와 목욕탕, 병원 등 볼일을 보러 매일 나간다. 저녁 기도에 들어가서 화엄성중을 하니까 다시 영가들이 나오면서 28일까지는 나가라고 반복적인 말만 했다.

그날 밤 "너 여기 있어." 하는 정체를 말해 주는데 사람이 아니라 천황신이 제자를 찾아다니는데 이곳 절에 오니까 "너를 보면 제자로 삼으려고 할 테니 얼른 나가라." 하며 흥륜사를 관장하는 신이라며 나에게 말해 주었다. "천황신이 너를 지목하며 너는 이곳 암자에 평생을 벗어날 수 없으니 꼭 떠나야 한다." 귀신과 신은 완전 다른 느낌이었다. 먼 훗날 흥륜사에 다시 와서 신중전에 큰 상 한 번만 차려 달라고 했다. 기도에 빠져 잠자는 것도 잊고 영가들 보내는 기도에 매진을 했다. 절을 떠나려고 마음을 다잡고 기도를 끝도 없이 했다. 황 언니가 또 너무 많이 아파서 병원에 입원을 했고 스님은 볼일이 많아서 거의 절에 머무는 날이 없었다. 다행스럽게 스님을 뵙고 "저 내일 떠나겠습니다." 했더니 스님께서 별스럽지 않게 일자리는 있냐며, 걱정스럽게 물으셨다.

마지막 밤 기도를 하고 새벽 2시 넘어서 자려고 하는데 할머니라며 나에게 계속 이야기를 했다. 너는 앞으로 아픈 사람과 원한 많은 귀신을 잡는 사람이 되어야 하는데 충청 지방 괴담으로 아파트에서 어떤 남자가 임신한 와이프를 밀어서 떨어져서 죽었다고 배 속의 아기 영가와 자궁이 괴사가 되어 완전한 영가의 모습을 보여 주는데 정말 끔찍한 이야기였다. 그리고 친정 동네 살인 사건 범인 이야기. 충청도 어느 마을인지는 모르나 큰 나무에서 스스로 자살이 이루어지고 있는데 영가들이 떠나지 못하고 사람을 불러들여서 목을 매게 하고 여자아이가 나무 타고 올라가서 목을 매어서 자살하는 모습까지도 화경으로 영화를 보듯 눈을 감고 자려는데 보여 주는 것이다. 누워서 잠을 통 잘 수가 없었다. 그렇게 시간이 흐르고 아침 5시가 되었다. 검은 색 차 한 대가 암자 마당에 들어왔다.

법당과 마당이 얼마나 시끄러운지 꽹과리 치며 노래를 부르며 "아리아리 동동~" 하면서 내가 기도하며 천 줄의 염줄을 가지런히 돌려서 놓았는데 누가 염줄을 이렇게 해 놨냐고 내가 만지니 꼬여서 안 풀린다며 웃고 떠들고 난리가 아니었다. 나는 방에서 꼼짝없이 누워 있었고 누군가 방문을 열어 보더니 "어, 아직 있다." 하더니 절 마당 한가운데 하늘에 기둥이 뻗은 길쭉한 검은 자동차가 서 있는 것이 보였고 그렇게 소란스럽던 암자는 조용해지고 차는 없어졌다. 나는 누워서 있다가 마당에 나가서 확인하니 아무것도 없었고 법당에 들어가서 마지막 기도를 하고 나왔는데 법당 안에도 달라진 것도 없고 아무도 다녀간 흔적이 없었다. 사찰 주변에 원추리가 올라왔기에 뜯어서 원추리 된장국을 끓여서 스님 공양을 드리고 스님께서도 "잘 먹었다." 하시며 공양간을 나가셨다. 얼른 마무리를 하고 스님께 "가겠습니다." 인사를 드리니 샴푸 세트를 손에 쥐여 주시며 조심해서 가라고 하셨다.

결국 황 언니한테는 간다는 말도 못 하고 절을 떠나서 영주에 들러서 점심을 먹으려고 식당에 들어갔는데 할머니 귀신이 셋이서 계속 돌아가며 나에게 이야기를 하는데 정치 이야기 등~ 말도 안 되는 나라의 앞날을 말해 주는데 박지원 의원과 김한정 의원에 대해서 말하고 김정은 죽는 날까지 이야기를 하는데 밥을 천천히 먹으며 귀신들이 하는 말을 들으며 두 공기를 먹었다. 그것이 바로 나를 밥을 먹이기 위한 것이라는 생각이 들었다. 암자에서 잠도 제대로 안 자고 먹는 것 또한 부실했고 몸은 있어도 다른 영들이 많으니 내가 내가 아니요, 제대로 밥을 먹은 것도 없고 먹어도 내 몸이 이러하니 조상들이 그날은 점심을 먹이기 위해 말도 안 되는 정치 이야기를 했다. 정치 이야기라서 천천히 밥을 두 공기를 먹으면서 나에게만 들리는 소리에 집중하느라 배가 부른지도 모르고 먹었다.

암자에서 물이 귀해서 씻지도 못해서 영주 시내에 들어가서 사우나에서 목욕을 하는데도 할머니 귀신들이 계속 떠들어서 탕 속에 들어가서 잠깐 눈을 감고 있다가 잠이 들었다. 10분을 탕 속에서 앉아서 잠을 잤다. 깨끗하게 씻고 밖으로 나와 차 쪽으로 걸어가는데 어떤 남자가 "오순아." 하고 두 번이나 불러서 뒤를 돌아보려던 순간, 혼자만 들을 수 있는 귀신의 목소리. '에잇 ××, 왜 장난을 치지.' 생각하고 무시했더니 "아, 미안하다. 시험해 봤다." 귀에 들리는 소리를 무시하고 주차해 놓은 골목에서 차를 타고 다시 갈 곳을 정하지도 않고 무조건 아이들과 자주 접촉할 수 있는 곳 금곡동으로 향했다. 일자리도 없어서 그냥 온 거라 잠잘 곳 없고 그나마 돈은 있어도 아껴야 했다. 일단은 서울로 방향을 잡았다. 몸도 마음도 정신도 엉망이었다. 여관방에 들어가서 욕실에서 샤워 전 구병시식을 하는 것처럼 손으로 나의 주변 커튼 막을 만들고 쳐서 샤워를 시작했다.

다 씻고 자려고 누웠는데 앞으로 세상에 대해서 나에게 화경으로 보여 주며 말을 해 주는데 "오순이, 너는 또 머리를 삭발을 해야 해. 절에서 입는 승복을 입고 과수원에 들어가서 사람들이 머물 곳을 창수 보고 설계해서 만들고 그곳에 스님도 오실 거고 김한정 의원, 또 너의 지인들은 다 모여들 것이다. 먹을 것 걱정은 안 해도 어디선가 자꾸만 생기고 창수는 모인 사람들 먹을 것을 조리해 주고 너는 어느 날부터 많은 사람 앞에서 노래를 부르는데 너의 노래가 너무 슬퍼서 사람들은 많이 울고 주변은 암흑세계, 지구에서 존재하는 건 그 높은 과수원 하나만 남을 것이다. 아이들 역시도 이번 생이 마지막 인연이고 아빠와 아이들은 아주 잘 지낼 것이고 오순이는 동생 광춘이 밥을 차려서 매일 주는데 너의 모습은 광춘이한테 절대로 보이면 안 된다. 이제는 모두에게 인사를 할 때야." 하고 나의 모습을 보여 주었다. 나의 몸은 흰색 코, 등에도 하얀색이 보였고 등뒤에는 날개가 달렸고 과수원 공중에 떠서 아이들한테 손을 흔들며 "행복하게 잘 살아라. 사랑한다, 얘들아." 하며 나의 마지막 순간을 영화처럼 보여 주었다. 오순이는 아이들을 볼 수 없다는 것에 대해서 너무 마음이 아파서 울었다. 내 생명보다 더 귀한 아들 둘을 두고 떠나며 마지막 손짓을 하고 하늘 높이 사라졌다. 당장 생기는 일이 아니기에 울다가 지쳐서 잠이 들었다.

봉화 절에서 기거하는 동안 지금까지 잠을 제대로 몇 시간을 깊이 자 본 적이 없었는데 그날 밤 새벽 2시에 잠이 들었다. 잠자리가 너무도 축축해서 깨어 보니 식은땀을 흘려서 몸이 젖어 있었다. 오전 10시에 눈을 떠서 천장을 보니 쟁반 같은 큰 원형 속에 꼬리가 달린 작은 물방울 모양의 빨간색 불빛이 가득 차 있었다(인불). 어디서 비추는지 밖에서 들어올 불빛은 없는데 참 신기했다. 나는 다시 눈을 감고 잠이 들었다(영가의 인불들이 나의 몸에서 나왔다는 표시였다).

그동안 많이 힘들었는지 일어날 기운조차도 없었고 배는 고프고 다시 깨어서 시간을 보니 오후 2시. 다행스럽게 귀신들의 말소리가 없어졌다. 일단은 밥을 먹어야겠다 싶어서 친구가 운영하는 분식집에 가서 밥도 먹고 일을 도와주다가 저녁에 친구랑 술 한잔 마시며 많은 이야기를 했고 친구 은자는 나에게 십만 원을 주면서 밥 사 먹으라고 내밀었다. 염치없이 돈을 받아 들고 다시 여관방에서 《벼룩시장》 신문을 들고 와서 구직란에서 먹고 자는 일자리를 찾았지만 쉽게 나오지 않았다.

그렇게 2일을 자고 서빙 자리가 있어서 면접 보고 이틀 후에 전화를 주겠다고 해서 오는 길에 식당을 운영하는 갑순이 언니를 찾아갔다. 그곳에서 하룻밤 자고 오는데 갑순이 언니가 봉투에 돈을 담아 나에게 내밀며 "밥 사 먹어라, 오순아. 정직하게 살아온 네가 어쩌다 이렇게 되었냐."라며 안타까워하는 언니의 마음 또한 염치없이 받아서 여관방으로 돌아와 하룻밤을 자고 아침 일찍 언니가 핸드폰이 안 된다며 센터에 맡겨 달라고 해서 다시 가평으로 가서 폰을 받아서 고쳐다 주니까, 언니가 7만 원을 또 주었다. 미안하기도 하고 해서 그날 하루는 언니네 식당에서 설거지도 도와주고 하다 보니 언니가 오후에 가평 현리 절에 간다고 해서 오순이도 따라서 군인 사찰인 호국연화사 사찰에 갔다. 사찰에 다녀오는 길에 《교차로》, 《벼룩시장》 신문을 뽑아서 언니네 가게에서 신문을 펴서 구직란을 찾으니 내가 머물고 있었던 근처 3곳에 구인 광고가 떴다. 나는 세 군데를 면접 시간을 1시간 간격으로 정해 놓고 금곡으로 왔다. 역시나 잠잘 곳은 여관. 다음 날 첫 번째 면접을 보았던 식당은 그릇 올리고 내리는 게 높아서 키 때문에 망설였고 다음 두 번째 고깃집 면접을 보는데 알바식으로 10일만 해 보라고 하길래, 다음 날부터 출근을 한다고 말해 놓고 여관으로 돌아오다가 금곡 고시텔이 있어서 그곳으로 옮겨서 월 25만 원을 주면서 생활했다.

7개월 동안 아침밥은 우유와 생쌀, 귀리를 먹었다. 휴무 날이면 돈이 아까워서 한 끼 정도는 외식을 했고 보험도 두 달씩 묶어서 낼 정도로 알뜰하게 살았다. 고깃집이라 팁도 나오고 아들도 보고 오순이는 아무 이상 없이 일을 했다. 남자는 절대로 믿지 않을 것이라고 다 똑같은 놈들이라고 생각하고 월급 260만 원 받으면서 성실하게 서빙을 하면서 내 집 일처럼 열심히 해 주었다.

가장 덥던 2019년 여름날, 고시텔 방에 누우면 창문도 없고 어둠의 관 속에 누운 것 같았다. 옆방에서 전화 소리, TV 소리가 들려 한방에 있는 것 같은 착각을 할 정도이니 잠깐 잠이 들었는데 방음이 얼마나 안 되었으면 옆에서 코를 고는 소리인 줄 알고 깜짝 놀라서 깬 적이 많다. 일반 상가를 다 떨어내고 6층을 통째로 고시텔로 만들었으니 시끄럽다 항의도 할 수도 없는 곳이다. 그 여름 선풍기 한 대도 돈이 아까워서 구입을 안 하고 잠도 제대로 못 자고 옥상에 올라가서 신문 깔고 누워도 낮에 달구어진 건물이 새벽 3시가 되어도 뜨겁고 잠이 들면 모기가 물어 가렵고 견디다 못해 29,000원짜리 선풍기를 샀다. 그렇게 6개월 동안 살고 있는데 큰아들 현명이가 한 번 와서 자고 가더니 "엄마, 나는 이런 곳에서는 못 살 것 같아." 하며 갔다. 식당 가면 밥은 해결이 되니 좋았고 그동안 대출을 받은 돈은 이미 다 갚았고, 정말 알뜰하게 모아서 전세방 하나 얻을 때까지 참고 견디자는 의지로 12시간 일을 했다.

단골손님 중에 인테리어 기술자 손님들이 단골이 많아 기술을 배워 볼까 싶었다. 아줌마들 일당이 12만 원이고 야근을 하면 17만 원까지 받는다. 근무시간 8시간. 오순이도 관심이 생겼다. 이직을 위해 생각을 했고 손님 중에 한 중년 남자는 생김새는 성질이 있어 보이고 목소리도 크고 아주 가끔씩 오시는 분인데 올 때마다 나에게 팁을 주시고 오순이 또한 다른 직업에 관심이 있어서 전화번호를 주고받으며 공장 견학을 문의했다. 생소한 인테리어 공장 견학을 시켜 주어서 따로 시간을 내어서 식사 대접을 하고 그렇게 6개월 인연이 되었다. 내가 가장 힘든 시기에서 바닥까지 떨어졌다가 서서히 극복을 하고 있을 때 다가온 사람. 그 사람이 처음으로 용돈을 30만 원을 주셨다. 나에게 먼저 손 내밀어 준 사람. 그 사람은 홀로 10년을 살았다. 처음 집에 갔는데 여자의 손길이 닿지 않은 집. 나무 마루는 때가 껴 있고 세간살이도 이사 온 그대로 정리가 안 되어 있고 밥솥에 있는 밥은 비쩍 마르고 반찬은 김치 하나. 참, 혼자 어떻게 살았을까 싶을 정도로 독거 생활의 외로움이 담겨 있었다.

방을 줄 테니 살림 좀 해 달라 부탁을 해서 2019년 10월 29일 고시텔에서 짐을 싣고 한집에서 동거를 시작했다. 귀인은 생활비 50만 원을 주었다. 무릎이 아파서 2년 가까이 다니던 식당도 그만두고 알바 8시간짜리 돈가스 서빙을 너무 뛰어서 열심히 하다 보니 족저근막염. 또 쉬어야 했다. 귀인은 생활비 100만 원으로 올려서 주셨다. 다시 인력 사무실을 다니며 살아 보니 생활비로 150만원을 주었다. 2년 8개월을 친정 식구들하고 연락도 끊어 버리고 '내가 잘살고 잘되면 연락을 해야지.' 마음먹고 지내는데 조카한테서 카톡으로 청첩장이 왔다.

✳ 끝나지 않은 세계

사순이 언니 아들, 영주에서 식당을 차려서 내가 잠시 몸담고 도와주다 떠나온 둘째 조카가 결혼을 한다 해서 그래도 인간미 넘치는 조카가 보고 싶기도 하고 축하해 주고 싶어서 참석을 결정했다. 결혼식 날에 막상 가 보니 외손녀 돌볼 수 있는 사람이 없어서 오순이는 식장은 참여 안 하고 아기만 돌봐 주다가 바로 다음 날 3년 만에 강원도 고향에 계신 엄마를 찾아갔다. 엄마는 예전보다는 많이 늙어 있었고 목소리는 여전하게 크고 욕도 잘 하고 지나온 과거, 세월도 말씀을 잘 하셨다. 눈도 보이지 않는 엄마는 집 안에 귀신이 많다고 자다가도 벌떡 일어나서 방바닥을 치며 아기들이 똥을 싼다며 "어이구, 더러워라." 하고 방바닥을 두들기며 앉아 있는데 참 뭐라 말할 수 없을 정도로 오순이 마음이 편하지 않았다. 이생에 사는 동안은 편하게 살다가 눈을 감으셔야 하는데 87살 세월에 90살을 바라보는데 어찌나 불쌍한지 7남매 키워서 시집 다 보내고 아들 하나 믿고 살았지만 엄마랑 성격이 안 맞아서 부산으로 떠나고 홀로 큰 집에서 계셨다. 2일 밤을 자고 오는데 홀로 7남매 키우느라 좋은 옷, 좋아하는 음식도 편하게 드신 적 없는 엄마가 너무 불쌍해서 마음이 편하지 않았다.

친정에 다녀온 뒤부터 마음이 편하지 않고 엄마 생각이 나서 그냥 있을 수가 없었다. 오순이도 보이지 않는 세상에서 얼마나 힘들게 빠져나오려고 했는지 스스로 돌아보면 살아온 세월이 결혼하면서부터 꼬여서 이렇게 힘들게 살았는데 우리 엄마를 봉화 스님께 보여 드리고 답을 찾아 주고 싶었다.

근 3년 만에 봉화 흥륜사에 다시 찾아갔다. 엄마가 집에서 보는 귀신들의 세상을 어떻게 해야 하는지 답을 스님께 구하고 싶어서 갔다.

한 달만 있으면 동짓날이 다가오고 있고 귀인한테는 엄마가 많이 아파서 병원에 입원했다며 거짓으로 말하고 마트에서 필요한 물품을 구입해서 친정에 도착해서 엄마를 조수석 옆자리에 앉히고 봉화 절에 갔다. 흥륜사에 도착하니 4시 37분. 암자 식구들은 아무도 없고 안 보던 검은색 개 한 마리가 껑껑 짖으며 반겼다. 개 이름은 반달이라고 했다. 황 보살과 연락을 해서 집 안으로 들어갈 수 있었다. 다행스럽게도 엄마가 차멀미를 안 해서 좋았다. 미리 멀미약 키미테를 붙이고 있어서 그랬지만 태백과 봉화는 40분 거리다. 엄마를 방 안에 모셔 놓고 법당에 가서 인사 기도를 했다.

엄마의 친인척(외가 쪽 줄기)은 거의 경북 봉화군 물야면에 많았고 외증조, 고조할아버지 뿌리가 시작된 곳이기도 하다. 엄마를 모시고 오고 싶었고 내가 본 화경 속에 엄마가 있었으니 엄마 역시도 흥륜사 절에서 기도해 보면 어떨까, 도움이 되지 않을까 해서 모시고 왔는데 스님은 엄마를 법당에 데리고 들어가지 말라고 하셨다. 엄마를 보신 스님은 공양을 드시며 울었고 모친을 보는 것 같고 눈이 어두운 엄마를 홀로 두고 자식들은 무얼 하냐며 오순이를 야단쳤다. 스님이 무서워 엄마가 느끼는 것을 말씀 드릴 수가 없었다.

저녁을 먹고 엄마를 방에 홀로 두고 기도를 시작했다. 동지 기도가 있어서 다음 날이면 법당에 들어갈 수가 없어서 새벽 4시가 되도록 기도를 했다. 촛불을 밝히고 나를 위한 기도가 아니라 엄마를 위한 기도를 했다. 산골짜기 이른 봄, 사람도 없고 굽이굽이 보여 주던 바짝 마른 산에는 봄기운이 돌고 작은 물줄기 또는 돌 비석 주변 화경으로 보여 주는 사찰 주변들. 그렇게 기도 중인데 갑자기 화경이 과수원으로 바뀌고 나 자신이 손으로 책을 넘기듯 손짓을 하니 창수 집 과수원이 보이는데 절이 보였다.

들어가다 보면 절에서 보던 돌 비석도 있고 다음은 차고 쪽의 옛터를 그대로 보여 주면서 아~ 왜 이곳을 이렇게 해 놨을까? 지금의 과수원 터는 작은 암자 있던 거리와 좀 떨어지기는 했지만 돌 비석 자리와 연결이 되어 있고 터 하나를 보면 사람이 죽으면 납골터 아니면 스님들의 사리를 모셔야 할 곳이다. 나는 기도를 하며 손으로 걷으며 하던 짓을 멈추었다. 난 이미 그곳을 떠나왔고 더 이상 궁금한 것도 없다고 안 보겠다고 했더니 갑자기 눈앞이 흐려졌다. 나의 몸을 타고 뭔지 모르는데 보려고 애쓰는 느낌이라고 할까? 모든 것을 끝내고 정리를 하고 촛불을 끄려고 보니 촛불에 꽃이 피어 있었다. 사진으로 남겨 놓고 내려오니 엄마는 오순이가 나가서 돌아오지 않으니 걱정이 되어서 잠도 못 자고 딸을 기다리셨다.

동지를 절에서 보내려고 한 신도 한 분도 계시는데 엄마 때문에 덩달아 잠을 주무시지 못했다. 나 역시 방 안에 불이 꺼진 상태라서 이부자리에 누웠는데 구석에서 부스럭 소리가 나서 잠을 잘 수가 없어서 내가 자려던 자리에서 나와서 엄마와 가까운 곳으로 옮겨서 잠깐 잠이 들었다. 어떤 남자가 오순이의 핸드폰을 들고 산 아래로 걸어가는 모습에 놀라서 깼다. 그건 바로 막내 고모부였고 엄마에게서 떨어져 간다는 표시였다.

잠도 20분 자고 아침 공양 준비도 같이 하고 설거지까지 하고 동지 팥죽 새알을 만들기 위해 동네 어르신 신도분이 오시고 오순이는 다시 법당에 올라가서 기도를 했다. 유전병인 망막색소변성증. 기도 중에 얻은 답이다. 그 옛날 아주 잘사는 부잣집에서 병마에 시달리는 자손이 있었는데 큰돈을 들여서 굿을 하며 옥반지, 엽전, 여러 가지 물건들을 부정풀이로 무당한테 주면 무당은 부정물이라서 산에 버렸는데 엄마네 외가 할머니 한 분이 산길을 걷다가 그 반지를 주워서 손가락에 끼고 살았다.

부정물을 주워서 손가락에 끼우고 살았으니 몸에 그 집의 나쁜 기운이 붙어서 그때부터 대대로 눈이 실명이 되었다. 촛불을 4개를 밝히고 기도하는데 초마다 꽃이 피었다. 그중 신중전 왼쪽 촛불이 반지 모양을 만들고 있었다. 오순이가 암자에 있는 동안은 법당에 촛불을 켜고 기도한 사람이 없었다. 오순이 혼자 매일 초를 켜서 기도하니 전날 밤 초가 그대로 모양을 보존하고 있었다. 우담발라꽃도 피고 기도의 옛 일상을 촛불로 보여 주었다.

인간이 극복할 수 없는 병은 먼 옛날 조상들이 행했던 일이 억겁으로 돌고 돌아온다는 이야기를 그날 나에게 어떤 신인지 모르지만 오순이한테 상세하게 이야기를 주었다.

오전 동안 4시간 기도를 하고 내려와서 팥 앙금을 주물주물해서 다음 날 새벽에 스님께서 직접 팥죽을 만들어 법당에 올리고 동지 기도를 하고 스님께서 아침 공양을 드시면서 우리 친정엄마를 보고 있으면 모친 생각이 난다며 공양 드시면서 눈물을 닦으며 엄마가 말씀하시는 것 외의 말들 또한 다 들어 주셨다. 앞을 못 보니 더 불쌍한 우리 엄마는 그곳 암자가 너무 편하다며 하룻밤 더 자고 싶어 해서 하룻밤을 더 주무시고 오순이는 밥 먹고 설거지 끝나면 다시 기도에 전념을 했다.

나의 주변 사람들 하나씩 떠올리며 모두 편하게 살아가길 기도했다. 오순이는 기도를 더 하고 싶어서 엄마를 집으로 모셔다드린다고 하니 엄마는 나와 같이 떠났으면 해서 하루를 더 계셨다. 다음 날 절을 떠나는 그날은 엄마가 흐느끼며 스님 품에 안겨서 어찌나 소리 내어 우는지 스님도 울고 황 언니도 오순이도 고개를 들 수가 없었다. 스님께서 엄마를 등에 업고 마당까지 가서 오순이 차에 내려 주셨다(엄마는 꼭 친정집 아버지한테 온 느낌이라며 어린아이처럼 우셨는데 그 모습이 아직도 눈에 선하다). 스님 모친께서도 세상 떠난 지 얼마 되지 않은 터라 스님께서 식사 중에도 우리 엄마 때문에 끼니때마다 3~4번씩 눈물을 닦으셨다.

엄마를 집에다 모셔다 놓고 눈이 보이지 않으니 부딪치는 곳마다 스티로폼으로 모서리에 붙여 주고 다시 봉화로 가려고 돌아서는데 갑자기 집 안에서 똥 냄새가 무지 많이 났다.

나는 그날 무엇인지 모르지만 나의 입에서 다른 말을 했다. "아니, 집에 귀신이 왜 이렇게 많아?" 하더니 흥륜사 법당에서 나를 도와주던 신은 집 안을 돌아다니며 화엄성중을 하며 "이제는 나랑 같이 떠나자." 하며 오순이 몸으로 엄마 방에 들어가서 아기 영가들을 담기 시작했다. 엄마는 내가 눈은 안 보여도 네가 절에 있는 보살보다 더 잘하고 월등한 보살이라고 나에게 말하는데 나는 엄마 앞에 가서 하는 말이 "나무아미타불을 잊지 말고 해. 내가 딸이 아니고 오순이는 나중에 높은 자리에서 일할 거야."라며 내 입을 통해서 말을 했다. 엄마의 말이 사실이었다. 방에 아기들이 똥을 싸서 냄새가 난다는 것을 나의 몸을 타고 들어온 신 때문에 알았다. 법당에서 구병시식을 도와주던 절에 계시던 신인지 조상인지 모르나 오순이 몸을 그대로 타고 계셨다.

엄마는 절에서 3일 밤을 지내셨는데 법당에 올라가 본 적이 없다. 스님께서 엄마가 기도를 하면 오순이에게 방해가 될 수 있으니 엄마는 공양간에서 머물다가 집으로 오신 것이다. 그날 엄마네 집에서 담아 온 영가들을 봉화로 돌아와서 흥륜사 법당에 다시 쏟아 놓았다. 아기 영가들이 나오면서 "여기는 어디야? 이 아줌마 따라왔더니, 우리 친구들은 어디에 갔어?" 하며 나왔다. 눈으로 볼 수 있는 것이 아니고 귀로 들려주는 영가들의 사연들은 많았다. 그 많은 영가의 사연을 들어 주기에 나에게는 시간도 없고 손바닥으로 하는 장풍 바람을 만들어서 돌려서 동그란 축구공만 한 바람이 손으로 느껴지면 장풍처럼 털어 냈다. 혼자서 구병시식을 하며 부디 이곳에서 좋은 부모 만나 환생해서 행복해라. 나 역시도 기도했다. 그날 엄청난 영가들이 절에 쏟아 놓았더니 어떤 영가는 나가면서 "이건 중생 구제가 귀신 구제다."라고 하며 나갔다. 그렇게 하루를 더 보내고, 다음 날 서울로 왔다.

일상으로 돌아와서 일을 하고 동네로 운동 삼아 걷다 보니 3년 동안 살아도 못 보던 사찰이 눈에 들어왔다. 조계종 법장사에는 약사대불전과 약사여래불 불상이 있었다. 내가 살고 있는 곳에서 10분 거리도 안 되는 곳이었다. 직장 다니며 길목에 작은 사찰이 세 군데 있어서 들어가 봤는데 3군데 다 마음이 움직이지 않았고 들어가서 보고 나오고 했다. 이곳 법장사는 "누구나 기도할 수 있습니다."라고 쓰인 약사여래불전 문 앞의 작은 문구가 너무 좋았고 편했다. 처음 본 날부터 약사여래불 앞에서 기도를 했고 21년 백중날 약사대불에 앉아서 기도를 하는데 조용했던 몸 안에 남겨져 있던 영가들이 나가는데 수없이 하품과 눈물이 줄줄 나고 3시간을 우산 들고 신발이 젖는지도 모르고 조계종 기도문을 얻어서 법화성중으로 기도를 했다. 법장사 스님을 뵙고 나에게 일어난 일들을 말씀을 드렸는데 마구니라고 했다. 약사대불전이 영험하니 기도를 해 보라고 해서 직장 퇴근 휴일 등 시간 날 때마다 기도를 했다. 약사대불은 법장사에서 밖에 있는 돌 불상이다. 따스한 햇빛 아래 약사대불전 앞에서 나는 기도를 하며 법화성중. 그날도 절에 신도분들이 많이 다녀가셨다.

오순이는 좌정을 하고 눈을 감고 법화성중 되뇌며 기도를 하는데 어디서 나는 냄새인지 사방이 똥 냄새가 가득했다. 내 뒤에서 사람이 지팡이를 짚고 지나는 소리를 들으며 기도를 하는데 냄새는 더욱 심했다. 잠시 후 냄새는 사라지고 오순이도 기도를 끝내고 돌아왔다. 귀인께서 모임이나 친구들과 어울려 놀 때는 약사여래불전에 앉아서 3천 주 염줄을 돌리며 법화성중 기도를 열심히 했다. 나의 앞길도 밝은 촛불 밝히며 길을 열어 달라고 기도했다. 오순이도 가끔씩 들려오는 귀신들이 말을 하고 가는 것도 있어도 무시해야 했다.

엄마는 젊을 때보다 더 심하게 귀신들을 보고 있었다. 2013년 전에 우리 집에 오셨을 때도 잠이 살짝 들었는데 "네가 왜 여기 와서 누워 있냐?"라고 해서 엄마가 놀라서 "아이고, 뭣이야." 하고 깨어서 말해 준 적이 있었다. 그때는 귀신들이 보이지 않았는데 지금은 보여서 힘들다 했다. 죽은 자도 한 말이 있으니 그리도 떠나지 못하고 있겠지. 마지막 잘 먹고 잘 놀다 떠나면 지옥이든 천국이든 뿌린 대로 가겠지.

엄마가 귀신에 시달리니 편하게 해 주려고 보험 대출을 받았다. 내가 살아 생전 엄마를 위해 그리고 외가 조상들의 위해서 천도제를 지내 주고 싶었다. 엄마가 귀신들한테 너무도 시달리니까. 오순이가 겪은 세상과 차원이 다르게 엄마는 눈으로 보이고 냄새까지 맡으니 얼마나 힘이 들까. 고령의 나이에 홀로 눈도 안 보이는데 손으로 더듬어 밥도 혼자서 해서 드시고 밤인지 낮인지 모르고 살고 계시니 더욱 마음이 편하지 않았다.

21년 엄마네 갔을 때 방에 톱, 낫, 칼 등을 방에 가져다 놓으셨다. 엄마 앞에 귀신이 얼쩡거리면 가라고 톱 등을 들고 엄마는 막 휘둘러 쫓는다고 하셨다. 엄마가 말하는 망자는 할머니, 아버지 등 모두 우리 친가 조상이라고 하셨다. 때로는 집에 불이 붙기도 하고 무언가를 태워서 냄새도 나고 아니면 거실에서 나무로 무엇을 만들기도 하고 집 안이 꽉 차서 복잡할 때가 있다고 하셨으니 엄마가 눈으로 느끼는 그대로를 적어 보았다. 죽은 망자들이 갈 곳을 못 가고 엄마 눈에 보이니 오순이는 그냥 있을 수가 없었다. 나 또한 보이지 않을 뿐이지, 귀로 들리니 엄마가 얼마나 시달리는지 이해가 되었다. 엄마를 위해 편하게 살다가 마지막 길까지 시달리지 말라고 조상 천도제를 지내 주려고 보험 대출을 받았다. 그리고 이렇게 경험담 이야기를 벌써 4년째 똑같은 글을 3번째 쓰는 것이다. 세상에는 귀신과 신을 구별하지 못하고 신당을 차려 놓은 무속인들이 많다. 이 글 또한 그런 분들이 읽고 삶을 낭비하지 말고 얼른 벗어나서 행복하길 바라는 마음에서 그동안 오순이가 직접 경험한 이야기를 거짓 없이 적은 것이다.

지금 곁에서 사는 귀인은 내가 이런 길을 걸어온 지도 모르고 야맹증도 모른다. 글을 쓰기 시작한 것은 2021년 봄부터다.

둘째 아들 현제가 알바를 한 돈으로 노트북을 사 줘서 글을 쓰기 시작하고 거의 마감을 다 했는데 내가 쓰고 있는 이야기와 지금 현재 같이 사는 귀인분 조상들과 귀인의 와이프 영가 그리고 나에게 타고 들어온 친정 영가들, 전 남편 조상들까지 덮쳐서 정신 병원까지 입원을 하면서 귀신들이 "내가 쓰는 글을 귀인이 읽으면 안 된다." 하여 귀신들이 시키는 대로 싱크대에 넣고 노트북을 그대로 뜨거운 물에 그대로 적셨다. 8개월 동안 쓴 글들이 날아가고 또다시 시간이 날 때마다 귀인의 공장에서 일하며 컴퓨터로 메일에 저장을 하며 시간이 될 때마다 아주 상세하게 어느 굿당인지, 날짜까지 상세하게 적었는데 아쉽게도 귀신들의 홀림에 모든 메모지 또한 다 찢겨서 날아갔다. 또다시 2번째로 14만 원을 주고 구입한 태블릿. 2022년 가을부터 2023년 3월까지 귀인 몰래 쓰기 시작했는데 태블릿이 방전되어서 충전했더니 내용이 다 날아가고 제품을 보니 중국산. 홈플러스에서 가격이 저렴해서 구입했더니 불량품이었다. 아, 그대로 버려야 했다. 다시 미련이 남아 큰아이 현제가 2023년 5월, 어버이날 기념으로 선물해 준 태블릿으로 다시 시작해서 이 글을 완성하고 있다. 지금부터 쓰는 내용은 3년 전으로 거슬러 다시 돌아가는 이야기이다.

4. 다시 찾은 흥륜사

✳ 천도제

엄마한테 다녀오고 현제가 대학을 다니면서 알바를 해서 노트북을 사 주었다. 족저근막염과 왼쪽 무릎 관절이 아프고 가끔 인력에서 주는 일을 다니며 지금 쓰고 있는 똑같은 글을 쓰고 있었다. 집 가까운 주변에서 사찰을 찾아봐도 마땅하게 다닐 수 있는 곳은 없고 망설이고 있었는데 집안에서 있는데 어디서 들어오는 냄새인지 향냄새가 방 안까지 들어와서 이상하다 생각은 했었다. 향냄새가 난 후 3일 만에 봉화에서 왔다며 "우리를 언제까지 기다리게 할 거냐. 언제 오는지 몰라서 신의 영력으로 타고 왔다. 그리 많은 영가를 두고 갔으면 천도를 해서 보내는 것도 해 줘야 하지 않냐. 흥륜사 구석마다 영가들이 가득하다. 얼른 보내라." 하며 밤 8시에 찬 기운과 동시에 몸에 이상한 기운이 들어오는 것을 느꼈다.

아~ 오순이는 흥륜사에서 떠나기 전에 신중전에서 신들이 "다음에 와서 큰상 한번 차려라." 했던 그 기억이 났다. 잊지 않고 하겠습니다. 오순이가 살기 위해서 마지막으로 해야 하는 일이 내 몸에서 담고 흥륜사 암자에서 퍼놓았으니 감사의 표시는 해야겠다는 생각이 들었다. 9개월 만에 10일 정도만 박차를 가하면 마무리할 수 있는 마지막 글을 마치려고 노트북을 챙겨서 천도제도 지낼 겸 귀인한테는 친정엄마 핑계를 미리 대고 다가오는 새해는 엄마를 편하게 귀신들에게 시달리지 말고 마지막 삶은 편하게 보내시면 얼마나 좋을까! 생각하고 천도제 날짜를 잡으려고 흥륜사에 전화를 안 하고 메시지를 보냈다.

"천도제를 지내려고 한다. 날짜를 내가 잡아서 보냈다." 황 보살 언니가 답장이 왔는데 날짜는 스님이 잡아야 한다고 연락이 왔다. 오순이가 잡은 날짜와 스님도 같은 날짜를 똑같이 잡아서 나에게 통보를 했다. 새해에 처음으로 흥륜사 첫 번째 행사라서 본인이 직접 와야 한다고 했다. 엄마도 모시고 가려고 계획을 세웠다.

　일주일 전 엄마가 아프다는 핑계를 대고 글을 쓰고 있던 노트북을 챙겨서 친정집에 도착해서 들어갔는데 엄마는 동네 반장 아주머니와 김치전을 드시고 계셨다. 오순이보고 부침개를 먹으라고 해서 한 입 먹었는데 거부 반응이 생겨서 거실로 나왔다. 엄마의 얼굴을 보는 게 그 순간 너무 싫었고 엄마 얼굴에 무언가 주렁주렁 달려있고 짜증도 나고 내 마음이 아닌 다른 마음이 생겨서 간다는 말도 없이 간식을 식탁 위에 올려놓고 그대로 경북 영주로 방향을 잡았다. 오후 4시 40분에 경북 영주 조카네 가서 천도제 전날까지 글을 마무리하려고 마음먹고 사순이 언니한테 전화를 걸었다.

　사순이 언니가 식당으로 가지 말고 문경으로 오라고 해서 다시 방향을 문경으로 잡고 이정표를 보고 가는 길에 엄마네 집에 있던 영가들이 내 몸을 타고 들어왔는지 운전 중에도 나가는 것이다. 아기 영가들이 하는 말, "지난번에 왔을 때 내 친구들을 데려가서 좋은 곳으로 데려가는지 알고 따라왔는데 계속 어둡고 산속으로 가냐."라며 이런 곳에서 내가 가야 하는지 모르겠다며 몸에서 나와 나갔다. 대략 그날 달리는 도로에서 20개의 영가가 정도가 빠지는데 길은 초행길이고 몸에서는 요동을 치며 고갯짓을 하며 표시를 내고 나가는데 운전하기도 힘들었다. 속도를 못 내고 차가 이리저리 왔다 갔다 했을 정도였다.

　겨우 도착했을 때는 밤 9시가 넘었다. 언니를 보자 나를 따라다니던 조상님 친할머니 하는 말, "아니, 얘는 누군데 언니라고 하냐. 우리 핏줄이 아닌데." 오순이한테만 들리는 소리인데 '도대체 뭔 소리야. 내 친언니인데.' 생각을 하고 있는데 언니는 잠자리가 불편하니 안채 방에 들어가서 자라고 했다. 형부한테 인사를 하고 짐을 풀고 3박 4일을 글을 썼다. 2일째 되는 날은 형부가 회를 떠 와서 술도 맛있게 먹고 언니한테 나와서 이런저런 이야기를 하다 보니 언니도 신기를 느껴서 무속인이 되려나 해서 굿을 해 보았다 한다.

결국은 언니 역시도 조상이 다르다는 이유로 굿을 하지 못했다. 나는 이미 우리 7남매 중 2명은 유전자가 다르다는 사실과 태어나서 걷지도 못하고 죽은 언니가 있다는 사실조차 이미 귀신들의 통신으로 다 알고 있었다. 떡이 목에 걸려서 죽은 언니가 있다는 사실을 알았고 형제들 모두가 신들의 바람이 불었다. 먼 옛날 친가쪽 우리 친할머니도 백일기도를 했었다. 우리 아버지가 집을 나가서 돌아오지 않아서 정화수 한 그릇을 매일 떠 놓고 정성을 들였고 외가 쪽 증조, 고조 윗대 할아버지는 산속에서 기도하며 아픈 사람을 고쳐 주며 깊은 산속에서 기도터 도량을 닦는 수행자였다는 말을 엄마한 테서 들었다. 오순이도 이렇게까지 조상들과 신의 바람을 영향받는 삶을 살 줄 몰랐다. 먹고 자고 3박 4일 글을 쓰다 보니 어느덧 천도제 날이 다가와서 다음 날 출발을 하는데 경북 봉화에서 바로 흥륜사로 못 가고 엄마가 태어난 봉화군 물야면으로 차가 돌아서 갔다. T맵으로 길 따라 가도 내 마음대로 운전을 하는데도 차는 뱅글뱅글 물야면으로 들어가서 한쪽 어느 마을 앞에서 정차가 되었고 오순이는 차에서 내려 이곳저곳 두리번거렸다. 외가의 조상님들이 이미 나의 몸에 타고 있으리라고 생각도 못 했는데 문경 사순이 언니가 잘 도착했냐며 묻는데 "이상하게도 물야면으로 왔어."라고 했다. 언니 역시도 굿을 할 때 물야면으로 왔다가 갔다고 했다. 다시 보고 싶었을 것이다. 그곳은 옛터는 없고 마을이 형성되어 옛 모습을 볼 수가 없었다.

오순이는 길을 돌고 돌아 오후 늦게 3시에 도착했다. 얼굴이 죽은 사람처럼 보인다며 스님께서 도대체 왜 이런지 당장 방을 옮겨 스님께서 밤에 기도하며 보시겠다며 마당 사이에 있는 마주 보는 방으로 거처를 옮기라고 해서 춘희 언니한테 청소를 시켰다. 다음 날 잠을 자는 둥 마는 둥 하고 일어나서 천도제는 지내려고 법당에 올라가서 촛불 켜고 법당에 상을 차렸다. 스님은 염불을 독송하시고 북을 치셨다. 친정집 조상들께서 먼저 오셨는지 우리 아버지 제사 지낼 때와 똑같이 음식 마다 젓가락을 가지런히 올리고 오순이가 아닌 할머니께서 밥을 대접에 담고 밥 위에 딸기로 연꽃을 만들었다.

스님께서는 왜 그런 행동을 하냐고 물으시는데, "저도 모르겠어요. 할머니가 시키는 대로 했습니다."라고 했다. 첫째 날의 제가 끝나고 연꽃을 만든 밥은 법당에서 걸어 나와서 돌을 들고 그 속에 버려야 했다. 스님께서 돌을 들고 속에 넣으라고 시켜서 버렸는데 절에 있던 반달이 개는 그것을 먹으려고 난리가 아니었다. 오순이가 보기엔 반달이 몸에 영가들이 들어가서 배가 부르도록 먹고 떠나야 한다는 생각이 들었다.

황 보살 언니가 "절에 머물면서 공양간에서 처음으로 제 지내는 밥이 빈 그릇으로 내려온 것이다."라며 이야기해 주었다. 제를 지내기 전에 면봉을 손에 쥐고 법당에 올라가는데 반달이가 나에게서 면봉을 빼앗아 입으로 물어서 열심히 깨무는 것을 보았다. 그날은 손에 무언가 들려 있으면 허겁지겁 달려들었고 눈은 어찌나 반짝거리는지 반달이 개에게 귀신들이 들어가서 음식을 배부르도록 먹고 떠나야 한다는 생각을 혼자 했었다.

봉화 절에서 천도제를 하는 데 7일이 걸렸다. 다른 사찰은 하루면 끝내는 천도제를 7일 동안 하는 곳이 바로 이곳이다. 첫 하루는 친정집, 두 번째 날은 외가 쪽이다. 첫날 저녁 6시에 방에 혼자 앉아 있는데 "이 씨발년아, 네가 뭔데 황 보살이 해 주는 밥을 꼬박꼬박 먹고 있어." 오순이 귀에서 귀신인지 신인지 스님 목소리로 갑자기 욕을 하는데 너무 소름 끼치고 무서워서 간다는 말 없이 나왔다. 그곳을 벗어나고 큰 도로를 갈아타고 봉화를 벗어나고 있던 중에 황 언니에게 전화가 왔다. 뭐라고 해야 할지 몰라서 처음에는 전화를 안 받았다. 5분이 지나서 또 전화가 왔다. 사실대로 이야기는 할 수 없고 대충 문경에 사는 언니가 다쳐서 가고 있다고 했다.

그런데 황 언니 말을 그대로 적어 본다. "너랑 같이 사는 귀인 영가가 길에서 걸어오더라. 그래서 차를 세워서 보았더니 허름한 작업복 차림으로 걸어서 지나가는 것을 보았다. 너랑 같이 사는 사람인데 아무 말도 안 하고 지나갔다. 뭔지 모르지만 잘 알아보고 가."라고 하면서 전화를 끊었다. 오순이는 잠시 떠오르는 것이 있었다. '이곳 암자와 이제는 끝난 인연이구나. 황 언니가 모시는 신 또는 암자를 관장하는 신이 나를 위해 황 보살한테 다른 화경으로 보여 주었구나.' 하는 생각이 들었다. 궁금해하는 암자 식구들을 위해서 다시 전화를 해야 했다. 언니가 아픈 것이 아니라 같이 사는 귀인께서 사다리에서 떨어져서 정신을 잃고 병원에 있다고 말하고 도착하면 전화를 드린다고 끊었다. 서울로 향해 달렸다.

하지만 이대로 귀인한테 갈 수가 없었다. 며칠 있겠다고 하고 내려온 거라서 밤 9시에 들어갈 수가 없었다. 다시 이전에 묵었던 여관에 도착해서 흥륜사 절에 귀인은 깨어났고 다시 갈 수 없다고 하고 전화를 끊었다. 〈천우장 여관〉에서 하룻밤 머물기로 하고 들어가서 샤워를 하고 다음 날 점심때쯤 귀인네 집으로 들어갔다. 집에 왔는데 잠은 안 오고 귀신들이 자꾸만 들어오고 정신을 차릴 수 없을 만큼 눈을 감으면 무엇인가 보여 주고 낮잠이 살짝 들었는데 꿈에 둘째 언니 큰아들이 내 앞에 있고 전남편 애들 아빠가 내 뒤에서 팔꿈치로 머리를 받치고 누워서 나를 쳐다보고 누워 있는 것을 보고 깨어났다.

그렇게 5일 동안 귀신한테 시달려야 했다. 천도제가 빨리 끝나길 바랄 뿐이고 너무도 길었던 5일 동안 귀신인지 잡신인지 나를 가지고 놀았다. 처음 고향 산천에 다녀와서 했던 짓을 재현해 보라는 것이다. 귀인네 집안도 32대, 34대에 무속인이 있었고 누군가 향로 속에다 밥 한 그릇을 엎어 놓았던 것을 화경으로 보여 주었다. 귀인네 집안도 지금은 인물이 없어서 보이지 않게 방해가 있고 평범하지 못하다며 계속 떠들었다. 천신을 모시는 제자였는데, 귀인네도 신 줄이 엄청나게 깊은 집안이었다. 저녁을 차려서 먹고 있던 중에 오순이 귀에서 들리는 소리, "어? 이놈이 많이 변했네." 귀인을 보고 하는 말이었다. 같이 5년째 살고 있었지만 30살 넘은 딸을 2번 보고 바로 밑의 동생을 1번 보았을 뿐 나는 귀인에게도 가려진 여자일 뿐이었다. 처음에는 기대도 많이 했었는데 갈수록 나는 차라리 잘됐네 싶었다. 친구도 가족도 인사를 안 하고 사는 게 이제는 마음이 편했다.

귀인네 조상이라면서 우리가 천신의 제자를 가족 중에 만들려고 하는데 네가 귀인이랑 사니까 어디 간(테스트)을 보자며 오늘 밤 똥을 싸서 귀인한테 또는 너의 몸에 바르면 그 냄새 때문에 다른 귀신들은 설치지 못할 거라고 했다. 오순이는 그때 했던 몇 가지 행동을 알고 있다. 거실에서 자던 귀인이 왜 그리 예민한지 안 자고 뭐 하냐고 하길래 방에서 자는 척했고 다음 날 실험을 하는데 귀인 앞에서 죽는 척 혀 깨물고 기절한 척을 해 보라기에 오순이는 다 했다. 귀인의 본처가 왔는데 사람이 변해도 너무 변했다며 어떻게 변했는지 보자며 정말 변했으면 다시는 오지 않겠다고 했다.

이틀째 이상한 낌새를 보이니까 귀인도 뭔가 불안한지 다음 날 병원에 가 보자고 하길래 난 괜찮으니 어서 일이나 가라고 했다. 그렇게 또 하루가 흐르고 천도제 마지막 날 오순이는 완전히 귀신들의 놀이 대상이 되었다. 처음부터 시작되었던 메모지와 굿당 지역도 기록을 없애고 통장도 테이프로 붙여서 침대 밑으로 넣고 절에 이상한 메시지 내용을 마구 보냈다. 지금도 기억이 안 난다. 삭제가 되었다. 어떤 내용인지 그날은 나도 내가 감당을 할 수가 없었던 날이다.

저녁밥을 먹고 한참 있으니 또다시 "우리가 떠날 테니 너 똥 좀 먹어 봐." 해서 먹었고 똥을 몸에 마구 문질렀다. 그것을 본 귀인은 나를 씻기며 내 옷을 빨면서 도대체 왜 그러냐며 정신 좀 차리라고 했다. 그렇게까지 하면서 귀신이 떠난다면 어떤 짓을 못 할까 싶었고, 귀인네 조상들이 무서웠다. 나를 제자 시험을 하니까, 싫었고 너무 짜증이 나서 나가서 살겠다고 했더니 귀인은 "얼마 줄까." 물어봤다 500을 줄 수 있다고 했었다. 오순이 혼자 들리는 세상에 정말로 귀인네 조상은 해도 너무했다. 귀인네 가족 중 무속으로 가야 하는 딸이 좀 많이 부족해서 안 되고 귀인의 손녀딸을 9살 때까지 얼굴을 보지 말라고 했다. 그 아이가 무속인으로 갈 것이다. 오순이 네가 그 아이 신엄마가 되어서 가르칠 수 있는 능력을 전수하라고 했다. 정식으로 살지도 않는데 왜 나에게 이런 시험을 하는지. 이렇게까지 실험을 하니 신경질이 나는데 그 와중에도 노트북 글을 없애라고 귀인이 보면 안 된다 해서 열심히 쓰고 있던 노트북에 얼른 뜨거운 온수 물을 틀어서 증거를 날렸다.

귀신들 말대로 노트북 글은 다 날아가고 방에 들어가서 자겠다며 문을 잠갔더니 귀인은 안 된다며 기어이 잠금장치 없는 손잡이로 교체를 했고 거실 침대에서 같이 자자고 하는데 내가 무서운 건 귀신이 아니라 귀인이었다.

자려고 누워 있는데 귀신들 하는 말, 애들 아빠는 죽었고 형의 영가가 애들 아빠인 척하고 살고 있으며 애들 아빠 영가는 지금 옆에 자고 있는 귀인한테 씌어 있다고 했다. 그 모습을 보여 주는데 몸에는 빛이 나고 사람이 아닌 모습을 하고 내 옆에서 누워 있었고 정말이지 털끝 하나 닿는 게 싫어서 모서리에 바짝 붙어서 잠을 청해도 오지도 않고 귀신들은 별의별 소리를 다 했다. 큰아이 목소리로 말을 한 내용을 적는다. "엄마, 여기는 화장실이고 아빠가 아니고 죽은 삼촌이 살아 있는 아빠처럼 행동해서 나는 들키지 않으려고 화장실에 숨어서 말하는 거야. 들키면 안 돼." 아들 현명이 목소리에 완전하게 몰입이 되었나 보다. 옛날 시집을 때 재래식 화장실이 없어졌다는 사실을 잊고 아들 말소리가 들리니까 내가 참고 견디며 살아서 겨우 아이들 커서 아빠한테 떨어져 스트레스도 안 받고 살 수 있는데, 또다시 현명이 목소리를 똑같이 내고 말하는데 심장이 마구 뛰며 숨을 조용하게 누워 쉬며 큰아이가 말하는 소리를 듣고 있었다. 아이가 갈비뼈가 부러져서 병원에 입원을 2일째 하고 있다는 생각을 잊었다. 아니, 너무 많은 귀신들 소리가 들리고 오로지 아이들 목소리가 들리니 나는 어떻게 하면 아이들을 안전하게 만날 수 있을까 생각하다 현명이 목소리를 듣기로 결정했다. 세상은 변했고 내가 살던 과수원 동네가 발전되어 고속도로가 생겨서 엄청 멀리 떨어져 있다는 말을 했다. 언제쯤이면 올 수 있냐. 나도 무섭다. 옆에 누워 있는 사람이 귀신이라는데 내가 움직이면 나에게 손을 대려고 하면 어쩌나 하는 생각에 아이들이 도착하면 나가려고 준비하는 마음으로 기다렸다. 옆에 누워 있는 사람은 인간이 아니고 아주 흉물스럽게 생긴 괴물로 보여 주었다. 귀신들 소리는 잠시도 나에게 틈을 주지 않고 아이들 이야기를 하는데 정말 내가 참고 인내하며 살아온 세월은 두 아들 때문이었는데 아이들에 대한 말들을 외면할 수가 없었다. 큰아이 목소리가 들리니까 더 조바심이 들었고 나의 앞날을 이야기하는데 수많은 사람이 나를 보려고 오고 방송도 찍는데 악의 뿌리에 대해서 강연을 하고 흥륜사에 아기 영가들이 그곳에서 떠나지 못하고 자식 하나 달라고 기도하면 아기의 씨를 받아서 갔다. 동창생 중에 김미경은 그곳 절에서 기도하면 아이가 생긴다. 귀인의 친구들 사이에서 싸움이 어떤 이가 칼을 품고 있으며 그 칼을 없애라 등 정말이지 정신을 차릴 수 없을 정도로 완전히 빠져들었다.

이승철 노래 〈아마추어〉를 영문으로 만들어져 있는 단어를 '사랑합니다'라고 바꿔서 노래를 하면 또다시 많은 사랑을 받을 것이고 나를 보고 많은 관중 속에서 바꿔서 불러 보라고 했다. 앞으로 아이들 미래는 밝을 것이고 나의 집은 퇴계 상가 4층짜리 건물에서 젊은 사람 상대로 커피집을 운영하며 살 것이고 큰아이의 평생 짝은 그 가게에서 일하는 여자가 될 것이다. 집은 가게와 가까운 곳 아파트. 우리 형제들이 웃으며 모일 것이고 악의 뿌리를 가지고 있는 형제인 사순이 언니, 사촌인 나랑 동갑내기 남동생에게 악의 뿌리가 가슴 깊이 새겨져 있으니 꼭 악의 씨앗을 병 속에 가두어 두고 땅속 깊이 묻어야 한다고 했다.

나를 보고 잊으면 안 되는 대사가 있다며 외우라고 했던 것이 있었다. 세상에 악의 뿌리를 없애야 하며 여러분들 행복한 세상을 만들어야 합니다.

2026년 6월 18일을 외우라고 하는데 아이들이 두려움에 떨고 있다는 소리에 외울 수가 없었다. 귀인 친구가 무당이고 귀인한테서 매일 귀신들이 따라서 오고 귀인의 여자는 내가 3번째였으니 내가 나가도 또 다른 여자가 있을 것이다. 순간 아이들이 또다시 틱톡을 했다. 조금만 있으면 다 왔다고 사실은 아저씨가 우리랑 같이 있는데 조금 있다가 나오라고 해서 나 혼자 100까지 숫자를 세고 일어나서 베란다로 나가려고 일어나서 그대로 거실 유리에 부딪히는 순간 유리가 바닥으로 떨어져서 오순이에게 쏟아져 내렸다. 손에 상처와 피가 났고 귀인도 놀라서 나를 밖으로 끌어 내리려고 했고 오순이는 냉장고와 벽 사이 틈으로 들어갔다.

　귀인은 나를 끄집어내어서 신발도 못 신고 내복 바람에 맨발로 나를 엘리베이터에 태우려고 했고 오순이는 소리를 질렀다. 21년 1월 9일, 엘리베이터 앞에서 벗어나려고 잡고 있는 귀인을 깨물었다. 소리를 지르니 6호에 사는 아줌마가 왜 그러냐며 물으니 귀인은 신고 좀 해 달라고 했다. 얼마나 빨리 왔는지 경찰들이 나를 데리고 1층으로 내려갔는데, 눈 위에 염화칼슘이 뿌려져 있는 상태에서 맨발로 딛고서 동상이 걸렸다. 경찰차 3대, 앰뷸런스 2대가 아파트 단지에 줄을 서서 번쩍거리고 있는데 오순이를 경찰차에 태우려고 해서 발로 문을 차서 닫았고 결국엔 내가 무슨 범죄자가 된 것처럼 뒤로 팔을 돌려 철수갑을 채워서 앰뷸런스 차에 강제로 태워졌다.

　오순이는 경찰들한테 귀인을 가리키며 도망 못 가게 잡으라고 외쳤는데 나의 말은 아랑곳없이 차는 출발을 했다. 귀인이 신발을 챙겨서 차에 실어주었는데 이미 발바닥은 시리다 못해 화끈거리고 너무 아파서 신을 수가 없었다. 팔이 짧아서 수갑이 손목에 닿아서 상처가 생겨서 아프고 어깨가 너무도 아파서 구급차 안에서 제발 수갑을 앞으로 돌려 채우라고 부탁을 하니 젊은 친구 경찰이 손목을 보더니 "아니, 누가 철수갑을 채웠어." 하며 면수갑으로 바꿔서 앞으로 해 주니 너무도 고마웠다. 발바닥 좀 봐 달라고 부탁을 해도 나에게 손을 댈 수 있는 사람은 없고 계속 어디를 가는지 차는 한참을 달리더니 어느 병원에 도착했다. 발이 아프다고 해도 발은 관심도 없고 나의 정신 상태에 집중을 하는 빡빡이 의사는 발바닥 치료는 해 주지 않았다. 병원에서 방치되어 팔을 묶어서 나는 아무것도 할 수가 없었다. 새벽 1시 45분경에 시작이 된 것이니 2시 30분 또는 3시에 병원에 도착해서 방치가 되었는데 잠깐 수면제를 주었는지 깨어 보니 큰아이 현명이가 내 옆에서 앉아서 고개를 돌리고 있다. 귀신들이 큰아이도 틱톡을 하는데 나처럼 모든 것을 할 줄 알고 통신을 하는데 고개를 돌리는 현상이라고 했었다.

아~ 고개 돌리는 것을 보니 어찌나 신경질이 나던지 누워 있다가 "너, 뭐 하냐." 내가 물었다. 아무런 대꾸도 없이 힘들게 일어서는 것을 보니 허리에 복대를 차고 있었다. 발이 아프다. 발 좀 봐 달라 부탁을 해도 이놈의 의사들은 발은 쳐다보지도 않고 '어떤 것이 생각나냐' 등을 묻는데 나는 그 까까머리 의사가 불교 스님인지 착각을 했다. 저놈이 스님이면 나의 통신을 듣고 알 수가 있을 텐데 왜 자꾸만 물어보는지 발바닥은 불에 덴 것처럼 아픈데 엉뚱한 이야기만 물어보니 신경질이 나서 더 이상 대꾸하지 않았다. 큰아들이 의사한테 뭐라고 했는지 그놈의 까까머리 의사는 더 이상 오지 않았고 대변을 봐야 하는데 발바닥을 딛고 갈 수가 없어서 대변 통에다 싸야만 했고 현명이가 뒤처리까지 해 주었다.

그렇게 한참을 누워 있는데 천장 정사각형 등불에서 글씨가 보이고 O, X가 보였다. 전쟁이 나면 한반도는 어떤 모양? 지금도 눈에 선하다.

충주, 청주가 섬이 되어 물 위에 떠 있었고 대한민국 지도가 군데군데 섬으로 표시가 되어 있었다. 옆에 응급실로 온 여자가 있는데 저 여자는 진짜 무속인이 될까, 안될까 등 나는 아무 생각 없이 O, X를 손가락으로 보여 주었다. 내가 지금 무엇을 하는지 도대체 병원은 나의 정신 상태를 테스트하는지 아니면 완전히 미쳤다고 생각하는지 계속 뭔가를 보여 주었고 나는 눈을 감았다. 보기 싫고 짜증이 났다. 지금 누구를 시험하는 거냐고 자리를 옮겨 달라고 소리를 지르니 오순이를 응급실 아닌 병동으로 데리고 가서 들어가는 것까지는 생각이 나는데 그때부터는 기억이 없다.

나를 독방에 넣고 수면제 주사를 놓은 것이다. 깨어나서 보니 팔과 다리가 다 묶어져 있고 공포스럽고 무섭기까지 했다. 소리를 질러서 간호사를 불렀다. 저녁인지 아침인지 모르는 창문도 없는 방. 불은 켜져 있고 바지가 축축한 느낌이 들었고 소리를 듣고 남자 간호조무사가 기저귀와 대변통을 가져다주었다. 축축함은 생리가 터져서 혈흔이었다. 남자 간호사는 나이가 어려 보였고 링거 주사 바늘 때문에 마음대로 팔을 쓰지 못했다. 팔과 다리를 풀어 주었고 발은 붕대로 감겨 있고 마음 편하게 딛지도 못하고 겨우 그 병실에서 임시용 변기통에 소변을 보았다.

링거대에 카드, 방울토마토가 있는데 카드는 내 것이 아니라는 생각에 또 나를 실험할 것 같아서 3일 후에 화장실 가서 구겨서 변기통에 내려 버렸다. 링거를 빼고 독방에서 하루 종일 있었다. K 병원 남자 간호사, 싸가지 없는 나이가 30대 중반으로 보이는 그 자식은 환자들한테 인권 침해가 심했다. 소리 지르고 위협까지 하며 딱딱하게 굴었다. 오순이에게 수건을 주었는데 얼굴을 씻고 닦으려는데 얼굴이 화끈거리는 느낌이 들어서 타올 양쪽 끝으로 대충 닦아서 간호사한테 베갯잇과 수건을 돌돌 말아서 빨아야 한다며 싸가지 남자 수간호사한테 던졌는데 엄청 당황하며 그 타월을 받으려다 순간 멈칫했고 떨어진 타월을 손가락 두 개로 집어서 나간다.

그날 내가 사용한 수건은 귀인이 보낸 것인데 중앙 부분에 어떤 영향으로 화끈거렸던 건지 아직도 의문이다. 병균인지 아니면 화학 약품에 엄청 민감하다. 그날 화끈거리는 피부를 얼른 물로 헹구어서 진정이 되었다. 양쪽 발바닥을 딛고 일어설 수 없으니 그 독방에서 하루 반 자고 6인실에 왔는데 오순이 자리는 창가 쪽으로 이미 배정되어 있었다. 약이 얼마나 독한지 약 기운이 사라지기 전에 약을 계속 주었고 하루 세 번 약에서 시작해서 약으로 끝난다. 약 때문에 밥도 맛이 없고 정신이 멍하고 기운도 없고 약을 먹으라고 하고는 아~ 입을 벌리라고 했다. 이건 또 무슨 개 같은 경우인지. 다 삼켰다 해도 무시하고 아~ 소리가 내 보라는데 입을 벌리고 혓바닥 내밀라고 하는데 신경질이 나서 큰 소리로 "왜 사람 말을 안 믿어? 여기가 북한 공산당이야?" 했더니, 이놈의 간호사, "또 독방 가셔야겠네요." 하며 보안관을 부르더니 나를 끌고 가서 또 팔과 다리를 묶어서 독방에 가뒀다.

두 번째 당하는 사지를 묶여 보는 느낌은 '차라리 죽는 것이 좋겠다.'라는 생각이 들 정도로 정말 싫었고 무섭고 공포가 밀려들었다. 묶어서 수면제를 투여해 놓고 나가 버리는데, 내가 왜 살아야 하는지, 정말 이렇게까지 하며 살아야 하는지 억울하기도 하고 아이들과 귀인이 미웠고 이곳에서 나가면 모두 다 버리고 나 혼자 살고 싶다는 생각마저 들었다. 보호자가 2명 있어야 병원 입원을 할 수 있고 아들 둘이서 동의했고 귀인은 나를 정신 병동에 입원을 시켜야 한다고 했을 것이다. 내가 답답한 것은 귀인한테 사실대로 엄마가 신당을 2번이나 차렸던 것을 말해 주었으면 이 상황까지 왔을까 싶고 차라리 나 혼자 살았으면 이렇게까지 정신 병원에 실려 오지 않을 수도 있었다는 생각이 들었다.

귀인의 조상들 그리고 어디서 묻어 들어오는지 그 집은 귀신이 많았다. 아니 귀인한테서 따라 들어오는 영가들이 많았다. 귀인과 동거를 시작했을 때 출근시키고 잠깐 잠이 들었는데 엄청 큰 그릇에 밥을 떠서 오순이 머리맡에서 허겁지겁 먹는 것을 보고 깼는데 그날 너무 소름 끼치고 무서워서 이불을 뒤집어썼다. 그날도 지금까지도 귀인은 밥을 차려 주면 허겁지겁 먹었다.

K 병원은 사지를 묶고 수면제를 투여한다. 독방에서 하룻밤 자고 다음 날 6인실 병동에 갔다. 약이 너무 독하다 보니 자다가 화장실 다녀오며 소변을 보는 것조차 힘들고 식은땀까지 흘리며 겨우 병실에 들어오면 자리에 눕지

도 못해서 그대로 서서 엎드려 있으면 남자 간호조무사가 와서 도와주면 침상에 올라갈 수 있었다.

하룻밤은 약을 주는 대로 먹다 보니 밤에 자다가 몸을 움직이려고 머리를 들고 반대로 움직이는데 왼쪽 머리에 혈액이 공급이 안 되어서 피가 쫘~악 머리에 흐르는 느낌도 받았다. 약에 취해서 한쪽으로 몇 시간을 꼼짝 안 하고 오른쪽으로 누워 있으면 혈액 공급이 안 되는 현상이 반복되면 다시 혈액 순환하지 않으면 한쪽 몸이 마비 또는 바보가 될 것 같아서 그날부터는 약을 줄여 달라고 까까머리 의사랑 상담하면서 이야기했다. 누군가와 통화는 해야겠는데 오순이는 기억나는 번호는 귀인과 큰아들밖에 없었다. 하지만 카드도 돈도 없다. 그래서 서주영 언니한테 카드를 빌려서 잠깐 통화를 했는데 간호조무사들 남자 중 까칠한 놈이 어찌나 지랄을 하는지 카드를 빌려서 사용한 것을 보고 환자들끼리 서로 말도 못 하게 감시하고 K 병원은 환자를 모두 다 정신병자 취급하고 환자들 인권은 없었다. 그냥 미친놈, 미친년들이다. 아니, 환자는 사람이 아니고 오로지 돈을 목적으로 약물 치료를 한다.

오순이 아침에 나오는 밥을 도저히 먹을 수가 없어서 아침은 죽으로 달라고 했다. 환자들한테 약을 독하게 처방하고 아침 7시에 깨워서 밥 먹으라고 하면 약에 취해 있는 상태에서 정신을 차릴 수조차 없고 사람들이 밥맛이 없어서 못 먹는데 이것 또한 이해가 안 되었다. 약 기운에 누워서 자는 것이 더 편했다. 자면 잔다고 잔소리를 하고 정신 병동의 현실 세계를 너무도 잘 알았고 정신을 차려보니 환자는 거의 약 기운으로 일어나서 활동하는 사람은 30명 중에 7~8명뿐이었다.

빨리 기운 차리고 이겨 내기 위해 아침은 밥 대신 죽으로 바꿔서 먹었다. 발바닥 치료는 7일 만에 소독을 해 줘서 걷는데 제대로 걸어갈 수가 있었다. 정신과 의사 빡빡이는 발이 아프다고 말해도 들은 척도 안 했는데 담당 주치의가 회진을 돌며 왔길래, 나 발바닥 치료는 언제 하냐고 물었더니 그제야 까까머리 그 개자식이 발을 치료했다.

　약 또한 줄여서 깨어 있는 시간이 필요했고 빨리 병원을 나가는 것을 목표로 두고 같은 병실 문재원 환자랑 누워서 운동도 하고 놀이방 가서 책도 보고 병원에서 솔루션이 있는 날이면 오순이는 꼭 참여를 했다. 공중전화 카드를 받았다. 귀인이 사서 나에게 보낸 것이다. 나를 빨리 퇴원시켜 달라고 하니 좀 더 검사를 받고 있으라고 했다. 병원비가 너무 많이 나와서 중간 계산서를 보고 깜짝 놀랐다. 7백만 원. 너무 기가 막혀서 큰아들한테 전화를 했다. 병원비 많이 나오니까 빨리 와서 퇴원 수속을 해라 말하니 큰아이 왈, 한부모 가정이라서 병원비가 삭감되고 아저씨가 이왕 병원에 들어갔으니 검사 다 받고 퇴원하라고 했으니 걱정하지 말라고 했다. 아~ 답답한 마음으로 나 자신을 포기했다. 내 맘대로 되는 건 아무것도 없고 자식새끼도 필요 없다는 생각에 우울증에 시달렸다. 병실에서도 3일 동안 귀신들이 이런저런 이야기를 해 주는데 나 스스로 듣기 싫다고 막았다.

　같은 병실에 있던 서주영 환자가 퇴원하고 어느 날 저녁에 밥 배식 시간에 남자 병실에서 난리가 났다. 강제로 독방에 가두고 묶으려고 하는데 저항이 얼마나 심한지 소리 지르고 기물 파손 소리에 듣는 나 자신이 무섭고 절로 욕이 나왔다. 보호자들은 알고 있을까. 정말 마음이 아팠다. 30분 정도 간호사, 보안관까지 등장해서 엄청 시끄럽고 제압을 못 해서 간호사들이 각 병실마다 문을 닫아 주면서 복도에 나오지 말라고 했다.

　같은 병실 반대쪽 창가에는 나이는 18세인 이유정이라는 소녀가 있었다. 혼자 웃는데 그것도 소리 내어 웃는 것이 아니라 웃음소리를 삼키며 웃는 소녀. 유정이도 뭔가의 소리를 듣고 웃는 것 같고 그 외 시간은 잠만 잤다. 나는 이 글을 통해서 많은 메시지를 담고 싶다. 본인 의사와 상관없이 정신 병동에 입원을 시키지 말 것. 귀신이든 신이든 정말 모셔야 하는지 제대로 알고 가려면, 꼭 흥륜사 암사에서도 10일 동안 기도해보기를. 답이 있을 것이다.

경북 봉화 흥륜사 작은 암자를 찾아서 기도를 10일 동안 한 번쯤 해 보고 제자의 길을 선택해도 늦지 않다. 돈 없이 마지막 거치는 사찰이 바로 봉화 흥륜사 암자 절이다. 그곳 스님은 무섭기도 하지만 돈에 연연하지는 않으신다. 오순이처럼 돈을 무속인들한테 굿값으로 다 뜯기고 밑바닥까지 떨어지면 그곳 흥륜사는 많이 거쳐 가는 마지막 문이라고 봐도 되며 마지막 종착역으로 생각하면 된다.

신의 심부름꾼은 정말 잘 생각해야 한다. 본인의 인생과 타인의 인생을 다 들어 주며 때로는 길잡이도 해 줘야 하기 때문에 신중하게 상담사에 임하는 것이 무속인이다. 사람과 사람으로부터 상처들이 부풀어서 한 사람이 망가진다. 이것이 세상 이치였다. 마지막까지 떨어질 때가 떨어져 봐야 느끼는 세상. 귀에 들리건 눈에 보이건 인간과 인간으로부터 받은 상처가 모래알처럼 마음에 심어져서 큰 바위가 되듯이 불안 장애로부터 시작된 것이다.

그렇게 21일을 정신과 병동에 있다가 퇴원을 했고 일을 시작하려고 〈두끼〉 매니저 면접을 봤다. 그날 오순이는 포기를 해야 했다. 복용하던 약 때문에 소변이 그냥 줄줄 나와서 걸으면 그대로 바지에 흘렸다. 약으로 인한 부작용이었다. 오후에 근무하는 거라서 시작하려 했었고 집 앞이라서 더 마음에 들었는데 약에 취해서 아침에 11시까지도 약물로 인해 눈에는 안개가 낀 듯 흐리고 일상생활이 어려웠다. 5개의 알약과 아침 3알. 스스로 이겨 내기 위해 아침 약을 안 먹고 버렸다.

의학이 아무리 발달해도 자기 자신을 잘 아는 것은 본인뿐이다. 이길 수 있는 의지가 있어서 약을 그대로 다 먹을 수가 없었다. 저녁 약을 실험을 했다. 하루에 한 번씩 한 알씩 빼고 먹고 넣고 5개를 실험한 결과 두 가지 그레이 색과 노란 동그란 단추 같은 약이 하루 일과 중 가장 심하게 깨어 있지 못하게 했고 일상생활에 도움이 되지 못해서 빼고 나머지 3알은 계속 지속적으로 먹었지만 약에 취하는 것은 줄어들었는데 아침에 약에서 깨어나지 못

지상에서 천상까지 　＊　 177

해서 제일 큰 약을 2등분을 해서 먹다가 또 줄이고 3등분을 해서 먹다가 이 제는 작은 알약 2개만 먹고 잔다. 약을 줄여서 내가 이겨낼 수 있을 정도 처방을 받아서 먹고 생활을 한다.

오순이의 건강은 잠만 잘 자면 아무 문제가 없다. 몸을 타고 있는 것들을 법장사 약사여래불 법당에서 기도하면 수없이 빠져나가는 것도 느낀다. 하품을 하면 머리가 자동으로 움직이고 뒤로 까닥거리며 빠지는 영가가 많았다. 하루는 얼마나 나가는지 숫자를 세는데 8백까지 나간 적도 있다. 오순이의 몸이 바로 귀신의 집이 된 것이다. 이것이 오순이의 운명이면 끝도 있으리라 생각하고 정성을 다했다. 기도를 매일 집 안에서도 하는데 나가는 숫자는 있는데 끝도 없이 계속된다는 것이다.

✳ 2021년, 떠나지 못할 영가

무언가 일자리를 찾아야 할 것 같은데 아직은 머릿속이 맑지 못하고 하품과 고개 끄덕임도 진행 중이고 마음속의 생각을 할 수가 없었다. 방해를 하고 끼어들기를 한다. 아이들 걱정을 하면 작은 아이는 외국을 나간다고 했다. 너는 퇴계로 갈 것이고 유명해질 것이다.

K 병원에 다니다 가까운 의원으로 옮겼고 약을 줄일 수 있었고 요리학원 6개월짜리에 등록을 하고 한식, 중식을 다 배웠다. 필기 시험장에 가면 머릿속은 그야말로 하얀색. 떠오르는 것이 아무것도 없었다. 기억력 하나는 정말로 좋은데 머릿속은 텅 비어 버리고 결국은 자격증 포기를 했다. 내가 힘들 때 나는 내 안에 있는 자에게 "답 좀 말해 봐."라고 할 때면 조용하다. 마구니들, 잡신과 영가들 때문에 되는 일이 없었다. 돈가스 식당 저녁 알바를 시작했다.

3개월쯤 다니는데 추석이 지나고 또다시 귀신들의 장난이 시작되었다. 귀인의 본처는 손주가 보고 싶다고 나의 눈으로 아이를 직접 보면 나도 볼 수 있을 텐데 사진을 좀 보라고 했다. 오순이는 너무 싫어서 눈을 감고 출근 준비를 했다. 싫으면 종이에다 귀인의 이름과 딸 이름, 창수 이름까지 써서 돈 45,000원과 오색실로 묶어서 베트남으로 보내 달라고 했다. 돈을 라이터 불로 붙이는데 이건 아닌데 하며 불이 붙은 돈을 얼른 껐다. 정신을 차려서 어제 준 알바비가 오천원 빠진 것을 알았다.

알바비 5천 원 덜 준거랑 추석 보너스, 주방 언니한테는 10만 원을 주며 나한테는 말하지 말라고 해서 더 이상 기분 나빠서 그 집 알바는 하기가 싫어졌다. 낮 영업과 밤 영업이 비슷하고 왕복 8차선 도로 위에 있는 마지막 식당이라서 기사들이 엄청 많았다. 얼마나 힘이 드는지 잠시 앉을 시간조차 없었던 한가위 추석 전, 저녁밥을 3솥을 팔 때도 있었다. 1년을 넘게 알고 지냈고 낮에 8개월을 다닌 적이 있었고 너무 열심히 뛰어다니며 일해서 족저근막염이 생겨서 그만두고 3개월 쉬는 중에 전화가 왔다. '밤에는 별로 사람이 없겠지.'라는 생각으로 오후 홀 서빙으로 들어갔다. 5천을 추가로 주고 주방 언니를 차에 태우고 오는 조건이었다.

그 집은 돈을 끌어모았다. 저녁 또한 밥을 2~3솥을 할 때도 있을 정도로 밤에도 정신이 없을 정도였다. 홀 서빙도 편의점 계산을 해야 했었다. 열심히 일하는 오순이에게는 추석 보너스도 없이 주방 언니한테만 주었다. 그 소리를 듣고 난 뒤부터 뭐 이런 곳이 다 있나 싶고 사람을 어찌 보고 그러나 기분이 나빠서 매일 일당을 받아서 다녔지만 일이 생기려고 그랬는지 돈은 보니 5천 원이 비어 있었다. 헐~ 그 돈을 보는 순간 열이 받아서 메시지를 했다. 오늘부터 안 간다고 사람 차별하지 말고 기름값 3만 원이라도 주었어도 덜 서운할 텐데.

기분이 너무 나쁘고 두 번째 메시지를 보내고 난 뒤 오순이 몸에서는 귀인의 본처가 종이에서 귀인과 창수의 이름을 써서 오색실로 돈과 묶어서 식당에 일하는 베트남 남자아이가 있는데 그 아이를 통해서 베트남 땅에서 버려 달라고 했다. 귀인의 집 영가들은 무언가 계속 요구를 했고 쉽게 떠나지 않아서 고생은 했다. 일단 해 달라고 하는 것, 대충 오색 실에 돈을 넣고 이름을 써서 준비하는데 나의 입에서 이상한 말들을 했다. 영어도 아니고 어느 나라 언어인지 모르지만 나 자신도 못 알아듣는 말을 하는데 귀신들의 말(교회는 방언)이라고 한다는 말을 들은 적이 있다. 도대체 정체를 알 수가 없었고 그날은 내가 생리 중이라 더 심하게 귀신들이 들이치는데 전부 다 귀인의 쪽 영가들이다.

어느 날 귀인을 데려갈 테니 달력에 북방 사방 표시해 놓고 있으면 저승사자가 헷갈려서 못 데리고 갈 것이다. 침대 밑에는 귀신이 있는데 그걸 잡아야 귀인이 좋아지고 몸에 붙지 않으니 떨어내야 한다고 해서 침대 커버까지 벗겨서 다 그것은 빨래방 가서 빨아야 한다는 생각에 큰 봉지로 넣고 작은 봉지에는 생리대와 슬리퍼랑 같이 쓰레기 봉지에 넣고 그 속에 귀인과 창수 이름을 써 놓은 종이를 같이 넣었다. 시간 가는 줄 모르고 귀신들의 요구 사항이 너무 많았다. 우리 엄마 이야기도 하는데 눈이 안 보여 너무 불쌍하다는 둥 종일 시달린 것이다.

오늘은 알바 가지 말고 절에서 기도 좀 해 달라고 해서 절에 갈 준비를 다 했고 밖에다 이것저것 버릴 것을 빼놓고 출근하는 시간에 나가서 법장사에 가서 밤 기도를 하며 귀신들을 다 보내야겠다는 생각에 10시에 퇴근 시간에 집으로 오려고 계획을 세웠다. 갑자기 번호 키 소리가 들리더니 귀인이 퇴근을 하고 들어왔다. 출근을 안 하고 있었으니 왜 안 가고 있냐 물었다. 뭔가가 이상한지 밖에 나가서 계단 밖으로 빼놓았던 가방을 들고 들어왔다. "이건 왜 여기에다 두었냐." 그때 사실대로 말하지 못했다. 당신 마누라와 당신네 조상이 치고 들어와서 정신이 없다고 하면 또 정신병원에 입원을 시킬 것 같아서 대충 말을 받아쳤다.

자다가 꿈을 꾸었다. 큰아이가 아프다고 하는데 꿈인지 생시인지 모르겠다. 대답을 하니 귀인은 당장 현명이한테 전화를 해서 너희 엄마 이상하다며 오라고 했다. 약을 먹으라고 해서 약을 먹다가 약을 왜 또 먹어야 하냐며 나는 거부했다. 전날 먹은 약도 덜 깨어서 정신이 없는데 귀인의 집안으로 영향을 더 받는 것 같아서 같이 살기가 싫었다. 거처가 있으면 나가고 싶었다.

현명이가 호박죽과 피자를 구입해서 엄청 짜증이 많은 섞인 얼굴로 들어왔다. 귀인은 현명이가 오는 것을 보고 바로 친구들을 만나러 나갔다. 머릿속에서 영어도 아닌 이상한 말들, 기독교라면 방언이고 불교라면 귀신들의 말. 내가 해 놓고도 이건 어느 나라 언어인지 모르고 일단은 내가 영상 녹음을 했다. 현명이가 말을 들어 보더니 "엄마, 이건 영어도 베트남어도 아냐. 조현증 병이야." 그 말에 더 이상 할 말이 없었다.

만일 큰아이가 이 글을 읽는다면 그날 밤을 기억할까. 밤에 울면서 전화를 받아 울면서 엉뚱한 이야기를 한 것을 꼭 기억했으면 한다. 현명아, 너희 엄마는 조현병이 아니야. 이 말을 꼭 하고 싶다. 오순이한테만 들리고 느끼는 세상이고 보이지 않으니 너무도 답답했고 벗어나고 싶었다. 지겨웠다. 말문이 트인 귀신들 이야기, 그리고 내가 내 생각을 할 수 없을 정도로 간섭하고 들이대고 답하고 하는 일상이 너무 싫어서 법장사 시찰에서 법화성중 약사여래불을 더 열심히 기도를 했다.

그렇게 이틀째 보내고 밤에 누워 자려고 하는데 양쪽 귀에서 바람이 빠지듯이 귀에서 소리가 나더니 사라졌다(표현을 하자면 귓속에서 크게 원을 그리며 작은 원이 되는 현상). 그날부터 귀인의 조상들 소리는 없어지고 직접 대놓고 치고 들어오는 건 없는데 남겨진 영가들인지 모르나 아주 가끔 혼자 생각을 하면 뭔가 치고 들어온다.

잠을 자는 것 또한 신경 안정제 2알을 먹어야 자고 만일 안 먹고 잔다면 밤이 새도록 귀신들이 이야기하는 소리를 들어야 한다. 다음 날 귀인이 출근하길래 얼른 절에 가서는 백일기도 신청을 했다. 혼자 하기엔 너무도 먼 길이라는 생각이 들어서 오순이 역시도 시간이 되면 약사여래불 앞에 앉아서 2천 주 염줄을 돌리기도 했다. 저녁에 운동한다는 핑계를 대고 절에 가서 기도하고 오면 귀인은 나를 찾아 공원에 나와서 저녁에 절에 직접 가는 것을 포기하는 날도 많았다. 몸을 편하게 쉴 수 있는 공간을 제공해 주고 내 손을 잡아 준 귀인도 마귀들의 영향을 받고 있었다. 인력 사무실에 등록해서 일당으로 공장을 다녔다. 일을 심하게 하면 피곤해서 잘 자겠지. 이것도 아니고 다시 백일기도가 끝이 나고 연장을 했다. 7일에 한 번씩 약사대불 또는 약사여래불 앞에 앉아서 마귀들을 소멸시켜 달라고 빌었다.

정호근 무속인한테 예약을 했다. 도대체 왜 이렇게 살아야 하는지 궁금해서 8개월 걸려 드디어 만났다. 많은 무속인한테 돈을 뜯기고 지금 옆에 있는 남자 버리고 혼자 나와서 물 한 그릇 떠 놓고 접사를 볼 수 있고 내가 안 살아도 귀인은 또 다른 인연의 여자가 있다고 했다. 나를 따라다니는 담배 피우는 영가로 인해서 정호근 씨는 아이참, 담배 한 대만 피우라고 한다며 담배를 피웠다. 오순이도 담배 연기조차도 싫은데 담배를 피울 때가 있었다.

23년 여름, 담배 피우는 영가를 기도 중에 알았다. 그건 바로 사돈 할머니와 아들. 그 일을 해결해 주고 나니까 나 역시도 담배를 피울 일이 없다. 약사여래불에서 기도를 하며 하품이 끝없이 나오고 어떤 귀신이 "제발 내 이름 좀 호명하지 마. 내가 갈 길은 다른데 내 이름을 부르니까 갈 수가 없어. 심××, 심××, 제발 호명하지 말라고."라고 했다. 오순이는 기도가 끝나고 집으로 돌아오면서 생각했다. 심××가 누구지? 누가 호명을 한다는 건지!! 이순이 언니가 사찰을 운영하는데 그곳에다 큰언니 남편을 조카들이 모셔다 놓고 제사를 지낸다는 것을 알았다. 조카며느리한테 사실대로 이야기를 전달했다. 얼마나 답답하면 나에게까지 와서 신경질적으로 메시지를 주고 갔을까.

그 말을 전하고 다음 날부터 오순이는 담배를 피우지 않았다. 머리가 아프고 어딘가 몸에서 이상한 기운이 가득 차고 넘치면 뜨겁게 샤워하면 장난 아니게 많은 영가가 빠져나가고 아니면 아파트 계단에서 손바닥에 바람을 일으켜서 밀어내고 고개를 까딱까딱하며 보내기도 하며 반복적으로 생활을 했고 살다 보니 생리 시기는 더욱 심하게 몸을 흔들고 타고 들어오고 나가고 반복이 되었다. 또다시 백일기도 시작을 해야 했다. 스님 3분께서 하루 3번 기도를 해 주셨고 나의 얼굴은 내가 보아도 내가 아니었다. 22년에는 얼굴 사진을 찍어 보았다. 내 안에 또 다른 얼굴들이 많이 보였다.

23년 조계종 법장사 사찰에서 4월 8일 부처님 오신 날 등을 달았다. 기도문은 맑은 정신, 이제는 내가 자신에게 시험을 했다. 힘들면 즐기라 했던가. 내 몸에 들어와 있는 귀신들이 얼마나 용하고 맑은지 제대로 상담을 할 수 있는지 조카며느리한테서 지인분 소개를 받아 왔다. 사연은 딸 이이가 잘 넘어지고 자주 다친다. 상담자 역시도 마음을 못 잡고 있다. 시간과 날짜를 메시지로 넣고 상담 전날 밤 꿈을 꾸었다.

어느 깊은 산속, 무덤이 몇 군데 있고 주변에 사람들이 성묘를 와서 여기저기 사람들이 보이는데 검은색 개 한 마리가 무서움에 떨고 있어서 내가 검은 개를 업어서 안전한 장소에 내려 주고 나는 잠에서 깨어나니 나의 등짝이 너무 아팠다. 다음 날 상담자 사진을 전송받고 전화로 1시간 동안 상담을 하는데 꿈에 본 검은색 개는 상담자의 엄마였다. 상담자의 어머니는 14살 때 세상을 떠나셨고 상담자는 조선족 한국 사람과 결혼을 하고 딸아이도 키우면서 마음속에는 엄마를 잡고 있었다. 상담과 동시에 처방전까지 주었다.

그날 밤 꿈에는 빨랫줄에서 바람으로 날아가 없어진 옷을 찾아서 가니 나의 검은색 원피스가 흰색 개 옆에서 있었고 흰색 개는 나를 보고 어찌나 반갑게 꼬리를 치며 반기는지, 바닥에 누워서 배를 하늘을 향해서 즐거워했다. 꿈속인데 나도 즐거웠다.

잠에서 깨어 보니 꿈 상담자의 모친이 이제는 아주 갈 수 있겠다는 생각이 들었다. 이 세상과 연이 끊어지면 지금 현재 살아가는 사람들은 망자를 붙들고 있으면 안 된다. 좋은 곳에 가시고, 안녕히 가세요. 망자를 마음속에 두고 생각하면 안 된다. 49일이 지나면 영혼은 안식처를 찾아서 지옥이든 천당이든 각자가 살아온 대로 가는 법. 살아 있는 사람들은 "잘 가세요." 인사하고 보내 주는 것이 아주 깨끗하게 맘 편하게 떠나보내는 것이 예를 갖추는 것이다.

8월부터 생리가 끊어지고 오순이 몸도 스스로 차단을 더 쉽게 할 수가 있어졌고, 새로운 직장에서 근무하며 잠시 틈만 나면 이 글 쓰고 정말 바쁘게 살았다. 지금도 몸에서 마귀들이 나가는 것을 느낀다. 이것 또한 끝내기 위해서 나는 불교가 아닌 성경 공부를 시작했다.

내가 겪은 무속은, 귀신은 있다. "보이지 않아서 없다."라고 하는 말도 맞는 말이다. 우리의 몸은 영혼을 담는다. 죽으면 몸은 부패되지만 영혼은 있다. 어딘지 모르게 떠나는 건 죽으면 알 테지만 살아 있는 동안은 좋은 마음으로 살자. 사람은 누구나 태어나면 죽음 또한 함께한다. 아무리 힘들어도 살아 내야 하는 것이 우리네 삶이다. 나를 다듬고 마음과 생각을 찾아가는 세상에서 안주하기 위해 열심히 노력하고 있다.

5. 2023년 10월 6일,

신기한 블랙홀과 하나님을 믿기 시작한 이야기

2023년 9월 5일, 회사에서 일을 하다 우연히 근무 중에 수희를 만났다. 근무 중 사람들과 잘 접촉하지 않는데 그날은 고객으로 만난 수희가 공무직 질문을 많이 했고 오순이는 적극적으로 회사 소개를 했다. 더 상세하게 듣고 싶으면 전화를 하라고 번호를 주고받았다. 혼자서 휴게실 겸 사무실 사용을 해서 언제든 와서 궁금증을 다 풀어 줄 테니 시간 내서 들르라고 했었다.

수희, 그녀를 두 번째 만나던 날 알았다. 수희는 아픈 상처가 있는 두 아이 엄마였다. 세상의 불행은 혼자서 겪고 있다고 생각을 하고 있기에 절대로 혼자 겪는 아픔은 없다고 했다. 사람들이 아픈 기억과 과거를 감추고 살아간다며 오순이의 이야기를 살짝 들추어 주었다. 힘내라고. 서로 카톡으로 소식을 전하며 점심 약속을 했다.

9월 12일, 밥을 먹기 위해 식당에 있는데, 옆 테이블에 수희 씨 아들 선생님이 계신다며 말을 했다. 오늘 우연히 이곳에서 만났다며 너무 반가워서 옆 테이블로 옮겼다고 했다. 처음 보는 사람이라 오순이는 인사만 하고 밥을 먹는데 옆 테이블에서 무릎 관절 수술 이야기를 했다. 연예인 김성환 씨가 후원하는 재단이 있다는 말에 직접 만나기도 했다는 그 이야기를 듣는데 오순이도 6일 전 김성환 씨가 TV 〈박원숙의 같이 삽시다〉에 나와서 무릎 인공 관절 후원 이야기를 하는 것을 봤다. 그런데 오늘 또다시 그 이야기를 들으니 귀인 생각이 났다. 양쪽 무릎을 13년 전에 줄기세포 수술을 받았는데 아무런 효과를 보지 못해서 속상해하던 말들이 생각나서 깊이 파고들었다. 돈이 없어서 수술 못 하는 어르신들을 지원해 주고 있었고 말을 주고받다가 오순이와 동갑이란 사실에 오순이가 먼저 우리 친구 하자며 민증까지 보여 주며 친구가 되었다.

금순이 남편은 의료 시설 자영업자 운영자였다. 그 후로 금순이와 승기는 오순이의 사무실에 들러서 차 한잔 마시다 보니 금순이도 어릴 때 귀신이 눈에 보여서 엄청 힘들었다는 말을 했다. 오순이도 겪은 세상과 진행 중인 사정을 말을 못 하고 있었고 우린 셋이서 좀 더 자주 만나다 보니 금세 더 친하게 지냈고 문득 시 한 구절이 생각나서 느끼는 대로 카톡 방에 올렸다.

> 나이가 같아도 개인 성향은 다른데 금순이가 보석이구나.
>
> 인생의 길목에서 이미 100년처럼 살았으니 너그러운 마음 지녔고 승기는 아침 이슬처럼 싱그럽고 반짝임이 보이고 오순이는 또다시 하늘 위에 떠도는 구름을 감상할 수 있겠구나. 옛 어른들께서 삶을 미리 속단하지 말라. 더 살아 보면 알 것을. 가까운 곳에 친구 없고 외롭다 하였더니 가을의 풍경처럼 금순이와 승기가 내 곁에 날아드니 이 또한 얼마나 이쁘고 값진 보석인지.
>
> ~ 나를 웃게 해 준 벗님들 ~

그날 금순이가 너무 좋아했다. 시 구절이 너무 좋아서 신랑한테도 자랑을 했다고 직접 와서 오순이를 웃게 해 주고 갔다.

4~5번 만나고 오순이도 겪고 있는 현실과 들리는 세상을 말을 해 주니 같이 울어 주고 어쩌냐고 걱정해 주었다. 이젠 괜찮다고 하니 금순이가 "기도해 줄게. 하나님께 기도해 봐. 구원해 주실 거야. 이제는 혼자서 그만 고생 해, 친구야." 해서 아~ 그래 블랙홀에 빠졌던 생각도 나고 승기한테 "성경책 선물 좀 해 줘." 하니 큰 글자 한글로 번역되어 있는 성경책을 선물로 받았다.

창세기부터 읽어 보는데 6,000년 전 역사가 담겨 있었고 금순이가 준 성경 구절을 머릿속에서 되뇌며 일하면서도 속으로 또는 성구를 입속에 달아 놓고 기도를 했다. 2023년 9월 19일, 성경 공부를 제대로 하고 싶어서 두 친구의 지인들과 강의실에 등록을 했다. 주 3번 갈 때마다 눈물이 왜 그리 나오는지 하품을 했고 거의 한 달 동안은 울보가 되어서 성경 공부를 했다. 주기도문 또한 필기를 하며 7일 만에 외웠다. 쉬운 것이 어디에 있겠냐. 울음이 끝나자 얼굴 살 속이 간질거린다. 아지랑이 가물거리듯 한동안 시달렸다. 오순이 몸속이 얼마나 탁한지 스스로 느끼고 있었다. 때로는 가기 싫을 때도 있었고 성경 공부를 하고 오는 날에는 몸이 모기가 물린 것처럼 부풀어져 있고 손목, 등짝, 목에도 간질거리고 엄청난 경험을 혼자서 겪으며 나름 주기도문으로 이겨 내고 있다.

9월 20일경 시작한 성경 공부는 엄청난 방해를 했다. 꿈 또한 수없이 꾸고 퇴근해서 뜨거운 물로 샤워를 하면 물이 몸에 닿는 순간 몸속에서 괴성을 지르고 내 입으로 뜨겁다고 소리를 지르고 지옥이 따로 없었다. 샤워를 할 수 없을 정도로 정신을 빼앗고 세면대를 붙잡을 정도로 몸의 중심을 잡아야 했다. 그리고 음부를 뜨겁게 씻으면 정말 악 소리가 저절로 나왔다. 일하며 잠깐 남는 시간과 매주 쉬는 휴일마저도 오순이는 하나님 말씀 앞에서 시간을 보냈다. 비유로 이루어진 내용 때문에 이해하기가 힘이 들었고 그냥 바로 알려 주면 안 되나 하는 생각도 했었다.

안 가면 후회가 될 것 같고 끝까지 해 보자. 뭔가 있을 거야. 강의가 있는 날이면 발길이 자동으로 움직였다. 전도사님 앞에서 눈물, 콧물을 흘리고 보충 수업을 할 때는 장난 아니게 울었다. 영화도 몇 번을 봤는데 그때마다 많이 울었다. 그동안 헤매고 돌아다닌 세월을 생각났다.

하나님 도움을 받고자 했을 때는 접하지 못했던 아버지 교실. 만일 그때 아버지 교실을 다녔으면 우리 가족이 이렇게 풍비박산이 났을까. 이혼은 참 잘했다고 생각했지만 그때 생각에 울고 강의를 들으면 마음이 먹먹해서 울고 울음 또한 내 안의 마귀(영)들의 회개였으리라. 초등 과정은 눈물로 졸업하고 중등은 온몸이 얼굴까지 스멀스멀하고 모기에 물린 듯 두드러기도 나고 고등 과정은 쇄골이 너무 아파서 주 예수 그리스도를 찾으며 기도했다. 효과는 있었다. 하나님은 나를 버리지 않으셨다.

직장 다니면서 하는 공부라서 성경책은 많이 볼 수가 없어서 아쉽지만 2024년 3월 초 요한계시록 공부에 들어가고 말소리는 없어지고 소름 돋고 고갯짓을 하며 나가는 것을 느꼈다. 아침저녁 깨어나면 주기도문을 먼저 외우며 기도했다. 그 옛날 과거에도 지금도 세상도 하느님을 몰라보고 다른 곳에서 그동안 헤매고 있었다니, 오순이는 더 기가 막혔고 창수 때문에 아버지 교실 운영 프로그램 교회를 수소문했을 때도 애를 태우며 살았는데 내 나이 50대 중반을 넘어서 하나님 앞에 서게 되었다.

왜 내가 쓰던 글을 끝도 못 내고 두 번 사라지고 4년을 써야 했는지 이제야 알았다. 나의 경험담이 보이지 않는 무속 세계에서 많은 도움이 되어 구원의 손길이 닿기를 바라는 간절한 마지막 메시지임을….

길 찾아서 떠도는 무속 애동 제자들께서 이 책을 보고 다시 한번 자신을 들여다보고 마귀들의 속에서 빨리 벗어나길 바라는 마음에서 '구원'이란 단어에 오순이는 힘을 실어 보내고 싶었다. 하늘 아래 만물들이 있다. 인간과 짐승, 나무, 물 등 이 모든 것을 만드신 창조주(하나님)가 계신다. 이 책을 접하시는 분들이 주변에서 알 수 없는 세계로 힘들어하시는 분께 한 번쯤 이야기를 들려주시길 바라는 마음에서 그동안 겪었던 내용을 사실 그대로 집필한 것이니 많은 도움 되고 싶어서 세상 밖으로 보낸다.

내가 힘들어서 밑바닥까지 떨어져있을 때 박영주 언니는 언제나 내게 희망과 응원을 해주었다. 너는 극복하고 좋은 길 찾을 거라고.....

2023년 10월 13일, 블랙홀에 빠지다. 아침에 일어나서 화장실 다녀와서 두 손 꼭 잡고 모아서 기도를 했다. 내게 주신 능력자 내 안에서 내가 모든 것을 할 수 있느니라.

일어났다가 다시 누운 상태에서 블랙홀에 빠져들었다. 귀인께서 출근하신다며 나갔다. 잠이 아닌 정신이 혼미해지고 어둡고 깊은 곳에 빨려 들어갔다. 나무로 지은 집. 집 안은 나무 틈 사이로 햇빛이 비치고 창고는 아니고 물건이 많이 쌓이고 정리가 안 된 곳. 나의 발에는 신기하기도 걷지도 않았는데 신발 밑에는 바퀴가 달려서 내 몸은 나와 상관없이 이리저리 굴러다녔다. 어떤 남자가 몸은 뚱뚱하고 머리카락은 파마머리에 어깨에 닿을 듯 말 듯한 스타일. 어디를 가는지 입고 나갈 옷을 찾고 있었다. 그곳의 옷들은 색상이 연초록색, 갈색 옷이 있는데 모두 다 실로 짜진 두꺼운 옷이다. 길이는 반코트 또는 롱으로 된 옷이 많이 쌓여 정리가 되지 않은 곳이었다.

그 남자는 반코트를 입더니 이거 아니라고 벗어 던지고 옷 속에 들어가다시피 해서 롱을 선택해서 단추도 풀지도 않고 롱을 티셔츠처럼 몸에다 끼워 넣었다. 잘 입었어도 뚱뚱해서 그런지 폼은 나지 않았다. 그 남자는 "에이, 이거면 됐어."라며 입었고 나는 그 남자를 바라보며 갈색을 골라서 입기를 바랐는데 내가 보이지도 않는지 내가 돌아다녀도 신경도 안 쓰던 남자는 갑자기 나를 보고 "잘해 봐." 하고 나무 문을 열고 나갔다. 다른 남자도 있었는데 모습은 좀 깔끔했는데 많이 보이지 않았고 "얼른 가자." 하는 목소리만 들었다.

그들이 나가고 나는 돌아서는데 옷이 쌓은 더미는 보이지 않고 모닥불이 피워져 있고 옆에 있는 작은 조명은 나의 발에 비추고 모닥불과 조명 사이에서 돌아서서 모닥불 보고 있었다. 모닥불 사이에 작은 불이 하나 더 있었다. '몸에 닿으면 델 수도 있겠구나.' 생각하고 처음 보았던 모닥불은 연기도 없고 빨간 숯이고 불꽃도 있어서 불을 가만히 쳐다보고 있었는데 파란 불씨가 모닥불 속에서 나왔다. 동그란 작은 계란 같은 모습. 병아리가 처음 알을 깨고 나온 모습 같기도 하고 새가 알을 깨고 나온 모습이라고 해야 하나. 파란색으로 새는 알 속에 그대로 연초록 띠 속에 쌓여 있고 눈앞에서 부웅 떠서 천천히 움직였다. 나는 그 빛을 따라서 가는데 종이 계란판을 가득 차곡차곡 쌓아 놓은 곳에서 파란색 불이 들어갔다. 나의 몸도 머리가 빨려서 몸까지 거꾸로 들어갔더니 아이들 목소리가 들리고 "잘못했어요."라는 목소리가 들렸다. 엄청 많은 아기들의 소리가 목청껏 들렸고 갑자기 아이들의 "창세기 30." 하는 목소리가 들렸다.

이 소리를 들을 때까지만 해도 나는 꿈인지 환상인지 몰라서 가만히 누워 있는데 블랙홀에서 절반쯤 빠져나오는데 여자의 목소리가 "창세기 31." 하고는 나에게는 글은 완성하는 게 목적이고 아이들 걱정은 하지 말라고 하셨다. 밖에 차 소리도 들리고 정신은 차렸지만 눈을 뜰 수가 없었다. "너는 큰 강당에서 강연을 할 것이고 친정엄마는 어쩔 수 없이 생을 마감하는데 그날까지 모든 것을 다 끌어안고 세상을 떠날 것이다. 너의 눈 또한 더 이상 어두워지지 않고 진행되지 않을 것이다." 더 이상 들으면 귀신과 소통하는 것 같아서 오순이는 눈을 떴다. 신기했다. 잠도 안 들고 그렇다고 기절한 것도 아닌데 뭐지? 하나님 말씀 공부를 시작하게 된 계기가 되었다.

2024년 3월 31일, 친정엄마와 전화 통화를 했다. 엄마도 많이 아프셨다. 허리 통증 때문이었다. 통화를 하다 보니 27일이 아버지 기일이었다. 제사가 뭔 의미가 있겠냐마는 보이지 않는 영은 산 사람들을 통해 말하고 싶어한다. 이 모든 것 또한 기도로 안식처에 들어갈 수 있게 열심히 기도하리라.

친정엄마와 오순이는 탁한 기운을 그대로 받고 있었다. 엄마는 자리에서 일어나기 힘들 정도로 고통을 받으셨다고 전화 목소리로 들었다. 중등 과정이 끝날 무렵이었고 요한계시록에 잠깐씩 들어가고 있을 때였다.

성경 강의를 들으며 바쁘게 살다 보니 세월은 어찌나 빠른지 벌써 고등부 과정이 끝나고 새 신자 교육만 남은 상황 강의센터는 직장 근처 있어서 퇴근 후 강의를 접하는 것까지는 좋았는데, 예배당 건물로 장소와 지역이 바뀌면서 마지막 교육 과정에 어려움이 있었다. 마음과 같이 몸 또한 움직이지 않앉으며 체력이 따라주지 않았다. 10개월의 강의 기간을 거치면서 정신없이 뭔가에 홀린 사람처럼 나 스스로가 생각해도 이해가 안 될 정도로 매달려 적극적으로 강행군을 했다. 직장생활, 집 살림까지 체력 또한 바닥이고 꿈속에서는 예배당 들어가지 말라고 신호는 계속 보내고 이것 또한 귀신들이 방해를 하나 싶어서 이겨 내려고 노력해도 안 되는 것이었다. 나의 동기들은 10명 모두 다 새 신자 교육을 받으며 예배 예절을 배우는데 나 혼자 뒤떨어져 홀로 섬처럼 떠돌았다.

짝꿍으로 맺어진 고향 후배는 내가 쉬는 휴무 날에는 본인 자동차로 나를 강의실까지 데려다주었다. 편하게 들을 수 있도록 나에게 도움을 준 것이다. 그녀는 너무도 귀엽고 애교가 많고 이해심 또한 많아서 좋았다. 신기하게도 이 넓고 많은 사람들 속에서 태백 사람을 만나는 건 이제껏 처음 있는 일이다.

인연은 좋았는데 문제가 생겼다. 그녀의 탁한 기운이 나의 몸을 타고 들어오는 바람에 집에 와서 뜨거운 물로 씻으면 빠지고 너무 힘들어서 어느 날부터 강의는 나 홀로 하는 강의로 변경이 되었다.

직접 대놓고 말하지 않았고 "내가 몸살 기운이 있어서 몸이 안 좋아. 나 만지지 마." 해도 너무도 해맑은 그녀. "아니야. 언니 내가 안마 해줄게." 하며 나의 어깨를 주물러서 웃는 얼굴에 화도 못 내고 참고 인내 하자니 뒤에 따르는 후유증은 심하게 나의 몸을 쳤다. '그녀의 탁한 기운이 나를 타고 들어올 줄이야.' 7개월을 습관처럼 자동으로 나 홀로 있는 공간이 생기면 저절로 머리통은 뒤로 까닥거리고 하품 또한 멈추지 않았다. 덕분에 나의 콧잔등에는 주름이 하나 더 생겨 버렸다. 그리고 청년 전도사 또는 강사님까지도 짝꿍들과 안고 "반갑습니다" 하라는데 가장 피하고 싶은 순간이었다. 나의 상태를 누구에게 말도 못 하고 홀로 녹화분 강의를 들으며 고등까지 왔지만 새 신자 교육은 정말 너무 낯설고 새로운 길을 가기에는 개운하지 않았다. 5월

28일 보충 강의 수업하러 가려고 예배당이 있는 옆 동네로 퇴근 후 직접 운전하고 가서 하필이면 많은 건물 중에 파출소에 차를 주차하고 아무 생각 없이 새 신자 교육 보강을 받던 중에 전화가 왔다. 모르는 번호는 잘 안 받는데 그날은 전화를 받아야 했다. 파출소에서 차를 빼라고 어느 곳에 왔는지 꼬치꼬치 캐묻는 바람에 내가 오지 말아야 할 곳에 온 것 같은 생각을 지울 수가 없어서 너무도 당황해 죄송하다고 반복으로 말하고 주차되었던 장소에 가보니 어이없게도 나는 순찰차 주차선 중앙에 당당하게 주차 해놓은 거였다. 공용 주차장으로 안내를 받았지만, 나는 그대로 집으로 와야 했다. 시간이 모자라 저녁 준비에 바빠서 그대로 왔지만 더 이상 새 신자 교육은 가면 안 될 것 같아 그날 밤 '그동안 수고하셨습니다.'라며 담당 전도사님께 마지막 메시지를 보냈다.

다음날 나를 태우고 다니느라 고생했던 짝꿍과 만나 밥 한 끼 식사하며 모든 것을 끝내려고 만나서 점심 식사 후 직장 근처에, 카페에서 차를 마시는데 그녀가 얼마나 아픈지 나의 몸을 내 손으로 두들기니 "언니 미안해. 내가 오십견으로 어깨가 많이 아파."하며 이야기를 터놓는 짝꿍 성경 공부를 시작된 동기부여부터 사실 이야기 7개월 동안 한마디도 안 하던 이야기를 들을 수 있었다. 근무 교대를 하기 위해 그녀를 보내 놓고 퇴근했다. 그날 저녁 문득 떠오른 생각이 났다. 흥륜사 절에서 중생 구제라는 단어가 떠올랐다. 짝꿍은 강의를 2번 들어도 머릿속에 들어오는 것은 없었고, 나랑 같이하고부터는 성경 공부가 더 마음에 닿았다고 한다. 완전한 하나님의 자녀가 되기 위해 그녀의 탁한 기운을 담는 그릇이 나였을까? 그 한 사람을 구원하려고 나는 그곳으로 흘러 들어갔었나 싶은 생각이 들었다. 일반인은 귀신의 기운을 모르고 자신의 기운이라고 착각을 한다. 탁한 기운이 나의 몸을 타고 들어 오면 나 역시도 몸부림이 쳐지고 안 아프던 곳도 아프다. 또한 아무리 기도해도 안 되고 가면 갈수록 나 혼자 몸으로 느끼는 세상에서 많이 힘이 들었다.

그 후로도 예배당 건물로 3번을 갔었고 남은 강의는 일 때문에 직장 근처 센터에서 전도사님을 직접 불러서 녹화분 영상으로 보강을 받았고 헌금, 교회의 운영자, 또는 위원회 운영 과정을 듣고 마지막 수업만 남은 종강을 앞둔 어느 날 2016년 김한정 의원 선거에서 활동 하던 언니가 경주에서 서울로 방문을 하던 날 나의 모든 것이 변했다. 춘영 언니는 병원 검진 때문에 올라왔는데, 연락이 닿은 나를 만나기 위해 근무지로 직접 왔다. 8년 만에 보는 언니는 예전보다 많이 이쁘다고 할까.

몸은 많이 마르고 엄청 달라져 있었다. 언니는 선거가 끝나고 경주로 내려가 버려서 시민 대표단에 합류를 못 했지만, 우리는 12명의 대표단으로 국회 의사당에 속 소강당에 들어가서 의원들에게 질문을 하고 답변을 들었으며, 지역 행사에도 참여하고 전직 대통령 사가에도 방문하면서 많은 활동을 했었다.

이미 고인이 되신 김대중 대통령 고향 신안에도 2번의 행사에 참석하면서 5년을 활동했고 더 이상 개인 사정으로 나 역시 빠져나왔다. 선거 사무원으로 활동 중에는 춘영 언니와 속에 있는 말도 안 하고 그저 얼굴 보면 좋고 만나면 좋은 사람이었다. 서로의 관심사도 없었고 그냥 즐기는 세월이기도 했다. 나 역시도 집보다는 나와서 사람들하고 어울리는 것이 그때는 최고의 피난처이기도 했으니 좋았다. 그 후로도 가끔 연락을 주고받고 통화는 4~5번을 했던 것으로 생각이 난다.

그날 보강 수업을 하기로 했는데, 오랜만의 춘영 언니와의 약속이 소중해서 그 수업은 그다음 날로 미루었다. 언니와 밀린 이야기를 하며 성경 공부를 한다고 했더니, "어휴, 잘했어." 언니의 어린 시절 이야기를 들을 수 있었고 언니는 이미 예전부터 기독교를 다니던 분이다. 3시간 동안 이런저런 삶의 이야기를 끝내고 식사 대접도 못하고 언니와 헤어졌고 다음 날 미루어 놓았던 교육과 마지막 강의에 참여 하기 위해 아침 일찍 서둘러서 예배당 건물에 들어갔다. 보강이 끝나고 다시 성경의 말씀을 다 듣고 있는데 눈이 시리고 나는 안개 속 같은 침침한 눈 때문에 너무 힘들었다.

눈을 뜰 수가 없어서 급한 대로 선글라스를 빌려서 착용하고 밥도 겨우 먹고 강사님하고 상담 겸 위로를 받고 집으로 왔다.

자려고 누웠는데 피곤은 하지 않았고 경주에서 언니가 다녀간 뒤로 나는 약을 안 먹어도 피곤함을 모르고 단 1시간을 내 정신으로 잘 수 있어서 개운했다. 춘영 언니가 보내준 복음 전도 치유 집회 유튜브 영상을 열어 보는 나 역시 같이 치료가 되었다. 다음날 연차로 회사를 쉬며 영상 시청을 하는데, 나의 눈에 떠돌던 점, 거미줄 등이 없어지고 눈이 엄청 맑아지며 문득 떠오른 것이 있었다. 나의 손 흥륜사에서 하던 동작들이 생각이 나는데, 나도 모르는 새에 엉엉 울기 시작했다. 이미 나의 손은 귀한 손이었다. 무얼 해도 손으로 하는 것은 잘했다. 어릴 적 아플 때면 열 손가락은 나의 몸보다 더 커져서 나의 몸뚱이는 손에 매달려 있던 느낌, 그리고 김 씨 신당에서 타고 들었던 귀신의 느낌, 그날도 손이 무척 커서 이건 뭐지 라고 생각했던 수수께끼가 손으로 하는 복음 치료가 나의 갈 길인가 생각이 복잡해졌다. 지금 쓰고 있는 이 글을 마무리하고 길을 찾기 위한 기도는 계속 노력해야겠다.

내가 10개월 동안 들은 성경 강의는 하나님의 역사와 구원, 마음가짐 등 배우기 위함이었고, 성경 공부로 매듭을 지어야 했다.

직업상 공무직이라 어느 단체에 가입이 되면 안 되고 주 6일 근무 주일마다 출근 시간이 달라서 교회에 갈 수도 없는 상황에서 더 이상 나아갈 수는 없었다. 주 기도문을 외울 수 있는 것과 하나님은 누구를 막론하고 구원의 손길이 보내고 있었고 더 이상 사람들은 악을 행하면 안 되는 것이다.

경주에 내려간 춘영 언니는 매일 나를 위해 새벽기도를 다닌다고 했고, 기도문까지 나에게 매일 보낸다.

나는 4년 가까이 먹던 신경과 약을 끊었고, 이제는 불면증과 야맹증 악귀와 대적하며 이길 수 있는 능력까지도 기도로 마음을 다지며 이겨내기 위해 오늘도 감사기도와 기도 방법을 찾으며 앞으로 나아간다. 내가 살아온 세월은 나를 단단한 사람으로 거듭나게 했고 앞으로 어떠한 세월을 살아도 이길 수 있는 능력이 생겼다. 과거는 흐르고 미래는 아직도 오지 않았다.

끝까지 읽어 주셔서 감사드립니다.

2024년 4월 12일 금요일

끝내는 말

이 책을 접하시는 분들께서 혹여 마음속에 뾰족함이 없는지 타인이 내게 하는 조언들이 정답이 아닐 수도 있다.

인생은 스스로가 만들어가는 것이고 팔자 또한 타고 난다고 하는데 이미 태어날 때 운을 갖고 삶의 여정이 계획이 짜여져 있다면 믿을 것인가.

이 글을 통해서 창수를 비방하기 위해서 쓴 글은 아니다. 사람들의 개인마다 아픔의 폭이 넓고 좁고 차이는 있어도 그 아픈 마음은 똑같이 아픈 것이다. 세월이 지나 문득 생활 속에서 아픔과 트라우마가 고개를 살짝 들추어 올릴 때가 있다. 참고 사는 것이 답이 아니라고 말하고 싶다. 나 자신과 사회성을 위해서 잘 풀고 앞날을 위해 행복했으면 바란다.

하랑

지상에서 천상까지

1판 1쇄 발행 2024년 08월 01일
지은이 한림

교정 주현강   **편집** 양보람   **마케팅·지원** 김혜지
펴낸곳 (주)하움출판사   **펴낸이** 문현광

이메일 haum1000@naver.com   **홈페이지** haum.kr
블로그 blog.naver.com/haum1000   **인스타** @haum1007

ISBN 979-11-6440-590-9(03810)

좋은 책을 만들겠습니다.
하움출판사는 독자 여러분의 의견에 항상 귀 기울이고 있습니다.
파본은 구입처에서 교환해 드립니다.